消失的~~的~~火星雨

The disappearing Martian rain

——笛拉的四季之旅

小森 / 著

重庆出版集团
重庆出版社

图书在版编目（CIP）数据

消失的火星雨 / 小森著 . -- 重庆：重庆出版社 ,2021.3
ISBN 978-7-229-15253-6

Ⅰ . ①消… Ⅱ . ①小… Ⅲ . ①幻想小说－中国－当代Ⅳ . ① I247.5

中国版本图书馆 CIP 数据核字 (2020) 第 168624 号

消失的火星雨
XIAOSHI DE HUOXING YU

小森 著

责任编辑：吴向阳　谢雨洁
责任校对：谭荷芳
装帧设计：邹雨初

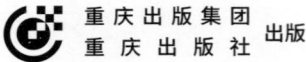
重庆出版集团
重庆出版社 出版

重庆市南岸区南滨路 162 号 1 幢 邮政编码：400061
重庆三达广告印务装璜有限公司印刷
重庆出版集团图书发行有限公司发行
全国新华书店经销

开本：889mmx1194mm　1/32　印张：8.125　字数：260 千
2021 年 3 月第 1 版　2021 年 3 月第 1 次印刷
ISBN 978-7-229-15253-6
定价：40.00 元

如有印装质量问题，请向本集团图书发行有限公司调换：023-61520678

版权所有　侵权必究

CONTENTS

01. 被袭击的学校　　…001

02. 奇怪的车站　　…021

03. 夏城　　…030

04. 红色鞋边的人　　…033

05. 燃烧，不燃烧　　…051

06. 规则之外　　…070

07. 夏城的传统　　…088

08. 交换对象　　…108

09. 米典与米拉　　　　…124

10. 第一次唤火　　　　…140

11. 倒退的中级学校　　…159

12. 谁的阴谋　　　　　…176

13. 日布拉的秘密　　　…190

14. 唤火聚会　　　　　…211

15. 火球赛　　　　　　…229

16. 屠仑的书房　　　　…243

17. 暑假　　　　　　　…246

01.
被袭击的学校

5月5日,立夏的前一天。

笛拉站在原地,看着已经走远,一只手拉着自己的爸爸。没错,这个描述没有逻辑错误。笛拉还站在原地,但50米外,在清潭高中的走廊上,爸爸身边还跟着另一个自己。也就是说,此刻在这所校园里,同时出现了两个笛拉。

一阵熟悉的声响在耳边响起,一只小猴龇牙咧嘴地出现在笛拉身边的围栏上。漆黑的瞳孔比黑夜更浓重,笛拉似乎抓到了这一切的源头,今天,一整个下午,她都在遭遇各种各样奇怪的事情。

5月5日 / 晴 / 中午12点半

笛拉将奶奶送出校门后,提着一个保温桶往操场走去。太阳当空照,花儿快谢了,5月5号,既是"五一"节假日,又是周日,可清潭高中却以自习为由,将上千名学生"扣押"在学校。每逢周日笛拉奶奶都会来送饭,离开前总不忘留下一句:"清潭高中不愧是市重点呐!"然后拍一拍笛拉的后背,算是加油鼓劲了。

"重点呐重点……"笛拉一路默念着。

经过教学楼后方的一段水泥路，这一块是阳光死角，终年阴沉沉的，以至于道路两边的广玉兰，虽然长了个，却总是萎靡不振，叶片耷拉着还不时"刷刷"地往下掉。

一个拳头般大小的黑影突然出现在树梢间，速度飞快，引来树枝间一连串的颤动，笛拉还没看清是什么，黑影就消失在了明暗交界处。笛拉往前一步，也走出了那块阳光死角，"春暖花开，什么小动物都有。"

"喂！"

远处的沙坑边传来了呼唤声，一个挥舞双臂的黑瘦身影正不断跳跃着，吴振羽，保温桶的主人，果然是等不及了。不过今天他身旁还守着一位长发披肩、打着太阳伞的美女，那是高二美术班的校花。笛拉犹豫要不要过去当电灯泡，今天的太阳已经够好了。但吴振羽还是跳个不停，黄黑相间的运动背心像旗帜一样飘扬着。

笛拉有些被动地走到操场，身边快速闪过几个身影，都是在操场上风驰电掣的体育生们。一进跑道更得留意，以免被这些国家级运动员撞飞出去，惨况肯定不亚于车祸。

"下次别让我奶奶带了，也不看看有多重！"

笛拉放下保温桶就想离开，不料静止的校花先动了身，举着太阳伞站直了身子，长发一撩，比笛拉高出半个头。离开前，她往吴振羽口袋塞了一张钞票，这个动作差点惊掉笛拉的下巴。

校花婀娜地走了，吴振羽迫不及待地拧开保温桶，喝了半桶汤才放下来喘口气，"蘑菇排骨汤，好喝！"

可笛拉却踮起一只脚，做出扭脚踝的动作，"她穿高跟鞋！"

"女生不就该这么穿嘛。"吴振羽晃了晃眼珠子，"不像你，大老爷们。"

"我这样子是学校规定！"

"学校可没让你女扮男装。"

"你！"

吴振羽发出"嗷"的一声，笛拉以为他把保温桶扔了出去，定睛一看，是架纸飞机，冲着沙坑就飞了过去。这是吴振羽的习惯，这家伙从小学起就喜欢在跳远时扔纸飞机，飞机着陆的地点就是他的目标线。

"我现在能跳7米6，要不要看一下！"吴振羽的头发在微风里轻轻地向后拂动，麦色的肌肤包裹着匀称的肌肉，那张咧嘴笑的面孔，时刻透着危险的痞气，尤其是那两片薄嘴唇，喝过汤后在阳光下一片晶亮。

"你个红颜祸水！"笛拉咬牙切齿地扭头走了。

"喂，干吗那么说你自己啊？"

笛拉听到吴振羽刺耳的笑声。

"我也要回去了，等我一会儿嘛！"

"滚蛋！"

笛拉和吴振羽是小学同学，但小学五年级时，吴振羽就因为出众的体育天赋，被体校招走了，可是没想到过了小学和初中，两人又在清潭高中碰头了。算不上冤家路窄，只是当年的好学生笛拉和坏学生吴振羽，在市重点成了同班同学，这让前者很不痛快，又让后者太洋洋得意。

教室里已经坐了一大半学生，正埋头"吭哧吭哧"地写作业。化学课代表一脸正经地站在讲台上发试卷，冷不丁一看还以为是化学老师本人。说起笛拉的这位化学老师，最近还因为见义勇为被学校表彰了。他受伤了也不忘来学校上课，这不，上午才考完的试卷，吃个饭就批阅完了。化学课代表面无表情地将试卷递给笛拉。

95分。红色的分数潇洒动人，但笛拉有自知之明，直接翻看下一张试卷，59分，这才是她的分数。

回到座位，笛拉将95分的卷子放到隔壁桌上，同桌朱晓晓不到上课是不会回来的，而现在笛拉也没兴致订正试卷，她抽出自己的日记本，这是她唯一能抒发心声的地方。可是一打开，就发现日记本上被撕了一页，留下的余页边缝，光滑流畅，笛拉都能想象出那一气呵成的撕法。到底是谁这么可恶！

"吴振羽！"

笛拉猛地抬头。

"你是不是没写名字！"

化学课代表的声音响亮严肃，吴振羽直接将水壶和保温桶砸在讲台上，一把从对方手里夺过试卷，当着课代表的面将试卷揉成了纸团，高举双臂，投篮，居然命中了教室最后方的垃圾桶，他一个哆嗦的甩头，目光刚好与笛拉撞上，便冲她吹了声响亮的口哨。笛拉赏了他一个大白眼——应该不会是这个家伙，他连字都懒得看，更没兴致跑来读自己的日记了。

那还会是谁呢？

笛拉皱着眉头地毯式搜索，左前方，半蹲在学号为5号桌旁的48号！她正轻声细语地向同学请教着问题。她非常看不顺眼49号的笛拉，尤其昨天晚上，当笛拉凭借出色的课外实践作业，拿了全班第一后。隔着卫生间的小板门，笛拉听到48号无比刺耳的议论声。

"你说她丢不丢人，为了一份实践报告还跑去超市打工，大甩卖！搞促销！她以后是要当销售员吗！有那闲功夫不如看看自己的成绩，呵，画画倒是不错，怎么夸她来着，说她写的报告图文并茂，等升了高二当个美术生得了！"

笛拉脑海里还留存着48号的笑声，就听到一阵夸张的呼噜声，不用猜，也知道是50号的吴振羽。刚揉了试卷，现在居然能心安理得地抱着水壶睡觉，但看到他如此不思进取，笛拉反而放心了。

其实笛拉非常理解48号的心情，因为清潭高中向来是按照入学成绩排学号。班里从47号往后，都是花了钱进清潭的借读生。借读生为了昭告世界自己是在中考中发挥失利，所以一入校就开始头悬梁锥刺股，一阵拼死努力后却发现，在大考中发挥失常是常态，但真正的优等生，是考砸了也能顺利飘过清潭的录取分数线。一旦悟出往前冲无望的深刻道理，大家就都开始努力打压后者，47号防着48号，

48 号守着 49 号，而当笛拉回望 50 号的吴振羽，这家伙虽然文化成绩垫底，却是领着体育奖学金被清潭高中邀请来的。而且他是全校体育生里唯一一位达到国家一级水平的。笛拉用力合上日记本，毫无头绪，心情非常不佳。

同学陆续到齐了，朱晓晓拎着一大袋吃的咋咋呼呼地冲进教室，她没有回自己的座位，而是直接跑去了后排，蹑手蹑脚地将一张 10 元钞票卷成卷塞进吴振羽胳膊的缝隙处，吴振羽醒了，抬头看她，两人微微一笑，交换了一个意味深长的眼色。

"你们干吗都给他钱？"笛拉没等同桌坐下就发问。

"他问我借的。"

晓晓看起来兴致勃勃的，这时班主任进来了，他换了一套运动服，瘦削的小身板总算有了点精神，"现在出去排队，声音小一点！动作快一点！东西少带一点！"

"一点，一点"，招呼着学生赶紧出去排队。即使是郊游也只给半天时间，但对每日军事化学习的学生来说已经是莫大的满足了。

笛拉和吴振羽作为班里个头最高的男生和女生，站在队伍的最后方。没一会儿，吴振羽就开始嬉皮笑脸了，"借我点钱呗。"

笛拉估计，吴振羽应该已经向很多人借了钱，这回总算把魔爪伸向了自己。

"我要做一件大事，很快就还你。"

"不借呢？"

"朱晓晓她们都借了，你放心，就算她们的不还，你的我肯定还，而且你也认识我家，我跑不了！"

"我哪认识你家，你那么多家。"

吴振羽向笛拉伸出攥紧的拳头，目露凶光，这是他最不能触碰的一个话题。

笛拉朝他板出一张扑克脸，"要多少？"

"50。"

"25 吧，我生活费本来就不多。"

"也行吧。"

笛拉将奶奶刚给的 50 块钱递给吴振羽。

"你怎么不问问我借钱干吗用？"吴振羽从口袋里掏出一大把零钱，找了笛拉 25 块。

"肯定没好事啊。"

"那你还借？"

"开除你我才高兴呢。"

"要开一起开啊，要不你多寂寞。"

"滚。"

这样的嬉皮笑脸，整个清潭高中也只能从吴振羽一个人身上感受到。

队伍像盘龙般行进在学校里，笛拉跟着人群从三楼下到一楼，出了教学楼，队伍里就有人不安分了，好像是看到了猴子。笛拉拉长脖子，心想那团黑影终于要显露真身了。

果不其然，真有一只很迷你的小猴端坐在柳树上，俯瞰一切的眼神像个小人，不过是个被炸毛了的小人，一身棕黄的皮毛像阳光一样绽放着，身上还飘着一股若有似无的白烟，两颗漆黑的眼珠子像个无底洞，它看着笛拉，笛拉也看着它。

吴振羽在笛拉眼前挥了挥手，"魂被勾走啦！"

"是不是野生的？"笛拉激动坏了。

"野不野生不知道，但有一点很肯定，这猴子有病！"

"我怎么跟不上你的逻辑呢？"

"好端端一猴子跑学校来干吗？这里都是钢筋混凝土，还有围栏。"队伍已经行进到校门口，两米四高的实体围墙阻隔了一切外界视线，围墙上立着一米多高的铁丝网，铁丝网上还拉着高压线，"知道的人，当这里是学校。不知道的人，还以为是牢笼呢，你奶奶每周都来给你送饭，这还不形象！"

笛拉一想到这个就来气，"少扯上我奶奶，我告诉你，我今天中午喝的汤也是蘑菇排骨汤！"

"怎么了？"

"动动你的脑子，过了今天才立夏，我奶奶多好的心，每个星期都想着你！有我一份肯定不少你的。我说，你爸确定不是看着日子找女朋友的？你那些妈妈们，不到立秋会出现吗？"

吴振羽"啧啧"了两声。

笛拉也见好就收，不再刺激他，毕竟奶奶总说，妈妈太多的孩子比没妈的孩子更可怜。

"反正这高压线肯定带电，你瞧那蠢猴子把自己电了。"

笛拉又忍不住争辩，"它是猴，又不是人。"

"可有人会耍猴啊，这年头我还见过耍熊的呢，瞎着眼都能走钢丝……"

"得得得，你闭嘴吧。"

"我没瞎说。"

"闭嘴！"

小猴没待一会儿就跑掉了，队伍里满是失望声。

5月5日 / 晴 / 下午3点

说好的郊游，不过是徒步练习，在走了近两个小时、毁了清潭市中心所有正常交通秩序之后，终于抵达了目的地——一片视野辽阔、净是草坪加景观树的免费市民公园。队伍解散之后，笛拉与同桌朱晓晓适当闲聊了一下，便分开了。

笛拉自娱自乐的功夫一流，买了一根热狗、一杯橙汁，哼着孤独的小调在市民公园闲逛，来这里的人不少，除去清潭高中的学生，还有一群稚嫩的小朋友，估计是附近某个幼儿园的，正在排队集合、手拉着手，说着同样的话，摆着同样的表情，想到他们若干年后也会成为清潭高中某位戴着黑框眼镜、脸颊长痘、身材干瘦的学霸，笛拉就觉得有些惋惜。

嚼着热狗的笛拉往人少的地方去，人一少，各种感官都变得敏锐起来，笛拉感觉小猴又出现了，在树丛间忽隐忽现，一路跟过去，走过一条板石道、跨过一座独木桥，原来市民公园也是有娱乐设施的——两架秋千。不过其中一个已经被占了，一位穿着奶黄色上衣的小男孩，身材矮小，坐在秋千上脚都够不着地。他背对着笛拉，微微弯曲的身影看着像抱着什么东西。笛拉不想吓到他，快要靠近时特意咳嗽了一声。男孩一回头，笛拉就看到了他怀里的猴子。

笛拉快步来到秋千前，再看男孩，发现他怀里已经空了，他只是一直弯着腰坐着而已。笛拉有些失望地在秋千上坐下，刚才并没有注意到小猴跑走，怎么就不见了。

高个子荡秋千，腿根本不够放，晃起来也显得很别扭。这么别扭地坐了一会儿，笛拉实在忍不住了，扭头看向男孩，发现对方也正歪着脑袋看她。

看他年龄大小，笛拉想到了来时的一幕，"你不去排队吗？"

"我走丢了。"男孩奶声奶气，语气里却听不出一点着急。

"我知道他们在哪里排队，要我带你去吗？"

"来不及了。"

"现在去应该来得及。"

"我口渴了，能喝你的饮料吗？"

笛拉瞅了眼手里的果汁，"我已经喝过了。"

"没关系，我口渴。"

这位小朋友脸皮不是一般的厚，笛拉不好意思小气，拿走了吸管，揭了杯盖，将还剩半杯的橙汁隔着秋千递给男孩，男孩只抿了一小口，就皱起了眉头。

"怎么了？"

"这是假的。"

"景点只有这样的。"

男孩盯着那黄澄澄的液体，像鼓起勇气一般，仰起头准备干杯。

"难喝可以不喝。"

可男孩已经干杯了，举起空杯子，夸张地松了口气，"等我请你喝鲜榨的，这也太难喝了。"男孩整张脸都皱到了一起,从秋千上一跃而下,走到笛拉身后,笛拉使劲扭转秋千转过身,两条铁链在她头顶拧成了一个"×"。男孩在看天上的风筝,市民公园地势开阔,也没电线杆之类的遮挡物,正适合放风筝。

"能给我买个风筝吗?"

笛拉被铁链的力量重新拉了回来,差点从秋千上掉下去。

"我风筝放得可好了。"男孩跑到笛拉跟前,一双滚圆的眼睛皱一皱仿佛就能挤出水来。

"但我可穷了。"

"我只买最便宜的,20块就够了。"

笛拉感觉自己跟着小猴走进了一个圈套,面前这个男孩该不会是吴振羽安排过来的吧,要把自己剩余的钱都骗走?

"好吗好吗?"

笛拉心软了,"我们去店里看看吧。"

男孩转悲为喜,弯起的眼睛显得更可爱。可笛拉自己就悬了,如果明天吴振羽不把25块钱还回来的话,自己就只剩下预存在饭卡里的几十块钱,怕是熬不到下个礼拜天。

笛拉带着男孩去到小卖部,一路上再没见到排着队的幼儿园小朋友。丢了这么一个大活人,老师也真够粗心的。

一进店,男孩就指着一只菱形的彩色风筝,相比旁边的"蜈蚣""老鹰",这个风筝从面相上看确实是最便宜的。

"多少钱?"笛拉先确认价格。

"20。"店老板不忘推销别的,"买个老鹰的吧,贵不了多少,又牢固又漂亮,飞得也高。"

笛拉尴尬地笑着,心里惴惴不安,20块已经是自己的预算极限了。

男孩说到做到,"我就要这个。"

笛拉偷偷松了口气。

"你弟弟可真懂事。"

笛拉瞅了眼男孩,"他不是我弟,就是走丢了。"

"走丢?"店老板瞪着眼在两张没有一点相似之处的脸上来回移动,小声说,"你干吗这么好心?"

笛拉一把夺过风筝,有些不痛快地带着男孩离开了小卖部。快到草坪时才与男孩说话,"我可不会放风筝,你别吹了牛等会儿放不上去。"

"我这辈子还没遇到我放不上去的风筝呢。"

笛拉有些怀疑自己的耳朵,"你刚才说什么?"

男孩已经跑向大草坪,扯了包装,摆出放风筝的架势。

"不用拉着点线吗?"笛拉虽然不会放,但常识还是有的,总该放点线拿着风筝跑一跑,可男孩的动作有些古怪,只是捧着那只风筝,像在对它念咒。

"现在都没风,放不上去……"笛拉正说着,刘海就动了。学校规定的露耳短发,一般规模的风力压根吹不动,但此刻笛拉明显感觉到自己的发根被扯动,衣服也鼓了起来,起风了,还不小,没一会儿就大得不适合放风筝了。笛拉被大风吹得眯起了眼睛,陆续看到有风筝掉落——好端端在天上飞着,就断了线,歪头直往下坠。

"你肯定放不上去的!"

笛拉大喊着,却发现男孩手里的风筝已经腾空,与正常风筝起飞不同,他的菱形风筝是直线上升,它的背景是所有风筝的坠落,这一幕有种莫名的热血。笛拉听到很多人在喊,风太大了,线都断了。可男孩只是盯着他飞起的风筝,脚下的轮线盘飞速地转动着,风筝越飞越高,最后连着轮盘一起飞上了天空。笛拉直愣愣地站在原地,风筝在空中越来越小,最后只剩下了一个黑点……原来这就是放风筝!

"可算找到你了!"

愠怒的声音在笛拉耳旁响起,一身可爱裙装的年轻女子不知何时出现的,估计是幼儿园老师,径直走到男孩身边,有些不客气地拉了他一把,男孩还在仰头看,现在风已经小了很多，原本以为要刮大风下大雨的人都停止了奔跑，天空也亮了起来，只是那只风筝早已不见踪影。男孩不理会年轻女子，继续仰着头，不断挪动自己的位置，突然摊开手掌，似乎是接了一下从空中掉落的东西，脸上立刻有了笑容，并且收回了自己的目光。

笛拉注视着走到跟前的两人，一脸怒火的年轻老师正瞪着她，好像在责怪她"拐骗"小孩。男孩却一脸兴奋，嚷嚷着说："我要回家了！"然后往笛拉手里塞了个东西，"送你的。"

"什么呀？"笛拉看着掌心的一块小木块。

"送你的。"男孩神神秘秘的。

老师拽着男孩的后衣领，像拎小鸡一样把他带走了，笛拉朝他们远去的身影无奈地挥了挥手。低头看小男孩给她的小木块，是一块比拇指略大，咖啡色木纹的薄片，上面什么都没有，但在薄片一侧有一条细缝，留这么小的细缝难不成还要塞东西进去？笛拉苦笑，20块钱换一块小木块，难怪自己理科那么差。

远处的人群里，笛拉似乎看到了吴振羽，他正神秘地往书包里塞着什么块状物，鬼头鬼脑的。再抬头看看天，今天真是见鬼，一下遇见了两个骗钱的。

5月5日 / 晴 / 晚上7点

晚自习上，笛拉愁眉苦脸地与手里的化学试卷作战斗，广播信号"嗞拉"一声，教室里出现了分管高一年级的副校长声音。

"请各班借读生前往二楼阶梯教室开会。"

重要的事情重复了三遍，笛拉尴尬地从位置上站起来，想尽可能快地离开教室，没想一站起来脚底板就发软，没走两步，还平地绊了一下，眼看快摔倒了，身后居然有人扶了她一把。笛拉一直坚持到出了教室才回过头，是吴振羽！可体育生不是借读生，他不需要开会。

"你上哪儿？"笛拉注意到他肩上背着一个鼓鼓囊囊的书包。

"我要干大事去了。"吴振羽朝笛拉露出一个痞痞的微笑,朝着与阶梯教室完全相反的方向跑了。

在会议室坐定,训话的副校长便对着一众借读生口沫横飞。

"各位的入学成绩不够理想,这半年多的学习下来,我们不得不承认一件事,基础好还是占据相当大的优势的,所以为了各位的前途着想,学校在这方面也不是完全没有先例,学美术是个不错的选择……"

笛拉顿时就耳鸣了,从小到大,自己都没上过几堂美术课,都被尽职的主课老师抢光了不是吗!而且都说乡村学校师资力量太差,所以笛拉才花了大价钱进清潭高中。可现在进了清潭,副校长却建议她学美术!笛拉心想一定是哪里出了错,用力搓着脸颊、揉着耳朵,可耳鸣突然被一声巨响打断,惊得所有低垂的脑袋整齐划一地抬了起来。

巨响接连不断,每隔几秒就会传来震耳欲聋的爆破声。所有借读生都无心听教了,训话的副校长也开始分了心,响到第九声时,笛拉看到副校长做出一个"你妈"的无声口形,然后蹬着高跟鞋冲了出去。会议室一下就沸腾了,平日里夹着尾巴做人的借读生吹起了口哨,拍起了桌子。

"谁啊!这么牛!"

"为什么不把电柜箱炸了。"

"厉害厉害,这动静是要把学校的每个楼道都炸一遍吧!"

每位借读生脸上都洋溢着满意的笑容,仿佛自己置身于这所不断发出爆破声的校园之外。笛拉跟着人群走出会议室,副校长正站在走道口与一个黑影说话。空气里弥漫的味道让笛拉想到了过年,无比浓郁的烟花炮仗味。

"现在在外面的只有借读生。"

"确定?"

"可以统计一下人数,并不是说要冤枉他们。"

笛拉认出了那个黑影,是她的化学老师,如果他能在黑暗中一瘸一拐地走两步,笛拉应该能更早地认出他。

副校长听了建议，开始清嗓子，"都回会议室去！现在要点名！"

尖厉的嗓音仿佛已经锁定了嫌疑人。笛拉被往回跑的人群挤来挤去，她不喜欢与不认识的人这样接触，所以闪到了一边，那里有通往一楼的楼梯，笛拉在黑暗中摸索着下楼，很快就过了楼梯平台。

"会开完了？"

笛拉吓了一跳，站住了脚，这声音没法再熟悉了，"吴振羽？"

"你下来帮忙吗？"

帮忙？笛拉的脑回路一下被连通了——借钱，往书包里塞块状物，还要干大事去。自己怎么就没想到会是这么个大事呢？

"我跟你说，化学老师的脚不是见义勇为受的伤。"

在现在这种情况下谈论化学老师的瘸腿，笛拉有些犹豫，但她站在楼梯上一言不发，盯着黑暗中吴振羽闪亮的眼睛和反光的牙齿，她居然想听一听。

"那天晚上我刚好出去打游戏，回来的路上遇见了宋老师，一傻子拿着刀想抢他的钱，他当然不肯给，就抬脚踹他，结果一脚踢在了刀子上，歹徒应该只是想吓吓他，结果他却受了伤还流了血，反倒把对方给吓跑了。第二天学校就传开了，说宋老师见义勇为挂了彩，还在大会上表彰他，其实他只是攻击时伤了自己。"

"你为什么说这些？"

"我就是想告诉你，你瞧得上的人也不过如此。"

"谁在那里？"

背后不能说人，更何况人家就在你楼上，化学老师的呵斥声像符咒一样压了过来。

"我要去操场放烟花，要不要一起？"吴振羽跨上台阶，在笛拉脚边放下一根炮仗，准备就绪后向笛拉伸出手。虽然从小就认识，吴振羽也早以那张痞气十足、帅气有型的脸蛋闻名全校，但笛拉从没承认他帅过，不过现在，他跨着一条右腿，朝自己伸出右手，顺拐的模样真的有点帅。

笛拉做了一个深呼吸，头脑还算清楚，口齿清晰地说了声，"好！"

吴振羽得到了指令，点燃炮仗后，一把握住笛拉的手，拉着她一起跑向那嫩绿的草坪、橘红的跑道，那里宽阔得像个巨型的靶场，笛拉将和从来都入不了眼的坏学生吴振羽，站在靶心中央，放！烟！花！

笛拉喘着气，看着漫天绽放的烟火，今天抬头看天的次数有点多，脖子仰得疼。

吴振羽看着在空中炸裂的烟花，忍不住有感而发，"我的梦想终于实现了！"

笛拉看着火光下吴振羽得意的侧脸，"不会是……把学校炸了吧？"

"嘿，你居然记得。"

不是居然记得，而是为什么记得？笛拉看着大片的火星在空中坠落，宛如火星雨一般。她的心思悄无声息地落到了那张被撕走一页的日记本上，"你有没有……"

"你们俩！哪个班的！"化学老师的咆哮声像音浪般奔涌而来，黑暗中出现了一瘸一拐想要奔跑的身影，"叫家长！把你们家长都叫来！"

化学老师的嘶吼声还在耳朵里回荡，笛拉和吴振羽已经站在校长办公室了，办公室里弥漫着一股浓郁的檀香味。

"外面的世界很精彩，外面的世界无法不精彩。"这是副校长每次的开场白，她执教语文，口才和学识都很了得。她处理这种问题已经很有经验，无须过问两位同学为什么要这么做，只需就这件事的恶劣影响，不断地强调和威吓，还提出要记过。在一刻不停地说了近半个小时后，副校长将矛头指向笛拉，"笛同学，你还想在清潭高中读吗？"

相比特招进来的吴振羽，笛拉的处境更难。

"你是清潭的借读生……"

又是这三个字，笛拉心里所有的怨气都化作了叹气。

"学校虽然知道你的能力够不上清潭的标准，但我们依旧秉持着因材施教的决心录取了你，给你提供最好的师资力量、学习环境，你本应该好好珍惜这个机会，当一个安分守纪、努力向上的学生。但你今天的表现真的太令人失望了,不光是成绩,连品行都有待考量。都说会咬人的狗不叫,平时一声不吭的学生最容易'一鸣惊人',你看看你都干了些什么,证明自己不是哑炮?那也该响对地方……"

心跳已经冲到了峰值,肺也快气炸了,笛拉准备反击。

"说话能不能别这么恶心?"吴振羽突然插话,他厌恶的表情像是在跳远助跑时吞下了一只苍蝇,"我真要听吐了,你就那么确定现在坐在教室里,哪怕每次考试都考第一的学生品行就一定端正吗?你们判断学生的好坏就是看成绩吗?因材施教,确定不是见钱眼开?"

副校长一下就被激怒了,"至少他们没在走廊里放炮仗!在操场上放烟花!"

吴振羽笑了,"我呢,就是个穷学生,口袋里没几个钱,可是烟花和炮仗一点都不便宜,我这钱哪来的?您猜猜。我一直觉得笛拉就是个书呆子,事实证明她就是。"吴振羽瞄了眼纹丝不动的笛拉,"我问很多人借了这笔钱,包括笛拉,不过她是唯一一个不知道我借钱是要干吗的,她的品行就一个字,正。不过是那种傻不拉几的正,被人耍了都不知道。"

"你不用为她开脱,在操场上放烟花的是你们俩。"一直立在办公室的化学老师开了口。

"开脱?我还要恭喜她总算想通了,何必在一所虚伪的学校埋没自己呢?没必要,宋老师您说是吧,您的脚还疼吗?下次踢人的时候千万要对准了踢。"

化学老师青黑的脸上露出一丝尴尬。

敲门声突然响了,推门进来的是笛拉的班主任,身后居然还跟着笛拉的爸爸。一会儿的工夫爸爸居然来了,脸上还印着红斑,应该是喝酒了,一进来就给化学老师发烟,但对方拒绝了,向副校长点头哈腰,对方也没有理睬的意思。

"小孩子不懂事,我们大人聊一聊,行不行?"

看到爸爸这么低眉顺眼地打圆场,笛拉的眼睛一下就红了。因为爸爸的到来,笛拉和吴振羽被请出了办公室,两人站在寂静的走廊里,连呼吸都有了回声。

笛拉低着头，盯着自己的鞋尖，今天走了太多路，脚在里面已经发胀，加上刚才的兴奋褪去，有些浑身无力，"你撒谎的时候不担心被揭穿吗？"

吴振羽看了她一眼，"我撒什么谎了？夸你夸错了？"

"如果我没记错，化学老师腿受伤的那天晚上，你没有出校门。"笛拉早在放烟花的时候就想到了，"那天我往你水壶里放了一颗泡腾片，你一下就跳起来了，我记得很清楚。"

吴振羽在昏暗里点着头，"原来你是后悔跟我去放烟花了？"

"算不上后悔，只是这是我人生中第一次因为做坏事被请家长。"

"你爸会揍你？"

"不知道，小时候也被揍过，可后来他们越来越忙，就没空管我了。"笛拉一想到这个，心里更不舒服了。

"你这话听起来像是盼着挨揍啊！"

"能不开玩笑了吗？"

吴振羽稍稍摆正了身子，"在我家呢，我妈不舍得打我，我爸打不过我，我的事全由我自己做主。"

"你到底有几个妈？"

"打住啊。"吴振羽又因为这话题严肃起来。

"其实刚才……谢谢你。"

吴振羽看着笛拉不情不愿的样子有点想笑，"别客气，都老同学了。"

"可你为什么要闹啊，是想回体校吗？"

"我就是不想在体校待了才答应清潭过来的，可是过来也不适合我，估计是所学校就不适合我吧。倒是你，你学得高兴吗？来清潭是自愿的还是被逼的？"

"自愿学习的人应该不多吧。"

"嘿呦，真不信这话是你说的。你虽然是个傻不拉几只知道学习的学生，但很容易让人印象深刻。这个'虽然'和'但是'，造得怎么样？"

笛拉不明白。

"造句啊,你小学五年级时候的造句——虽然吴振羽体育很好,但是他学习成绩很差。我是多典型还要被你拿去造句,老师还在课堂上说你造句造得好,我当时就觉得你们的价值观有问题,体育好和学习差能成为转折关系吗?"

"你居然记得。"

"就像你也记得有一个学生的梦想是把学校炸了。"

笛拉越发肯定了,"你偷看我日记了,对吗?"

"是你上厕所的时候没合日记本,我路过就扫了一眼。"

笛拉紧皱着眉头压下怒火,"算了,我想起我在那页上写什么了,我也想把清潭高中炸了,呵,多谢你帮我实现了梦想。"

"诶,"吴振羽用力朝身后的办公室甩了下头,"你既然那么讨厌清潭,干脆就别念啦。那些话,你听着不生气?"

"气也没用啊,我进清潭高中花了很多钱,我爸妈在创业,那笔借读费应该还是他们借来的,就算学校说话很难听,我也得硬着头皮把这三年念完。"

"真令人佩服。"

"其实我很佩服你。"

吴振羽一脸的惊恐状。

"我以前瞧不起体育生,觉得他们都是四肢发达、头脑简单。"

"放个烟花你就想通了?"

"但你不一样。"笛拉盯着压根不信她的吴振羽,"你有天赋,你和那些因为成绩不好而去学体育的人不一样,有谁能像你一样一下蹦出7米多,还是国家一级运动员。"

"得了吧,那还是一样,你瞧不起体育生。"

"我是瞧不起我自己。"笛拉有些急了。

吴振羽瞪了她一眼,"你是有病吧!"

"成绩越来越差的病。"

吴振羽一脸无奈,"别那么自暴自弃好吗?你的病是太把老师的话当真理了。在你看来,非得成绩好一点,或是体育有天赋一点,才能被当作一个人。"

"没那么严重吧。"

"有这么严重,要不然你一天天地那么痛苦,记人只记学号、只记排名,咱们班那些优等生估计也是这么干的,用学号来标记一个人。"

"我只是不想比别人差,我想我有点要强。"

"是很要强。"吴振羽太了解笛拉了,"你是从图德高中借读过来的吧?"

"嗯。"

"你呢就不应该来清潭借读,待在图德你至少还是个尖子生,这很适合你的性格。"

"可图德……"

"不是重点,说起来不好听。听我一句,回图德吧,清潭会一点点毁掉你,你现在想着什么借读费、什么重不重点,等你在清潭待疯了,待出病了,到时候你后悔都来不及。"

笛拉还是愁眉苦脸的,"可离开这儿哪有那么简单。"

"也没你想的那么难,主要是你自己想不通。"吴振羽背靠着墙,直直地滑向了地面,伸长了双腿,"快累死了。"

笛拉也跟着蹲了下来,这一蹲就感觉挤着了什么,一掏口袋,是下午男孩给自己的小木块。

"什么东西?"吴振羽斜着身子凑了过来。

"下午碰到一小孩,他给我的。"笛拉将木块递给他看。

吴振羽拿在指尖像转笔一样转着,很快又把木块还给了笛拉,"小孩的把戏。"

"应该吧。"笛拉捏着那块小木块,好像与下午的时候有些不一样了,上面隐约浮现了些字迹。正感到困惑时,办公室里传来了脚步声,笛拉赶紧站起来,动作太快，大脑供血不足，有些头晕目眩。吴振羽就慢悠悠的，直到副校长走出来才彻底站直。

"笛拉，下不为例，先回教室吧。"笛拉看着副校长张嘴闭嘴，爸爸在一旁露出感激的神色。可为什么她说话有回声？

"走吧。"

爸爸走过来拉笛拉的胳膊，这一拉，就知道哪里不对劲了，爸爸在拉着自己往前走，可自己分明还站在原地。

"爸爸！"笛拉着急地唤了一声，可爸爸并没有回头，他已经拽着另一个自己往教室的方向去了。

怎么回事？笛拉看着自己的双手，小木块还留在掌心。"吱吱，吱吱。"耳朵里传来一阵奇怪的叫声，一转身，那只小猴正蹲坐在办公室外的栏杆上。笛拉听到化学老师在喊"去去去"，还上前赶它，吴振羽还是一副无所谓的样子，看着小猴咧嘴笑了。

"吴振羽，你的问题还没解决。"副校长和班主任都瞪着他。

笛拉盯着眼前的一切，他们各忙各的，根本没注意到还有一个自己留在原处。

"不麻烦了，我可不想留在这儿。"吴振羽两手插兜，准备离开。

"吴振羽！"笛拉喊出了声，吴振羽停住了，笛拉大声地冲他喊道，"你能看到我吗？跟我说句话呀！"

可吴振羽却将目光抛向了远处，爸爸已经放下了笛拉的胳膊，两人正慢慢地走在回教室的路上，垂着头走路的自己，一点精神都没有。

小猴继续"吱吱"叫着，一边躲开化学老师的驱赶，一边向笛拉伸出手，笛拉觉得奇怪，好像只有它能看得到自己。突然她感觉掌心发烫，手中小木块的一面亮起像指纹一样的洁白光圈，另一面却浮现出红色字迹，越来越清晰。

"车票，四季城——夏，时间：5月5日晚9点30分"

笛拉耳边传来缓慢悠扬的钢琴曲，这是清潭高中的下课铃声，9点25分，晚自习结束了。

　　笛拉的头越来越晕，一切都变得天旋地转。

02.

奇怪的车站

等笛拉从眩晕中恢复过来，眼前的场景已经不是清潭高中了，这里空空荡荡，到处都是蓝色的塑料椅，像是一个等候室。

"你终于醒了，都快要误车了。"

出现在笛拉面前的是那张熟悉的小孩面孔，他还是穿着下午那件奶黄色长袖，肩头蹲着那只出现了很多次的小猴。

"走吧走吧，要去检票了。"

男孩直接将笛拉从位置上拽起来，他力气很大，完全不是这个年纪该有的。男孩拽着笛拉往检票口去。笛拉有些认出这里了，公交车站，自己每次放月假都会到这儿来坐车，可这里都是短途公交车，这么晚了还有班车吗？

"为什么要检票啊？要去哪里？"笛拉才在学校看到爸爸，何必自己再坐车回去。

"先检票先检票。"

男孩直接从笛拉手里拿过那个小木块，扫了一眼，就递给已经等在前方的检票员,"为什么会是夏城?"男孩问了一个令笛拉听不懂的问题,不过他问的是检票员。

"这的确是通往夏城的票。"身穿深蓝色制服的检票员,戴着一副金丝边框的眼镜,看起来已经工作了很多年,经验丰富,"都快11年没见着了。"

"可我给她的是春城的票,为什么会变成夏城?"

"这或许……与笛小姐最近的经历有关?"眼镜后抬起的一双眼睛,写满了困惑。

男孩吸了吸鼻子,"为什么你身上有硫黄的味道?"

笛拉撇撇嘴,不想解释。

男孩为难地挠了挠头,"能退票吗?"

"退票!凤先生您开什么玩笑,除非客人在出发前突发心梗、脑溢血……"检票员做了个抹脖子、吐舌头的动作,"这样才能退票,不划算吧!"

"她能活着回来吧?"

检票员露出夸张的表情,"这只是交换,哪有那么严重,您可是常客了,别说这种吓人的话。"

笛拉完全听不懂他们的对话,"你们到底在说什么?我现在要去哪?我不得待在学校吗?晚自习刚结束,可以回去休息了,我今天特别累。"

"笛小姐,能把您的大拇指按在这里吗?"检票员根本不接笛拉的话,直接将笛拉的左手拇指按在木块上。

笛拉的指腹被用力地吸了一下,"你这是在采集我的指纹吗?"

"也是在匹配您的性格。"

笛拉注意到木板上又亮起了指纹一样的光圈,不过这回变成了红色。

"您过来选一下想穿的鞋子吧。"检票员打开右侧的小栅门,那里立着一个很高的柜子。这里很像公交车站,但车站不会有这种又高又窄的黑色柜子。

"选高跟鞋。"男孩提醒道。

"凤先生,请您后退!这必须由笛拉小姐自己选择。"检票员邀请笛拉进来,又把小栅门关上。

笛拉觉得莫名其妙，跟着往前走，右手边的柜子里，果然摆放着密密麻麻的鞋子，车站什么时候开始卖鞋了？

"这要怎么选？鞋店也没这么多鞋吧。"笛拉向来是个对穿衣打扮没兴趣的女生，看到这一整排的鞋子，一下得了选择困难症。

"选您喜欢的就行。"检票员依旧保持着她的职业态度，"凤先生，您就不用进来了吧，我帮您把鞋拿回来。"

"随便！"男孩趴在检票台前，他此刻更关注的是笛拉选哪双鞋，肩头的那只小猴也眼巴巴地朝里望着。

鞋架上似乎并不都是新鞋，"我该选新的还是旧的？"

"随您。"

笛拉盯着鞋柜，柜面跟着她的目光上下移动，再上面的鞋子也会随着她的目光移动到她面前。

"鞋号呢？"

"您不用考虑鞋号的问题。"

笛拉盯着满目的鞋子，要不要选高跟鞋？自己已经看到好多双造型漂亮的高跟鞋了。而且还发现了一双与校花脚上一模一样的，可自己真的喜欢吗？长这么大也没有穿过高跟鞋，而且今天的脚是肿的，穿这种鞋子一定会很累吧。笛拉悬在半空的手还是放了下来。鞋柜又开始动起来，出现了很多圆头皮鞋，她平时也想买过，不过太贵气的鞋穿在自己脚上总有些别扭。还有一些高筒的皮质靴子，看起来已经饱经风霜……

"我选这双。"

检票员瞟了眼男孩，小男孩在用眼神问她选了什么。

"是吗，您确定？"检票员礼貌地问道。

"我还是喜欢穿运动鞋，而且这鞋子上的红色很漂亮。"笛拉拿下鞋子，是一双洁白崭新的运动鞋，其中一只鞋底边缘往上一两公分被深红色包裹着。

男孩盯着笛拉怀里的鞋，突然嚷嚷起来，"如果她选了个死人，是不是可以重选。"

"您真会开玩笑，这里所有鞋子的主人都好好活着呢。"检票员接过笛拉手里的鞋去登记。

"她到底选了谁？"男孩又扒上柜台，可惜个头太矮看不见，小猴跳上柜面，却被检票员一把捂住了眼睛，不让它看自己的操作，笛拉还站在检票员身后，看到显示屏上出现了一位穿黑衣服的长发女孩，手里紧紧握着一支钢笔，神情像是刚参加完一场葬礼，沮丧到了极点。

"27岁看起来也太小了点吧，是配错照片了吗？"检票员用手敲了敲屏幕，图片没有任何改变。

笛拉注意到照片旁的名字，屠雪绒。

男孩又试图扒上柜台，他对检票员的每句碎碎念都放在心上。

"你们到底在干嘛吗，不解释一下吗？"笛拉走出柜台，她实在不理解现在发生的一切。

"解释是最没有必要的，还是得您去了那个城市，亲身经历之后才会了解。"

"我到底要去哪？"

"夏城，一个会下火星雨的城市。"

笛拉立刻想到了在操场放的烟花，手里的小木块也迅速升温，低头一看，木块上冒出了一团平面状的红色火焰，刚好卡在那条细缝里。

"看来是对上了，您现在要把鞋穿上吗？"

"不用，我拿着就行。"笛拉从柜台上接过，再次打量这双鞋，那层漂亮的红色看多了似乎有点像血渍。

"您可以拿着，这样回来就不用经过转换车站了，但在进夏城前请务必穿好，以免不必要的麻烦。"

笛拉觉得现在就是个麻烦。

"您先上车吧,身份很快就会吻合完毕。"

笛拉拖着疲惫的身躯,这一天实在太折腾。

"凤先生,您的鞋,欢迎回家。"检票员递给男孩一双锃亮的尖头皮鞋。

笛拉觉得不可思议,这种鞋是一个小男孩穿的吗?但男孩却脱了脚上的娃娃鞋,径直踩进了鞋里,尖头皮鞋按着他的脚型变小了。

"您的身份也会很快恢复完毕。"

"她到底用了谁的身份?会有危险吗?会饿死吗?"男孩又露出哀求的样子。

"这年头,吃饱了问题也不少吧?"

"你指的是心理压力?可她才几岁?"

检票员不想解释了,做了一个"请"的手势,让男孩与他的小猴赶紧进去。

伴随着男孩走路时的"咚咚"声,两人一同上了一辆大巴车,车上除了司机就只有笛拉和小男孩两位乘客,外加那只小猴。

隔着走道,小男孩在一旁的位置坐下,"你干吗不选高跟鞋?"语气里带着些责备,又多添了一份慵懒,语调好像与之前有了些差异。

"你说话好有意思啊,像个小大人。"笛拉打趣他。

男孩不屑地"哼"了一声。

"我个头本来就高,穿不了高跟鞋。"

"那你可以选皮鞋,看着就比这双鞋安分。"男孩那副不合年龄的表情让人忍俊不禁。

"一双鞋而已,你都能看出安不安分?"

"鞋比衣服还能表达一个人的真实想法,像干不干净……"男孩看着笛拉手里的鞋,伸出一根手指摆了摆,"像有没有质感……"男孩又摆了摆手指,"像舒不舒适……像有没有档次……"笛拉看着他晃动的手指,似乎产生了错觉,对方的手指是不是变长了?

男孩说了一堆,一直在晃手指,最后直接生气了,扭头看着窗外,车子发动了,他还在喃喃自语,"你要知道,不管在哪里,面朝黄土、背朝天的一定是穷人,穷人才喜欢穿这种适合到处乱跑的鞋子。"男孩的理论带着强烈的主观意识,"我明明要的是春城的票,怎么到你那儿就变成夏城了。夏城那鬼地方,把我们的着陆场变成了打靶场,春夏两城早就不往来了,我想去夏城找你都不可……"

"啊!"

男孩听到笛拉的尖叫立刻从碎碎念里回过神,发现笛拉正趴在窗户上,战栗地看着窗外。

"汽车为什么往天上开?"

"它不是往上开,是往上升。"男孩司空见惯地说道。

"就像你今天放的风筝,直上直……下。"

笛拉一回头,顿觉浑身瘫软,男孩完全变了样,肉嘟嘟的脸颊变得棱角分明,头发也从原来的柔软乌黑变得微微泛栗色,一身西装,还打着领带,两条长腿直直地横在走道上,那双鞋,尖头皮鞋,已经变成成人的大小。连他肩头的小猴也穿上了正装,更像个精致的小人了。

"你,你是谁啊?"笛拉四处张望,想要寻找男孩的身影。

"正式自我介绍一下,我叫凤灵,春城人,是个飞灵师。"说话的语调与男孩很相似,但慵懒的随意感更重了。

笛拉看他眉清目秀的样子,很像吴振羽,虽然后者黑了一点,但也是这样五官清秀。凤灵从口袋里掏出一块咖啡色小木块,细缝处多了一片洁白的羽毛。

"就像你们那里的歌手吧,我在春城也算有些名气,飞灵在我看来是份艺术工作,所以我经常到处采风,搜集灵感。"

笛拉听不懂。

"你叫笛拉,是清潭高中高一(8)班的学生。"

"嗯。"

"谢谢你给我买的风筝,有时候出来采风也会碰到回不去的风险,我的门票被当作杂物扔掉了,我必须得放个风筝重新申请。要是错过今天……今天是谷雨和立夏的交替日。"说这话时,小猴在凤灵的肩上用力地蹦了两下,"对了,忘了介绍,这是我的宠物,它看人很准,我已经到外界三个月,如果小猴没看到你奶奶给你生活费,没把你带到我身边,你没给我买那只风筝,我怕是要成为回忆了。"

"什么回忆?"

"通俗一点讲就是死亡,在四季城我们倒是可以在别的城市多停留些日子,但你们这儿就是四季城之外,没办法,不是我的季节我一刻都不能多待。"

笛拉有点慌了,刚才在车站,明明说不会死的。

凤灵继续说道,"我原本是想请你去春城作客的,顶多占用你一两个小时,午夜就让你回来。"

"我哪都不想去。"

凤灵一副爱莫能助的样子,"现在更惨,你得出去三个月,但有一点你放心,会有人替你在清潭高中继续学业。"

"什么叫替我?"

"你不属于四季城,所以进夏城必须选鞋,还得选人交换意识,能理解吗?就像我去你的世界,得选你们那里的鞋,所以我选了一个小孩交换。而与你在夏城交换的人,脚上会穿着你选的那双鞋子,手里还会拿着这样的门票,到时你就知道了,因为你很快就会变成她。"

"那……"笛拉想到了很重要的一点,"我的成绩会不会比现在好一点?"

凤灵嘴角抽动了一下,"那得看与你匹配身份的人脑子怎么样。"

笛拉想到了刚才屏幕上那个无比沮丧的女孩,看起来不像很会念书吧。

"凤先生,春城入口到了。"

司机大哥的声音突然加入,话音刚落,公交车上所有的窗户都开了,车顶也消失了,寒风"呼呼"地往里灌。现在不知在多少米的高空,笛拉被刮得从座位上腾空而起。

凤灵一把握住笛拉的手,"现在这种情况我实在抱歉!"风更大了,凤灵的领结都被吹弯了,小猴使劲抱着他的脖子,"你能进夏城,还能选鞋,去了那儿,就会有那儿的身份,有鞋穿的人不会没路走,夏城那地方也没什么不好的。"

"可你刚才说会变成回忆。"笛拉被冻得哆哆嗦嗦的。

"这个概率就太小了,进了城别把门票弄丢就行,三个月一到一定要离开,按压门票就可以了,很简单。"

"能提前回吗?"

"当然,进了夏城,直接按压门票就行。不过像咱们这种门票可不好得,都是萨在选人,一座城也没几个人能得到这样的机会。"

"萨?"

"就像你们说的神!"

"什么?"

"能到一个新地方晃悠一阵不是挺好的嘛,在夏城,火星雨是一绝,还有唤火师,春夏秋冬四座城都有自己的守护师。春城是飞灵师,夏城是唤火师,秋城是水影师,而冬城是雪幕师。我已经太久太久没去夏城了,你有这个机会一定要好好体验一下!对了,还有火球赛,记得要去看!"

笛拉被冷风刮得眼泪直流。

风更大了,凤灵再也拉不住笛拉的手,一下被大风吸了出去。

"来春城,我给你榨果汁!"

笛拉听着渐渐消失在夜空中的回声,抖得更厉害了。车子可以往天上开,下车就被大风刮得不见踪影,还有那些话,什么意思?为什么出去旅游还要做别人?四季城?到底是什么地方?

"笛小姐,请绑好安全带。"

笛拉回过神,注意到自己一直握在手里的那张咖啡色小木块,赤红的火焰烧得更起劲了。笛拉握得死死的,可千万不能弄丢!等进了夏城就直接按!

公交车车顶重新出现了,玻璃窗也在一点点关起来,笛拉看到车窗上印出的自己,两排牙齿立刻打起了架,头发正在像树苗一样疯狂地变长,很快就长过了肩膀,自己与屏幕上的女孩越来越像了。

看来这一切不是闹着玩的,连样子都变了。对了,鞋子。

"呀!"

笛拉慌乱地跺起了脚,自己的鞋子突然着火了,可没跺两下,鞋子跟着火焰一同消失了,笛拉立刻套上那双新鞋,那层红色真是越看越刺眼,真应该听凤灵的话,选一双安分一点的。

"下一站,夏城。"

公交车的窗户重新关上,车子也不再继续往上升,稳稳地停在空中不动了。笛拉觉得情况不妙,赶紧绑好安全带,她的预感向来很灵,心慌的时候就会出现自己不喜欢的东西,而此情此景,唯一能让她想到的就是跳楼机,她最不喜欢坐跳楼机,尤其是往下落的时候,像是要把自己砸进一个深不见底的水潭……

03.
夏城

"今天下午，第一支打进本年度总决赛的球队已经产生，撒特队在斐思因伤休战近半个赛季后，还是强势地挺进了总决赛，王牌球队的实力不可小觑。但著名火球员斐思能否在总决赛上伤愈复出，仍是一大悬念。另一则消息是，最后一场突围赛，将于本月6号，也就是明天下午3点，在莫挡队与库鼎队之间举行，目前人气超高的火球员赟能否带领库鼎队创造奇迹，以二线球队的身份第一次闯进总决赛……"

帐篷外传来"咴咴"的马啼声，巴卓儿立刻甩下手里的衣服。月色里，巴伊悔已经跃上马背，身上背着简单的行囊，一根细长的木棍笔直地高出了肩头。每年这个时间，巴伊悔都会骑马外出，要到8月初才会从外面回来。巴卓儿盯着坐在马背上的父亲，巴伊悔也看到了她，但俩人都沉默不语。巴伊悔最后看了眼自己的妻子乌云嘎，用力夹了夹马腹，再一次启程了。

乌云嘎送别了丈夫，抱着一双白色运动鞋向巴卓儿走来。

"你父亲说城里的孩子都这么穿，明天出发就穿上吧。"

巴卓儿听着越来越模糊的马蹄声，"父亲为什么还要去唤火？他不知道别人在背后怎么议论他吗？"

"议论什么？"乌云嘎明知故问。

巴卓儿有些气恼，"说他瞎起劲！说他是因为唤火师没被划进继承制不甘心！"

乌云嘎一把将鞋子塞到了巴卓儿怀里，脸色已经很不好看了，"继不继承的，你在乎吗？"

"我当然不会当唤火师，夏城都不下火星雨了，我还唤什么火！"巴卓儿的语气很急躁，每次不开心都是因为同一个话题。

"那就不用在乎别人说什么，你父亲这么做自有他的原因。"乌云嘎说完就大步往自己的帐篷走。

"可我不理解！"巴卓儿提高了嗓门，她知道自己的话会惹母亲生气，可她仍然希望母亲多少能向她解释一下。

乌云嘎停住了脚，一只手顶住门帘，她似乎在犹豫，但最后依旧只是说了句，"早点休息，明天还要赶火车。"就进了帐篷。

门帘合上的瞬间，巴卓儿用力将鞋子砸向了远处，草场的牧羊犬警觉地吠叫起来。巴卓儿皱起了脸，眼泪哗哗地往下流。父亲母亲明明是一副心事重重的样子，可就是什么都不愿意说。

隔了好久巴卓儿的情绪才有所平复，她用力地深呼吸，泪眼婆娑地望着夜空，镜面般平整的天空突然就泛起了一圈圈波纹，波纹一晃而过，更像是她的错觉。

巴卓儿不知道自己要长到多大，才能理解父母的不开心，她似乎总是在为这件事生气，但还是擦干了眼泪，迎着月光，在草场上寻找起被自己丢掉的鞋子……

第一封信

斐思,

  我进沙漠了,再过一天就是打靶赛,在这之前公司还要测试几种弹药,所以我跟着团队先一步抵达,希望这次能够顺利签下订单。虽然我们都希望能尽可能多的获得各种订单,但还是会把最大的注意力放在足够有把握的项目,像单火箭,我们就一直做得很好,订单数量也非常大,希望这次也能与往年一样。

  沙漠的晚上,特别安静,一抬头就能看到满天的星星,细小明亮的斑点布满了整个夜空。尤其是今晚,我好像看到了星河,天空裂开了一个大口子,群星密布,一伸手,就能看到好几颗星星从天空掉落,夜空像水面一样泛起波纹。能看到这么奇妙的一幕,真是太棒了,明天一定会是个好天气。

  沙漠的日夜温差很大,但夜空实在太美,我咬牙多待了一会儿。等有机会,我们一起来沙漠,一起欣赏一下这里的风景吧。

  另外,在我欣赏夜景的时候,总感觉口袋里暖暖的,掏出一看,居然是一张票壳,细缝中还摇曳着火焰,这很像夏城的门票,但据我的了解,票壳里出现的应该是票芯吧!不该是这种火焰。

  我试着按压了一下这张票壳,但毫无反应,不清楚为什么这张票壳会出现在我的口袋里,或许是青墨放的?等遇到她我再确认吧。

  不过在沙漠的晚上能有一个小暖炉相陪,也是挺不错的。

火绒草
5月5日

04.

红色鞋边的人

巴卓儿坐在火车站边的长椅上,两条腿笔直地往前伸着,两只洁白的运动鞋不时轻碰一下。9点15分了,"呜呜"的鸣笛声从远处传来,火车进站了,这是巴卓儿人生第一次坐火车,也是第一次出远门。火车驶近,黑色的火车头从顶部喷出浓白的蒸汽,贴近轨道的车身上,用大红色油漆抹了长长一条粗线。

火车停稳,巴卓儿检票上车,按照车票上的位置,将几十斤重的包袱,毫不费力地放上了头顶的行李架。月台上渐渐没了人影,哨声响起。巴卓儿看着眼前还空了一大半的车厢,整颗心都是悬着的。乌云嘎没法送她进站台,离开时已经红了眼睛。那一幕,巴卓儿既伤感又感动,自己的父亲母亲,相比别人家的,似乎总有更多的心事。巴卓儿想过要替他们分担,可她连原因都不清楚,无论用什么方式也试探不出来。巴卓儿没法理解父亲母亲每天所担忧的事,那样的生活让她觉得很憋闷,而现在终于要离开草原了,不舍中好像也松了口气。

火车开始滑动,绵长的鸣笛声突然被一声巨响掩盖,所有人都吓了一跳。乘务员带着司空见惯的口吻开始广播,"各位乘客不要惊慌,这几天有打靶赛,声音大是因为风向的缘故,请各位不用担心。"

军火公司将打靶场设在沙漠是众所周知的事,这里地域辽阔、人烟稀少,试验军火再合适不过。夏城政府为了保证居民的安全,将军火用地和居民用地做了明确的划分,理论上,只要不出现重大失误,试验的弹药是不会落到民用区的,更不会飞过来打中这辆行进中的火车。只是这吓人的动静总让人心有余悸,年龄大一些的乘客显得更加在意。在巴卓儿的印象里,夏城以前好像发生过军火打偏的意外,但那真的是太久以前的事了,是在她出生前?还是在出生不久后?就算是后者,也没有谁能记得婴儿时期发生的事了。

巴卓儿逐渐习惯了不时传来的炮击声,将脸颊贴在车窗上,看着窗外已经碧绿的山林,夏城的天气一年热过一年,所有植物的生长周期都提前了,这个时间放在去年,枯黄还是夏城的主色调,野燕麦也才透出生机,但现在,一株株燕麦都被果实压弯了脑袋,一种不合时宜的硕果累累。大面积的樟子松更是深绿一片,山风吹过,绿色云团都向着一个方向歪过了头。阳光投进车窗,好些乘客都放下了帘子。巴卓儿盯着远处天空出现的两片七彩祥云,小声说了句"再见"。

火车没开多久就停下了,又有新乘客上车。这一站上来了不少人,有个女孩拖着行李停在了巴卓儿身旁,她比对了一下座位号,准备将箱子放上行李架。巴卓儿见她提起来都吃力,立刻起身帮忙,女孩礼貌地说了声"谢谢",声音像棉花糖一样软。

"我能不能坐靠窗的位置?"女孩一副商量的表情,她长得白净漂亮,一双眼睛忽闪着透出光。连体的蓝色薄毛衣长及脚踝,鞋子是一双牛皮靴,比鞋面稍亮一些的皮质提包里插着一大捧花。巴卓儿早看惯了草原的景致,立刻把自己的位置让给了她。坐下后才发现,车厢里来了好多差不多年纪的乘客,位置一下就坐满了,他们彼此交谈,好像都认识。

"这是我在草原上采的,漂亮吗?"

巴卓儿朝坐下的女孩看了一眼,确认对方是在和自己说话。女孩已经摘掉宽大的遮阳帽，露出整齐可爱的齐肩发。

"你喜欢火绒草还是石竹？"巴卓儿看着那捧花束问，往年这个时候，火绒草还没有开呢。

"哪个是火绒草？哪个是石竹？"

巴卓儿指着红色的说，"这是石竹，白色的是火绒草。"

"为什么白色的叫火绒草？"

"它还有另一个名字，叫雪绒花。"

"火绒和雪绒，名字真好听，不过我还是喜欢红色的，我喜欢石竹。"女孩玩着手里的遮阳帽。

"把帽子戴上。"玩笑一般的声音从斜对面传来。

一个戴圆形眼镜的男生正冲着她们的方向咧嘴笑，手还不停在本子上写写画画，女孩朝他吐了吐舌头，直接将帽子扔在了桌上。

火车再次启动，车厢里变得热闹起来，女孩从随身携带的背包里掏出零食，是分成小包装的牛肉干。女孩抓了一大把，将它们一一抛给其他位置上的朋友，正准备吃，又从袋子里抓了两小袋，递给了巴卓儿。

"谢谢，我不用。"巴卓儿本能地拒绝，她还不懂如何迅速接受陌生人的好意。

但女孩却将牛肉干塞到了她手里，"吃吧，还要坐很长时间呢。"

巴卓儿瞪着手里的牛肉干，感觉自己多少该说点什么，"这种牛肉干没有嚼劲，不好吃的。"

女孩光洁的额头浮起一丝褶皱，"你是本地的？"

"嗯。"

"难怪你这么说，你平时一定吃惯了最新鲜的牛羊肉，我也尝了，确实好吃。"

"下回我带你去我家。"

女孩仰头笑了，"你还真奇怪，前一秒连牛肉干都不肯拿，现在又立刻邀请我去你家。"

巴卓儿也意识到自己前后的反差，不好意思地挠了挠头。

"希望有机会吧。"女孩爽朗地说道，"我们这次出来都费了好大的劲。学校组织写生，却认为草原太远，还担心不安全。我们是联名上书，校领导才同意的，说服家人都花了好长时间。"

"为什么不安全？"巴卓儿才说完，又听到了炮击声，故作镇定地解释道，"离得挺远的，不会有事。"

"大人总怕万一。我是觉得没什么，毕竟城区也总有这样那样的抗议，说起来还没草原安全呢。不过我有点想回家了，我在这里有些水土不服，肉吃太多，皮肤都不好了。草原虽然空气好，但云太少，脸都晒黑了。"

巴卓儿看着女孩白净透亮的皮肤，自己比她黑了不少，在草原可没人在乎这个。

"不过草原真的很美，给了我们很多灵感。"

"你说写生，你们是画家吗？"

"还不能说是，我们都是中级学校美术系的学生，不过，我们都希望能成为画家。"女孩忽闪着眼睛，腰板挺得笔直，巴卓儿对这样的人真是又羡慕，又喜欢。

这位很漂亮的女孩名叫傅朵，说话时声音软绵绵的，性格却很爽快，两人很快就玩到了一块儿。没多久，车厢里进来了一位很儒雅的男子，学生都安静了下来，也都乖乖地在自己的座位上坐好，开始翻书包。

"他是我们的美术老师，姓王。"

王老师一到，所有人都从书包里掏出了一个本子，傅朵也拿出一本，本子用整齐的钢圈装订着，封面很厚很硬，一打开，里面都是一张张白纸。

"这是速写本。你能坐着不动吗？"

傅朵向巴卓儿吐了吐舌头，趴在桌上，开始画起来，画的时候不时看一眼巴卓儿。巴卓儿注意到傅朵是在画自己，乱糟糟的长发只用几根简单的线条勾勒，就很生动地出现在了白纸上。巴卓儿穿着一件戴帽子的衣服，傅朵在纸上打了几条黑线，巴卓儿的脖子和帽子就区分开了。

所有学生都开始了同样的动作，巴卓儿注意到画她的不止傅朵一人，她僵着身子不敢动，紧张得只敢转动自己的眼珠子。

"美女，能不能换一个姿势？"

没多久，那位戴眼镜的男同学冲巴卓儿喊了起来。巴卓儿一下涨红了脸，尴尬地不知该怎么办。傅朵拾起一支铅笔朝男生用力地砸了过去，男生敏捷地躲向一边，铅笔砸到了他身后的同学。这一下可不轻，那位同学立刻叫唤起来，叫声有了连锁反应，速写对象又都是对面的彼此，一个接一个，所有人都躁动起来。

巴卓儿坐立不安，感觉自己成了罪魁祸首，趁混乱直接离开了位置，冲出了这节车厢。身后不断传来"诶诶诶"的喊声，巴卓儿速度很快，低着头直往前跑，中间还"砰"的一下撞上了餐车。

总算来到最后一节车厢，巴卓儿揉着被撞疼的腰部拉开车门，大风呼啸而进，巴卓儿顶着风走了出去，将车门关上。她用力喘着气，刚才的自己真像一个傻瓜，沮丧感一下就涌上了心头。巴卓儿弓起身子，将头顶在扶手上，任由大风拍打，希望这冰凉的大风能让自己冷静下来。

没一会儿，门再一次被打开了，巴卓儿还是保持着一动不动的失落姿势，两个身影探出了头。

"卓儿。"傅朵好听的声音响起，"超认真请我们吃饭。"

巴卓儿微微抬头，看到傅朵身后跟着那位戴眼镜的男生，怀里抱着三个饭盒，一脸抱歉地笑着。

"给个面子吧。"超认真不适应草原的气候，冷得直哆嗦，盒饭都快拿不稳了。傅朵的漂亮衣服也不防风，冷得直耸肩，鼻头很快就变红了。

巴卓儿有些不好意思，站直了身子。三人合力推上门，在最后一节车厢坐了下来。

傅朵用力损着她的朋友，"超认真就是这样，一画画跟个白痴差不多，就知道自己画画，连最基本的礼貌都不懂了。"

超认真笑着把盒饭递给她俩，任由傅朵训他。

"超认真？"巴卓儿心想怎么会有人取这个名字。

"我学得比别人晚，自然得认真一点。"超认真咧着嘴说道。

"我俩从初级学校就认识了，超认真之前学的是城市管理，他爸妈希望他以后能继承公职工作，结果他偷偷换了专业。"

傅朵的话让巴卓儿感到不可思议，"你因为画画放弃了公职？"

在夏城，服务于政府的官员统称为公职，他们工作稳定、待遇高，还有一定的社会地位，是夏城最令人羡慕的职业。更主要的是公职从十几年前起，变成了继承制，只要公职人员的孩子所学专业对口，并能顺利从中级学校毕业，就能继承父母的公职。而从那时起普通人想当公职人员，第一种可能是有空位，即某些职位出现了无继承人的情况。第二种可能是有新位，即政府需要扩招。想从事公职的人，必须通过各种各样的考试，难度非常高。但因为公职的一劳永逸性，为此前仆后继的人不少。但继承制本身携带的不公平性，也引来了夏城人的不满。闹事基本都因此而起。可闹归闹，能继承的人基本不会放弃这个权力。而超认真是巴卓儿遇到的第一个。

"这没什么，我爸妈说我注定当不了一个普通的公职人员，因为我太知道自己喜欢干什么了。"

"要不要脸！"傅朵挖苦道。

超认真不以为然，"不是我吹，我爸妈非常明事理，他们知道我一点管理天赋都没遗传到，所以也就不勉强我了。这一点，夏城的其他公职人员可做不到，有些人明知自己的孩子不是当公职人员的料，还想尽办法地让他们上，看看现在公职人员的素质，那可不是一般的低。夏城总闹个不停也是有原因的，继承制确实存在问题。"

"不明白元首为什么还要实行继承制？"傅朵打开盒饭，半抱怨地说道。

"因为元首和他们都是一家人啊。"

超认真的话倒是很在理，但傅朵很快又想到了问题，"夏城是在十多年前才对公职推行的继承制吧，以前可没有。"

超认真咬了一大口鸡腿，"那时候还下火星雨呢，这都是两个年代的事了，谁搞得清中间发生了什么。"

巴卓儿一听到火星雨，赶紧埋头吃饭，以免话题会跑到自己身上。

三人狼吞虎咽地吃了一会儿，超认真突然抬起头，"诶，你刚才为什么那么生气啊？"超认真才说完就龇牙咧嘴，傅朵用胳膊肘给了他一下。

巴卓儿有些尴尬，"我也不知道，可能是第一次出远门吧，有些不习惯。而且看你们都知道自己该干什么，我却像傻瓜一样坐着，就很难受。"

超认真一知半解地点点头，"那你现在去城区做什么？是去念书？"

"我已经不念书了，我马上要去城区工作，是在一个旅行社。"

"旅行社？"傅朵认真思索起来。

"旅行社是有导游吧，就像我们这次来草原，也是有导游带队的，都是本地人，安排得可好了。其实当导游挺有意思的，你可以常常回家，城区和草原两头跑。"超认真非常捧场。

但巴卓儿对这份工作心里没什么数，她只是为了离开草原，随意让父亲联系了一个工作，而且之前与旅行社沟通过，还将自己的一些资料提前寄了过去，那边并没有说要让她去当导游。

"其实你可以再学习啊，你几岁了？"傅朵问道。

"16岁。"

"我们也是啊，不过16岁可以工作了吗？"傅朵有些怀疑地问超认真，对方摇了摇头，"你去的那家旅行社合法吗？16岁还没到可以工作的年龄呢。"

"应该合法，他们都开了很多年了，和我父母也认识，我去了会先当学徒。"

"那就行，这样也算知根知底。你不用太担心，要是你觉得不合适，你可以来找我们，我们待会儿把地址写给你，这样你在城区就有朋友了。"傅朵贴心地说。

"对对对，你也把你的地址给我们，这样我们可以去找你玩，说不定还能给你完成些订单,旅行社是不是要跑业务?"

傅朵瞪了超认真一眼。

"要跑业务吧。"

"卓儿,吃吧,别理他。"

火车开往城区要近30个小时,天已经黑了,超认真把位置挪到了巴卓儿和傅朵对面,虽说是三人一起聊天,但更多的时候巴卓儿也只能当一个听众,他们的话题一直围绕着画画,还总提到各种绘画比赛,现在似乎又开始争论起火球赛了,他们有一场关于火球赛的海报比赛。

说到火球赛,巴卓儿立刻从行李箱里翻出收音机,举着黑色盒子对着窗外不断调电台。

"对啊,今天有莫挡队和库鼎队的比赛。"超认真将耳朵靠近收音机,努力辨别里面的"沙沙"声和越来越清晰的报道声——"赟,能不能分享一下您现在的心情,在25岁才第一次打进总决赛,会不会有一种大器晚成的感觉?"

"哇哦,库鼎队赢了!"超认真激动地攥紧了两只拳头,傅朵和巴卓儿都让他保持安静。

"我不觉得晚,能打进总决赛是我一直以来的梦想。"

"外界都说,您自身的实力与斐思不相上下,但因为所在的球队属于二级球队……"

"这记者好欠扁!"超认真说。

傅朵立刻用铅笔指向超认真,让他不要再发表任何意见。

"我从3岁开始打火球,一直到14岁进入库鼎队,那11年,我都是独自练习,没有任何专业人士的指导。我很感激库鼎队能发现我,并让我有机会打真正的火球赛。"

"那您今年25岁了,11年后又是11年,您觉不觉得这个时间太长了点?"

"……"

收音机那边是纷乱的人声，巴卓儿三人凑到收音机前仔细听着。

"走捷径都是要付出代价的。"赟的声音带着些许疲惫。

"您这么说是暗指斐思吗？他12岁就被撒特队选中……"

现场的声音很嘈杂，都在喊赟的名字，赟估计也受不了记者没完没了地追问，离开了采访区。巴卓儿关上了收音机，收起天线。

"记者的问题不好答啊！"超认真都替赟捏了把汗。

傅朵听完报道就有了灵感，在速写本上勾勒出赟的侧脸。画得很像，巴卓儿一下就与脑海中的形象对上了。紧接着又开始画另一张侧脸，这回是斐思，两人面对面，虎视眈眈地瞪着对方。超认真不时想在速写本上添一笔，"把火枪画上去。"

"不好看。"

两人又开始争论起来，傅朵一只胳膊压着速写本不让超认真插手。超认真拧不过，只好从座椅下方拖出一个颜料箱，翻出一罐红色颜料。里面的颜料和清油已经上下分层，超认真又翻出一把小铲子，伸进罐子顺着一个方向缓慢地搅拌起来。

"你不会要上色吧？"傅朵好笑地看着超认真，对方已经摆出要大干一场的架势。

"只有上了色心里才有数。"

"这只是草稿，你也太认真了！"傅朵看着速写本上的两张侧脸，总感觉缺了点什么。想起来了，她立刻在赟的脖子上引出一条线，在线上画了一颗黑珠子，"赟为什么总爱戴一颗珠子，你们说它是用什么做的？"

"不是玛瑙就是玉呗，肯定不是街市上卖的那种塑料，喜欢赟的球迷，现在基本人手一个，可我看着一点质感都没有。"超认真边说边搅拌，速度也快了起来。

巴卓儿也不确定，漆黑透亮的珠子挂在赟的脖子上，这已经成了赟的特色，任何时候他都挂着那颗小珠子。

"你俩更看好斐思还是赟？"超认真问道。

"斐思。"傅朵和巴卓儿异口同声道。

"那你俩刚才那么激动？"

"哪有你激动！"

"两个女人，受惯性思维的影响。"

"我们是从一而终，斐思都赢了那么多年了，怎么忍心看他输啊！"傅朵的话让巴卓儿很认同。

"可他毕竟30岁了，突围赛也缺席了近一半，现在都没人知道斐思藏在哪里养伤，能不能出来参加总决赛都不好说。其实只要输一次，以后就习惯了，没有人能赢一辈子。"

超认真的话很欠揍，傅朵想伸手打他。超认真夸张地闪了一下，手里的红色颜料因为倾斜晃出了罐子，巴卓儿正伸长了腿，感觉右脚鞋头被砸了一下，低头一看，红色颜料滴在了自己脚上。

"超认真你个笨蛋！"傅朵轻声抱怨道。列车上静悄悄的，不知不觉已经快到午夜，很多乘客都已经入睡，"卓儿，赶紧去洗一下，应该能洗掉。"

巴卓儿将脚挪到走廊处，盯着自己的鞋边，红色颜料顺着鞋面微微流动着，很快就粘在了鞋边上。

"我还是喜欢穿运动鞋，而且这鞋子上的红色很漂亮。"

巴卓儿耳朵里传来"哗哗"的水流声，"好看吗？"

两个同伴瞪着眼，不明白她的意思。

"我其实蛮喜欢红色的。"巴卓儿的眼皮突然变得好重。

傅朵和超认真诧异地对视了一眼。

"你们还不困吗？"巴卓儿打了个哈欠，她已经决定不去洗鞋了。

哈欠像会传染一样，傅朵和超认真也觉得困了，简单收拾了一下东西，各自盖上一条薄毯，不舒服地缩在椅子上。窗外还隐约传来炮击声，傅朵嘟囔道，"都这么黑了，眼睛还能看到吗？不怕打错啊！"

"你想多了，军火根本就不长眼睛。"超认真有些玩笑地说道。

巴卓儿已经陷入了沉睡，另两位伙伴你一言我一语，很快也进入了梦乡。

第二封信

斐思，

　　今天的字可能有些难看，因为我很难握住笔。

　　回到这个房间之前，我刚从草场回来，火射炮在我头顶爆炸了。我到现在还有些耳鸣，后背直发凉。我从没想过火射炮会毫无征兆地在我头顶爆炸，那震耳欲聋的声响和刺鼻的火药味，估计我这辈子都忘不了。

　　不过你不用担心，我还能给你写信，就代表我没生什么事，也没有受伤，这一点听起来很不可思议。但我真是除了吓得够呛，身体上并没有任何损伤。

　　这事还得从昨天说起，我原本会在靶场工作一整天，昨天上午的工作也非常顺利，测试的弹药全部命中目标，完全没生现任何偏靶或越靶的情况。因为一切顺利，这种良好的势头让所有人都很开心。我也希望延续这样的好势头。但下午就生了事，还记得我和你说的单火筒吗？我们已经试验了上百次，没有一次生现过问题。把单火筒安排在下午打，也是因为我们都有把最容易的活放到最后收尾的习惯，可情况有些触目惊心。

　　昨天下午，我准备再一次坐进吉普车时，一位负责扛单火筒的小军人，居然特意跑来和我打招呼，他说，能为夏城测试武器，是他的荣幸。

　　这样的话是我在工作中最害怕听到的，因为测试弹药这份工作，远比想象中残酷，这也是在变相地告诫我们，不要在这些意外前动多余的恻隐之心，那会比看到测试失败还令人难受。

　　15分钟后，我看到小军人做了发射的动作，可始终没有听到弹药飞出的动静，极短的一个瞬间，我想摇下车窗，喊他赶紧把单火筒扔掉，但强烈的震动紧随而来，单火筒在他肩膀上爆炸了，小军人被削了脑袋。我看着那具没了头的身躯孤零零地立在沙漠里，他与我说的话，还在我脑子里回荡。

我原本是要留下来处理问题的，但所有人都说，公司在处理事故方面已经非常完善，不会亏待牺牲的小军人，并且他们一再提到死亡名额，像我们这种规模的军火公司每年会有两个死亡名额，而那位冲我笑的军人——幸好只占了一个名额。

这些受聘于军火公司的军人，家境都很贫寒，他们冒着高风险，期待高收入，但不管福利多好、保险多高，命只有一条。他们以为自己所做的事很荣耀，其实不过是在拿自己的性命开最可怕的玩笑。

他真的不应该跑来与我说那么动容的话，我的情绪彻底被扰乱了。

我没有加入同事的讨论，而是一个人坐进了观摩区，青墨知道我情绪不好，所以进来陪我，还用她最喜欢的手绢给我擦鞋子。我当时冲下车去看那位军人，越靠近就越迈不开步，好像鞋底被什么东西粘住了。后来一看，才知道是血，小军人的血漫上了我的白鞋，那是无比强烈的色差。越擦，反而越顺着鞋边的纹路渗了进去，我让青墨别费心了，好歹我也是小军人最后说上话的人，想必他不讨厌我。

我要了辆车，想去草场一趟，那是我唯一能想到让自己平静下来的办法。我应该与你说过，我小时候经常去草场，但父亲出事后，我就再没有去过。可小时候的记忆很难被抹去，去那里的路就像刻在我脑子里一样，一刻都没有淡忘过。

草原在很多年前就已经被分割，每家每户都用铁丝网把自己的地圈了起来，政府不允许他们随便换地方，马倌爷爷也一直生活在固定的草场里。我按照记忆寻找熟悉的风景，沿途出现了赤红的沙漠和嫩绿的草原，它们彼此交接，斑驳得像用尽了的皮草。还有那些樟子松，它们站在路边比以前更狰狞了，利爪一样暴露的根部用力地扎进土壤，成了最显眼的指路牌，我很顺利地找到了草场。

抵达草场时天色已经全黑了，我亮着车灯，看到马倌爷爷从一个老旧的帐篷里钻出来，身边还跟着牧羊犬，冲我叫个不停。爷爷一眼就认出了我，喊我小火绒，我今年都已经27岁了，可他还是像小时候那样喊我。

草原比我想象中热闹，有一辆金黄色的吉普车停在帐篷外，帐篷里更是传来欢歌笑语。我以为是军火公司的工作人员，但爷爷说是游客。马倌爷爷的草场离打靶区不远，当时把这块地划分给爷爷时，政府还多给了他一些补贴。毕竟离靶场太近，得顾及人身安全问题。这里算不上旅游地，但还是有游客开着车过来，倒是有些让人意外。

爷爷招待我吃羊汤面，说阿姊回来了。阿姊是我儿时的玩伴，十多岁的时候也去了城区念书。这些年我很少与草原的人联系，不知道她已经结婚嫁人，孩子都已经1岁大了，时间过得真快。爷爷说草场终于来了新生命，感觉自己都年轻起来了。我见他高兴，心里也有些慰藉。

爷爷的草场还是像以前那样宁静，让人很心安。我小时候常跟着父亲来这儿，他把我安置在草场后，才会去工作。在我对军火还没有了解的时候，他会告诉我，炮击声是云朵打的喷嚏，火药味是细砂打架时碰撞生的汗味，它们不过是虚张声势，故意发出些吓人的动静罢了，不会真的伤到人。我父亲的"谎话"，是我年少时最爱听的话。可现在想起，却会止不住心烦，那种烦躁会钻进心底，变成窝火和愤怒。我想，这就是我回避来草场的原因,我要花好长时间才能将那些回忆赶出我的脑子。

我坐在帐篷里等晚饭,没一会儿爷爷就回来了,身后还跟着一位年轻人,年轻人叫阿泽。我从没见过这么"华丽"的人,他似乎很喜欢金器,手上、衣服上都挂满了金饰,也难怪会把吉普车打造成嚣张的金黄色。阿泽帮爷爷端来了手把肉,神情和说话语调都格外轻松,除了流不停的汗。他似乎非常怕热。我问爷爷他是从城区来的吗?爷爷是个没有秘密的人,说他是来自冬城的游客(一听这个,我差点跳起来)。

可能在他们老一辈人眼里,春夏秋冬四座城就应该彼此往来。可有些事已经明文禁止,早在11年前,夏城就与冬城断交,而在更早之前,夏城与春城也因彼此看不上而断了往来,现如今能够进夏城的,只有一些秋城的商贩,不过就算是他们,也不可能出现在打靶区这样的军事重地。冬城人能够这么自由地进入,一定是用了什么特殊的手段,他们这样进来会给夏城带来很多潜在的危险,入住在草场说不定也会给草场带来麻烦。我提醒马倌爷爷,尽快让这些游客离开,以免不必要的麻烦。爷爷是个倔老头,说人怎么可以待在一个地方不动呢?不管是夏城的锁城制,还是草原的分割制,他都埋怨了一堆,才勉强答应明天一早让两位冬城游客离开。

但是还没等到第二天清晨,草场就遇到了麻烦,那已经不能说是麻烦了,简直是灾难。当时我还在帐篷里睡觉,梦见天空下起了火星雨。但等我醒来时,发现是有弹药袭击了草场。我跑出帐篷,听到因为剧烈摩擦而发生的长啸声,那个动静太熟悉了,那是公司的火射炮,明亮的光照以及狂风骤雨一般的打击声瞬间响起,奇怪的是,弹药并没有落下。空中撑起了一个圆形的屏障,它截住了飞来的火射炮。

草场上混乱一片,马倌爷爷像雕塑一样站在草场中央,仰头看着漫天星火。阿娣抱着孩子站在帐篷外，火光印在她喃喃自语的脸上。他们都在向火萨祷告。

天空下雨了，屏障在炮击后发生了融化。我看到了阿泽以及他的同伴，一位很年轻的女伴，与他一样的华丽装扮，通过她伸手往胸前拉的动作，能感觉到屏障面积缩小了，是她在控制头顶的屏障。他们已经穿戴整齐并且背上了行李包，准备驾车离开。我跑去拉住他们的车门，问屏障的事情，阿泽显然不想与这一切扯上关系，那个屏障完全只是为了自保而设。我当时听到阿娣孩子的哭声，草原人向火萨祷告完后，就会等着天命降临。可我了解火射炮，要是没有头顶的屏障，以它的威力，整个草场都会化为灰烬。我没有办法，只好拔出手枪对准阿泽，把他拉下车，无论如何，都要把草场上的人和他们捆绑在一起。

所有人都挤进了两辆吉普车，爷爷和阿泽坐在我的副驾驶位置，金黄色的车子由那位女性游客开着。我们一路疾驰，头顶的屏障面积缩小了，只保护两辆车的范围，火药味淡了，炮击声也变小了很多，但阿娣的孩子一直哭个不停，让所有人都很难平静下来。

我准备把他们带进大青谷，谷池还有其他的一些鄂科族人都住在那里，他们会愿意照顾草原朋友的。可开去的一路并不顺利，尤其见到那些废弃在沙漠里的铁路线，我又想到了我的父亲，不知哪段铁轨上，还沾着他的血渍……我们终于摆脱了炮击，以为总算安全了，可麻烦的事没有断，一直跟在我后面的吉普车突然撞上了我的车尾，还一连撞了好几下，这样的状况持续了一段时间，所幸阿泽的同伴最终还是稳住了车子。

我们总算开完了大半的沙漠路程，与最后一段沙漠接壤的是进大青谷的沙漠山峰，要进大青谷必须翻过这座山峰，车子没法开过去，只能步行。

所有人都下了车，阿娣的孩子从始至终都哭个不停，他手上鼓起了一个红包，阿娣说明明给孩子拉好了蚊帐，可还是有蚊子钻了进去。孩子的手又红又肿，我看着并不像是被蚊虫叮咬的，反倒像是被什么利器所刺。我没有多言，只是让阿娣到了大青谷，找谷池帮忙。（我明白大青谷就紧接着迷失森林，森林里又驻扎着军队，但我了解那里的哨兵，他们更关注森林火灾，反而对"逃犯"没什么兴趣。特草原的牧民安排在那里，我相信不会有问题。）

而那两位游客，下了车就围在一起商量着什么。开车撞我的女孩叫小样，她脸色惨白，我上前询问她的情况，她抱歉她说她不是故意撞我的，随后就摔倒了。我和阿泽想扶起她，但她整个人一下就变了，像是一滴墨汁掉进了清水，身体一下就变淡了，淡到一阵风吹过，彻底消失在了沙漠里。

阿泽让我别介意，解释说，这是提前结束了夏城之旅，一场旅行不会涉及真的死亡。我向他确认他是否真的来自于冬城，他倒也不回避，直接就承认了。我问他是否愿意跟着牧民一起进大青谷，小样一走，吉普车就化成了一摊水，阿泽同意了，毕竟他连出行工具也没有了。

我们所有人都爬上了沙漠山顶，养驼人还在睡觉，我喊醒了他，告诉他具体地址。直到驼铃声响起，队伍远去，我这心才稍稍放下了些，并立刻回了靶场。

青墨知道袭击时，为时已晚。我本就让她保密我的行踪，她也一直坚守着没说我去了哪儿，她盼着奇迹出现，直到看见我开着车回来，过来扶我的时候更像我在扶她。

军队的领导提前到了，草场的袭击是他临时下达的命令。果不其然，是政府发现有外城人非法入境，军队也是临时得到的消息，便下达了袭击的命令。他们根本不在乎这种袭击会误杀掉多少普通百姓，我用了很大的力气才控制住自己的情绪，别冲这些军官发火，可我连打死他们的心都有了。

现在，朝阳已经射进我的房间，天亮了，重新回忆这一天一夜的事，我还在怀疑它的真伪。现在驼铃声在我脑子里响个不停，非常地催眠，先写到这里吧，我需要睡一会儿，今天又不知会发生什么事。

火绒草

5月7日

05.
燃烧，不燃烧

往城区的一路，温度越来越高，入睡时还裹着薄毯，等醒来，已经有人开了车窗，巴卓儿将外套脱掉，傅朵和超认真也换上了相似的衣服，整节车厢内都是他们的蓝白校服。巴卓儿没穿过这样整齐划一的衣服，却觉得画面很熟悉。

"总算是到了，这火车开得也太慢了，绕来绕去，逢站必停，汽车都可以来回好几趟了。"换上校服后的超认真像个小学徒，将身子探出窗外。火车正与一辆小卡车并驾齐驱，卡车车厢里装满了团绒一样的彩色花朵，漂亮极了。

"又要回牢笼了，上学愉快。"傅朵将头靠在巴卓儿肩膀上，"下午要交写生作业，马上又是海报大赛，你说你工作了也会这么忙吗？"

巴卓儿心里没底，看着窗外密密麻麻的房子，城区倾斜的屋顶呈焦黑色，方正的墙面多是淡黄色，一座城仅在色调上就透出令人紧张的焦煳味，"和我想的不一样。"

"怎么不一样？"

"我之前住帐篷。"

超认真和傅朵都露出了羡慕的神色。

"卓儿，城区是不是比草原潮湿一些？脸都不绷了，你试试。"超认真做了好几个鬼脸。

巴卓儿才不上他的当，空气的温度与湿度一同变高了，超认真的鬼脸让她放松了些，但还是因为环境的变化紧张不已。

火车进站了，"呜呜"的鸣笛声逐渐被嘈杂的人声掩盖。王老师过来说了集合地点，学生们便开始搬行李，整节车厢都忙活了起来。巴卓儿看他们有商有量，还有老师关照，满心羡慕。在草原，大自然是最好的学校，巴卓儿读完初级学校后就再没什么集体生活的经验。但现在到了城区这个完全陌生的地方，还真希望能有个熟悉的同伴陪在身边。

下了火车，蓝白校服都围在一起，巴卓儿被傅朵和超认真拉着一同往站外走。一出火车站，就有好多辆摩托车围了过来，宽大的遮阳顶将整台摩托车都罩在里面，这是夏城最常见的交通工具。超认真找了其中一位商量，其余蓝白校服都排队上了不远处的一辆大巴车。

"卓儿，你上这辆车。"

摩托车大姐下来帮忙把行李绑上车，超认真已经谈妥了价格。

"你对城区不熟悉，就不要出来乱逛了，等我们忙完就去找你。"

巴卓儿谢过傅朵和超认真，一上车，还没来得及告别，摩托车就像箭一般射了出去，巴卓儿压根不敢回头看，用力拽着摩托车的座位两边，温暖的风吹乱了她的头发。

"卓儿能适应城区的生活吗？"傅朵看着都没坐稳的背影，心里不免担心。

"忙起来就能了，我们找时间去看她，那家旅行社叫什么来着？"

"哒哒，哒哒旅行社。"

总算习惯了车速，黏腻的空气里飘来阵阵焦煳味，车子越往前开气味越浓，天色也不如一开始明亮了,像是笼罩在一层烟雾里。

摩托车绕着一个广场行驶,一路上碰到的都是迎面而来的人,一个个背着大包小包,还用车子载着很多物件。

"他们也刚来城区吗?"

"看起来像是要搬走。"大姐放慢了车速。

不远处有好几栋正在燃烧的房子,救火车发出"呜啦啦"的鸣笛声。摩托车从这些房前经过,一直开到最里侧,在一堆用亮色警示绳围起的废墟前停了下来,依照风向,面前的这栋房子应该是最先燃烧起来的。

"这就是你要来的哒哒旅行社,哒哒在这儿,旅行社……"中年女人抓了抓脖子,摘下墨镜后的眼睛眯成了一条缝,"应该已经被烧了吧。"

巴卓儿呆坐在车上,后背的衣服已经和双肩包黏在一起。好不容易抵达了城区,哒哒旅行社却已经被烧成了残渣,而且因为风向的缘故,连着烧过去了好几套房。救火车正忙着工作,天空里浓烟密布,有些没有着火的家庭也正忙着往外搬。

巴卓儿跨下车,看着"哒哒"两字,原木色的标牌已经被熏黑,怕是再过一会儿,这两个字也会被烧掉。

大姐向路人询问,才知今天凌晨,店老板因为勾结外城人,已经被军队拿下。

"勾结外城人?"

女人找了零钱给巴卓儿,看她六神无主的样子,不免可怜她,"你这大包小包是准备来旅游的?"

巴卓儿勉强点点头。

"以后别在这种小旅行社办,店老板是鄂科族的,鄂科族人哪里靠得住,都野得很。你要不要回火车站去?我算你便宜一点。"

巴卓儿木讷地摇摇头,中年女人重新发动车子,戴上墨镜一溜烟地开远了。半下午的地表温度已经超过40度,废墟还在不断冒烟。巴卓儿踩着滚烫的地面,空气里浓烟密布,眼睛都被熏红了。她在废墟前待了很久,沉重的行李箱勒得她手指发白,浓烟里突然飞出一架纸飞机,不偏不倚地落到了她的脚边,巴卓儿注意到废墟对面有个高瘦身影。

"有力气不如帮我个忙。"

巴卓儿被苍老的声音吓了一跳,身旁不知何时来了位坐在轮椅上的老太太,头发雪白,皮肤有些微微泛红,穿着一件深色的套裙,干瘪的嘴唇抹成鲜红色,一双眼睛很精神地盯着巴卓儿。

"你力气很大,能帮我搬东西吗?"

老太太腿脚不方便,四周又都是搬家的人,巴卓儿没考虑就答应了。

老太太调转轮椅,开始在前面带路。巴卓儿再次看向废墟对面,高瘦的身影已经不见了,她拎着行李箱离开哒哒旅行社废墟,一阵风吹过,纸飞机被刮进了火堆,很快就烧了起来。

老太太就住在哒哒旅行社对面,虽然距离很近,却托风向的福,火没往对面烧。这套房子与周围的很不一样,一层被架空了,只用几根粗壮的柱子支起,像是一座踩着高跷的小丑房子。烟雾飘得哪儿都是,周围的住户都忙着搬家,没时间帮老太太搬东西。架空的底层放着两扇门板,上面已经摆了很多书籍和瓷盘。

"这些都要搬走吗?"

"对,屋子里还有很多,你能帮我搬下来吗?"

"这会儿来不及吧!"

"来得及,只是书和盘子,其他不用搬。"

还没开始干活,巴卓儿就已经满头大汗。

"行李放这儿就行,有力气也要省着点用。"

巴卓儿将行李箱和书包放在木门旁,按照老太太的指示,从房屋西边的楼梯往上爬。爬的时候她听到"咔咔"的齿轮转动声,原来楼梯右侧还有一个轨道,老太太坐在轮椅上,顺着轨道就上来了,那些书籍和瓷盘应该就是这样往下运的。

巴卓儿站在二楼等待老太太的轮椅到达。

"我叫米典，今年84岁。你怎么称呼？"

"我叫巴卓儿，今年16岁。"巴卓儿学着她的方式介绍自己，推过米典的轮椅，按照她的指示往屋里去。

"你从哪来？"

"草原。"

"草原是个好地方，牛羊放惯了，一定很有力气。"

巴卓儿努力把这话当成是赞扬。

"这栋房子是我爸妈留给我的……"米典突然捂住了嘴，"不能这么说，原本是留给我姐的，对，是姐姐。不过两年前她终于过世了……"

"终于？"

"现在这房子已经属于我了。往右，书房和画室都是朝南的。书房原本是我姐姐一个人在用，她脾气很差，谁都不让进。现在终于成我的了，为了这个书房我等了快有一辈子，终于可以在里面放我想放的书了。"

巴卓儿推着轮椅从书房前经过，里面立着好几扇巨大的书柜，书太多，都阻隔了阳光，可书房里却透着一股并不是书籍的味道，更像是各种香料。

"我姐姐身体一直很好，好到我都怕熬不过她。可突然有一天她身体里有根骨头断掉了，我早就告诉她，少喝点醋，那会导致骨质疏松，但她不听，连早饭喝粥都喜欢往里面加醋，一加就是半大碗。那一天，醋店老板又送货上门，她在房间翻书配料，我站在门外喊了她好几声，都没听到动静，这才进去看一眼，结果她摆了一个拥抱天空的姿势。医生说她是伸懒腰时把自己给伸折了。"

巴卓儿有些惊吓地敲了敲自己的腰椎。

"我坦然接受了，但醋店老板吓得够呛，生怕是自己的醋出了什么问题。你说他傻不傻，我姐都那把岁数了，我还能怪是他的醋让我姐英年早逝的吗？他一直对我很愧疚，在街上遇见也总是避着我走，你以后要是碰到了，也不用和他打招呼，以免他伤心难过。"

巴卓儿心想哒哒旅行社都成焦炭了,自己在这儿没有以后了。

"不过我不爱喝醋,也不像她那么爱伸懒腰,年纪大了一定不能做那么剧烈的运动,我现在每天都坐轮椅,需要出力的活尽可能不做。"

米典一刻不停地说着话,巴卓儿将她推进画室,不大的空间里靠墙放着两张工作台,台面上是各种颜料,数不清的画笔插在各种筒子里,墙面也被充分利用了起来,挂着各类剪子、锤子,还有各式各样的小螺钉。

米典从轮椅上一站而起,巴卓儿没想到原来她能走路!

米典翻出两个纸箱,让巴卓儿把防撞泡沫摆进去,自己对着满桌的盘子进行挑选,很快就分出了两箱,"虽然都是拿去杂货市场,但价格也是分档次的,这一箱可以卖贵一些。"

巴卓儿边听边注视着窗外,鸣笛声响个不停,浓烟已经完全遮挡了视线,"您要搬走就只带这些吗?"

"走?走去哪?今天搬走明天还得费心搬回来,我一把年纪了,折腾不起。"

"您不走?"

"我没说我要走啊,躲得了明火,躲不过暗火,夏城遭了诅咒,去哪都一样。"

"您在说什么?诅咒?"

米典不以为然,"好端端的夏城整日乌烟瘴气的,连火星雨都不下了,这还不是诅咒吗?不过不管外面乱成什么样,我也得把这些东西拿去市场卖掉,几天前我就做好这个打算了,就差签摊位租赁合同了。"

原来自己是被拉过来干苦力了。

"你是来旅游的?"

"我是来工作的。"

米典立刻向巴卓儿打了个响指,"那就开始工作吧。"

巴卓儿不想和老人家计较,抱起一个纸箱,轻重还可以。

"当心脚下,下楼梯的时候要注意,别毛手毛脚。"

听到米典的嘱咐,巴卓儿放慢了脚步。来回跑了两趟,发现米典已经从画室挪去了书房,她坐在轮椅上,将够得着的书取下来放在地上。

"这些都是我姐姐的,她喜欢烹饪,我却很讨厌,你帮我搬下去吧,家庭主妇肯定会爱死它们。"米典嘴上这么说,脸上却露出一丝不舍。

巴卓儿稍等了一会儿,确认她不会反悔,才开始搬书。这些装订精美又有各式插图的书籍,比瓷盘重了不少,巴卓儿咬着牙,不断地来回跑。还时刻关注街道对面的火势,如果情况不妙,她就推着米典赶紧逃跑。

不过火情逐渐被控制了。一辆满载鲜花的小卡车从浓烟里开过来,巴卓儿正准备上楼,卡车司机探出了头,"米典还好吗?"

巴卓儿迟疑了一下,指了指楼上。

"跟她说,她订的花到了。"

"不用说了,我已经听到了。"米典已经来到了楼梯口,将轮椅滑进轨道,速度很快地下了楼,"还有一箱书,搬下来就好了。"

巴卓儿又忙乎起来。等她忙完,米典的选花工作也已经结束,她在一车五彩斑斓的花朵里各挑了一种颜色。

"找帮手了?"卡车司机打量着满头大汗的巴卓儿。

"还不算,她现在是关怀老人,举手之劳而已。"

卡车司机笑着上了车,挥手与她们告别。米典端起一盆橙红色的花朵,看着不远处准备收工的救火车,"看这情况,我是不用搬了。"

米典让巴卓儿把花搬上楼,放在厨房的窗台上,自己则开始烧水泡茶。

"不用再搬什么了吗?"巴卓儿将花盆摆放整齐,拍了拍手上的灰尘。

"太勤快也不好,来吧,吃点东西。"米典沏了两杯茶,桌上还放着一叠饼干。

巴卓儿闻到了再熟悉不过的奶香味,她想到了母亲常做的奶茶和奶片,味道也是这般浓郁,没想到离开了草原还能闻到这么熟悉的味道。

"你来旅行社做什么工作?"米典端着茶杯,抿了一小口,冲还站着的巴卓儿招了招手，让她赶紧坐下。

巴卓儿局促地坐下，看着面前精美的茶杯，"这个……我也不清楚，说来了会安排。"

"黑月初和泽马是两个喜欢自己忙乎的老板，做他们的员工应该会很清闲。"

"他们真的被抓了吗？"巴卓儿紧张地坐直了身子。

米典抿着饼干回忆道，"哒哒被袭是凌晨的事，我应该是整条街第一个听到砸门声的，离得那么近，还以为是自己家呢。黑月初和泽马的块头想不被人看到都难，我见到两个黑影跑出去了，军队是后来才跟过去的，以他俩的身手很难被抓到。"

巴卓儿松了口气，不过又犯起愁来，"他们真的勾结外城人了？"

"反正是真的跑了。什么勾不勾结的，没那么难听，四季城本来就是轮流开放的，2月到5月开放春城，5月到8月开放夏城，哪座城开放就可以去那座城。只是城与城之间的气候相差太大，很少有人愿意出来罢了。但现在既不让出城又不让进城，就有点不像话了。"

"不是说其他城很乱吗？出去不安全。"

"我才不信呢！我以前接待过外城人，人家挺温和的，没夏城人这么暴躁。我看就是政府自导自演的危险论，为搞军火找借口。"

米典的抱怨与巴卓儿担心的不是同一件事，巴卓儿一脸愁容地放下茶杯，茶一口没喝，饼干也一块没吃，心里只想着旅行社被炸了，自己该怎么办，总不能真的去麻烦超认真和傅朵吧。

"别苦着一张脸，反正你都不知道要来旅行社做什么，那这份工作对你来说就是一个未知数，换成其他的没什么两样，哒哒没有了，你可以找别家。"

"哒哒是事先联系好的，我这样直接去找能找着吗？"关键巴卓儿也不知道自己能干些什么。

"你这么缩头缩脑肯定找不到，工作没你想的那么难找，而且……我这儿也招人呢。"

巴卓儿觉得米典又要坑自己了。

"我这一把老骨头总不能去市场摆摊吧,出于同情而买回去的东西,是不会被珍惜的。"

"你想让我帮你去摆摊?"巴卓儿的脑袋晃得像拨浪鼓一样。

"为什么不去呀?"

"我,我没做过。"巴卓儿一见城区那么多人,就已经慌了,更别提卖东西了。

"没做过可以学嘛,你有力气,能走路能说话,有什么不可以。可能现在有些害羞,还有点太好说话,不过没关系,厚脸皮也不是一天长成的,你有的是时间。"

巴卓儿还想拒绝,可心底突然冒出一个声音,提醒她能留下来才是正事,既然不好意思去找傅朵和超认真,难不成还准备回草原吗?这是巴卓儿最不愿碰到的一种情况。

"你不说话我就当你答应喽。"米典趁对方犹豫时自己作了决定,"我姐姐的房间一直空着,你要是不嫌弃,给我工作的这段时间可以住在那里,她不是一个扰人的老太太,对这屋子也不会阴魂不散。"

"我住!"巴卓儿压根没想到自己会回答得这么干脆。

米典看起来很满意,"我呢,是一个话少又喜欢安静的人,在这个家你别发出太大动静就行。"

巴卓儿对此相当怀疑,但并没有多言,心想那就留下来试试吧。

"还有什么问题吗?"

巴卓儿反应过来,"这儿附近有邮局吗?"

"打电话不是更方便?"米典指了指屋里的古董电话。

"帐篷里没有电话。"

米典转动起轮椅,巴卓儿立刻上前帮忙,两人又来到了画室。米典停在窗前,指着窗外,整条街道呈圆弧形,房子都环绕圆形的广场而建,"我指给你看,邮局很容易找,顺着这个方向穿过广场,门外有红色邮箱的就是。邮局的信件分很多种,你看着不像有钱人家的孩子，寄信就寄普通的就好，那种比较便宜……"

巴卓儿注意到楼下来了辆吉普车，车上的人正在与救火的军人说话，军人都笔挺地站在车外，像是见到长官一样一脸严肃。巴卓儿注意到吉普车的车尾有些损伤，像是被撞过。

"记住了吗？"

巴卓儿回过神，"记住了，我这就去。"

米典从柜子里翻出一串钥匙，"钥匙给你，我今天还没午睡，真是困得不行了。"

"城区的人都像您这么好吗？"巴卓儿双手接过。

"草原的姑娘都像你这么傻吗？"

"啊？"

"钥匙环上面那位是我姐姐，米拉。别害怕，上了年纪又是姐妹，一定长得很像，但她不是我，我是一个自由的画家，她是一个整天只知道掂勺的大厨，我俩除了长得像，其他什么都不像。"米典转动着轮椅出了画室，看到巴卓儿还盯着钥匙环，"别把时间浪费在没用的事上，有功夫不如多睡觉。我姐的房间就在我对面，关门的时候轻一点，我睡眠很浅。"

巴卓儿赶紧收起钥匙，目送米典回房后，才蹑手蹑脚地下楼将行李搬上来。

米拉的房间透着一股淡淡的霉尘味，但还能接受。靠窗的位置有个书架，上面还有几本关于烹饪的书籍。巴卓儿从小住帐篷，从没住过四面都是砖墙的房子，坐在柔软的床垫上，心里有点小雀跃。从书包里翻出本子，撕下一张纸，开始写信。

"母亲，

我已经安全抵达城区，这里除了气温很高湿度也很高之外，一切都还不错。我在火车上交到了新朋友，他们都住在城区，不过还是学生。等我把一切安顿好，我们应该会约着一起出去玩。我到哒哒旅行社了，因为社里太忙，还没给我安排好住宿，所以我被暂时安排在旅行社对面的一户人家，这栋房子里只住了一位老奶奶，她将她姐姐的房间让给我住，我现在就在房间里给您写信。放心吧,我一切都很好。

巴卓儿　5月7日"

当着面,巴卓儿反倒说不出这么多话,她只想把自己的情况往好了描述,这样母亲就不用写信过来催她回去了。如果黑月初和泽马真的跑掉了,应该会与草原联系,那时再让母亲知道也不迟。巴卓儿将信折好,轻声出了门。

红色大邮箱就在眼前了,但巴卓儿的目光却被邮局外停着的那辆尾部被撞伤的吉普车吸引,司机还在车上。巴卓儿偷偷瞧了一眼,是一位军人,即使车上没有乘客,也坐得腰板笔直。

一进门,冰凉的冷气扑面而来,不过5月初,但邮局已经开了冷气,巴卓儿忍不住打了个哆嗦。一位眉眼含笑的工作人员走过来招呼她,"您好,您需要寄信吗?我们这儿有特快,还有隐藏式信封……"

"最普通的,我不着急。"巴卓儿牢记米典的提醒。

"那边排队。"工作人员变脸的速度和离开的速度一样快。

等候区有位客人提醒巴卓儿取号,巴卓儿取了一张小纸片,随便找了个位置坐下。一位身着灰色裙装的女子吸引了她的注意力,她没有坐在位置上,而是在有限的空间里来回踱步,一双高跟鞋不断敲击地面,发出清脆的"咚咚"声。她个头很高,体态轻盈,笔直乌黑的头发长及腰间。看她的年龄应该在30岁左右,脸上化了妆,五官非常精致。她手里拿着一个白色信封,信封上用火漆盖着金色印章,看形状,像朵火绒草。火绒草在草原上随处可见,就像傅朵那天还采了一大捧,利剑一样的花瓣被雪白的绒毛覆盖。火绒草不如其他花朵来得娇媚,喜欢它的人并不多,但草原上的人却认为它是勇气的象征。一般喜欢火绒草的人都勇敢又低调,巴卓儿认为这倒是与那位女子的冰冷气质很贴合。

踱步间,女子一直在听电话,神情非常严肃,"你们都办了那么多次了,怎么会不在原地被捕？昨天晚上？"女子说话声音稍大了些，眉头一扬，巴卓儿迅速别过头，以免让对方发现自己在偷窥她。

女子接完电话，直接步行到一个空着的柜台前，上面写着"特快、隐蔽"，寄这种信件的只有她一个人。女子在柜台前坐下，简单与工作人员沟通后，便将白色信封递了进去。工作人员在里面忙活了很久，女子的电话不断，巴卓儿已经听到广播里在喊自己的号码，赶紧从兜里掏出信。

"给我一个信封。"

柜台里递出一个黄褐色的信封，巴卓儿在上面写下地址，听到隔壁传来动静，好像是女子的信件有什么问题。

女子用力地挂了电话，看起来有些焦躁，"你再核对一遍，我经常寄信，不会有问题。"

"您能再重开一个信封吗？"工作人员说话很小心翼翼。

"我是帮朋友寄的，指纹我可以重盖，但地址我并不清楚，麻烦再审核一遍。"

巴卓儿用右手拇指沾了印泥，在信封的右上角按下指印，将信交给工作人员。还是忍不住偷偷打量女子的情况，她那封信的地址是隐去的，这是用了隐形墨水，只有分派信件的工作人员才能看到。"咚咚"的敲击声在耳边响起，巴卓儿扭过头，柜台里的工作人员已经有些不耐烦，她赶紧凑上前。

"指纹盖得不清楚，审核不了。"黄色信封直接从柜台里退了出来。

巴卓儿一脸尴尬，她可没胆量让工作人员再审核一遍，加上对方已经递出一个新信封，只得老老实实地重写了一份，再次盖手印时，使出了吃奶的劲，右手拇指都压疼了。可没一会儿工作人员又皱起了眉头，她这副模样可让巴卓儿紧张坏了，看起来还是不行，工作人员开始与邻座交流，好像两人遇到的是同样的问题，一试再试，信封上的指纹还是审核不过，最后请来了一位领导模样的男子，他先是审核巴卓儿的信息，然后又去审核旁边女子的信息，才扫了一眼，就像受到了惊吓，紧张地跑去办公室拿来红章，分别在两封信上盖上，还特意从柜台里跑出来与女子解释。

信总算顺利验过了，巴卓儿付了钱，起身离开。

"指纹显示有两个人的身份，最近是有业务伙伴过来吗？"

女子严肃地瞪着西装革履的工作人员，没有说话。

"不好意思，我不该多问。指纹显示屠总的信息与另一位查不到信息的居民身份重叠了，换作平时我们是不允许通过的，所以耽搁了您一些时间。那位顾客也是同样的情况，盖得不清楚也会这样，柜员不懂变通，实在不好意思。"工作人员90°弯腰，说话语气非常客气。

女子抬头看了一眼巴卓儿，那眼神像审视一般，巴卓儿被她看得发毛，赶紧离开了邮局。巴卓儿暗自庆幸，幸好自己的问题和女子一样，要不这封家书能不能寄出去还是个问题呢。一出邮局，天空就下起了雨，巴卓儿对着平淡无奇的雨点叹了口气，直接跑进了雨里。

第三封信

斐思，

　　为期两天的打靶赛结束了，晚宴结束后，我赶去了大青谷。

　　阿娣知道我过去，特意抱着孩子来找我，孩子手上的红包已经消肿，我再一次肯定，那不是被蚊虫叮咬后的肿状，因为皮肤上结痂了，那显然是被锋利物件刺伤所致。

　　阿娣在大青谷没法与外界联系，我也因为还不清楚政府是怎么定位到外城人的，担心是草场有人告密，所以就让谷池彻底断了牧民与外界的联系。阿娣写了一封家书，让我帮忙送去沙尘酒馆，交给她的婆婆。在此我必须提一句，你知道阿娣的丈夫是谁吗？写到这儿我真有一种抓到八卦新闻的感觉，居然是赟！库鼎队的男单一号！

　　好吧，他应该还挺年轻的，居然已经结婚生子！不过，我还是要祝福阿娣。这种感觉，真是太奇妙了。阿娣与我说，赟是一个极度敏感的人。说实话，我有在现场看过赟的比赛，如果这话不是我亲耳从他妻子嘴里听到，我完全不会把场上那个骁风强悍、像烈马一般的赟想象成一只容易受惊的猫咪。阿娣希望尽快让赟知道他们母子俩平安无事，因为赟比普通人更容易忧虑，更缺乏安全感，他害怕所有胆小之人害怕的事物，黑暗、打雷甚至是鸟叫，如果他只听到鸟叫而没有看到发出鸣叫的鸟的话，他的忧心忡忡简直会让身边所有的人抓狂。好吧，这次给我回信的时候，你不如告诉我，你有什么害怕的东西？我想我和夏城的所有球迷一样，也习惯了将火球员勇敢化。一想到也有令你们害怕的东西，我就觉得挺有趣的。

阿娣离开后，我与谷池上楼找阿泽，谷池说晚饭后阿泽就一直待在房间休息，没有出来。但敲了房门里面却没有一点动静，打开一看，阿泽的行李还在，但人已经出去了。谷池说阿泽这些天常趁他不注意，向别人打探迷失森林的情况。我们便立刻找了艘桦皮舟赶去迷失森林（水源河将迷失森林团团围住了，原本沙漠的铁路可以直接开进迷失森林，但现在铁路桥已经断了，进去的方式只有桦皮舟），鄂科族人的鼻子很靠得住，谷池通过气味，很快就在林子里找到了阿泽，之后我们就一直悄悄地跟着他。

阿泽走走停停，像是在找东西，还从随身携带的小包里掏出石蕊和青苔，没多久林中的驯鹿来了。驯鹿低头咀嚼着食物，阿泽慢慢靠近它并将手压在驯鹿头顶，一层白光逐渐覆盖住了驯鹿的全身，很快就化成了厚厚的绒毛，包裹住了驯鹿。驯鹿头顶还长出了树枝般修长的鹿角，鹿角闪闪发光，是透出寒气的冰柱。焕然一新的驯鹿扭了扭脖子便开始带路，我们一直跟着往森林深处走，越往里走，谷池越不安。他折了一些树枝给我，自己也拿了些放在手上，他告诉我无论如何都不要说话，因为驯鹿把阿泽带进了迷失森林的禁地。

驯鹿不断往森林深处走，直到将阿泽带到一棵大树前才停下。驯鹿身上的光亮将整棵树都照亮了。我还是第一次看到那样的大树，长着人一样的手臂，每条手臂都握着一根棍子（那感觉，倒是很像你们挥舞火球棍的状态），我数了一下，一共11根棍子，还剩在最下方的一条手臂留有空位。12根手臂从大树的中央均匀地散开，举起的喷火棍连成了一个还没闭合的圆。那棵树那么巨大，将这些棍子放到位的人，是爬上了树端？还是这12条手臂自身会转动？谷池也是第一次看到，没法向我解释这情况。

驯鹿围着大树不断地踱步，阿泽从口袋里拿出了一个小包裹，打开右是一颗闪着光亮的黑珠子。黑珠子在月光下泛起红光,树上的11根棍子一下就有了反应,棍子顶端忽闪出红色的光亮,像是要被点燃一般。

阿泽又掏出一支小管,将管子里的液体倒在了珠子上。原本还透着红光的珠子一下就没了光泽,木棍顶端的光亮也瞬间熄灭了。我们听到阿泽在说不可能,他显得有些愤怒,还咒骂起来。没过一会儿,黑暗中就传来了枪声,剁鹿晶亮的触角被一颗子弹击中,光亮像冰片一样从它身上剥落,剁鹿变回了老样子,撒腿跑掉了。

军队发现了光亮的异常,寻了过来,阿泽慌乱地往林子外跑,我们立刻跟了过去,林子里接二连三地传出枪声。我跟着谷池抄了近道,谷池循着气味,从灌木丛里一跃而起,将正在奔跑中的阿泽压倒在地。阿泽在慌乱中被击中了胸口,这是我们没想到的,他倒在地上,鲜血不断地往外涌。我与谷池扶起他,赶紧去找桦皮舟。

所幸,军队没有跟上来,迷失森林的军队平时与住在大青谷的鄂科族人关系不错,他们只是想防火,并不会真的冲过来杀人。像今天这样,真的开枪打中人还是头一回,只能怪阿泽的运气不佳。

桦皮舟划到水源河中央,阿泽的状态很不好,殷红的鲜血不断往外涌。我用手按住他的伤口,可血根本止不住。我问他屏障呢?他们的屏障连火射炮都能挡住,怎么现在一颗子弹就把他打成了这样?阿泽有气无力地对我说,冬城从来不打仗,比夏城安全多了,不是每个冬城人都需要屏障的。他还反复向我说着一句话,"夏城不对,夏城不对……"

他松了手,手里的那颗黑珠子,还有那根小试管一并滚落到了桦皮舟里。阿泽就那样死了,可他并没有像小桦一样变得透明,也没有消失,他像靶场上冰冷的尸体一样,直直地躺在了船里,我不明白这里面的差别。

谷池闻了闻那颗没了光亮的黑珠子，他说，那颗珠子是熊眼睛，他记得黑熊的味道。

关于熊眼睛的事，我也是第一次听到。谷池说，鄂科族还生活在迷失森林时，每年都有猎杀一次黑熊的习俗。而在猎杀前，他们会进行伪装，猎人会穿上兽皮，或是戴上羽毛，一旦进入黑熊生活的领地，就必须学天上的黑鸦叫（这也是为什么谷池让我拿着树枝，还让我别说话的原因）。一直要到猎杀完黑熊，才能够脱下伪装，正常说话。猎人会在屠杀黑熊后掏出它的眼珠子，两颗眼珠中，死亡前看到伪装的那颗眼珠子是冰冷的，而在死后看清真相的眼珠子则是滚烫的。取出后，只需将屠杀黑熊者的血滴在滚烫的熊眼睛上，那只熊眼睛就会灼烧，火焰燃尽，熊眼睛的温度也会随之下降。

谷池闻了一下那根试管里的液体，他说他想到了阿娣的儿子。谷池猜测，阿娣的儿子很有可能是屠杀者的后代，因为屠杀者的血具有继承性。也就是说阿泽他们跑去不是旅游地的草场，是为了获取阿娣孩子的血。刚才阿泽是将孩子的血滴在了熊眼睛上。

而鄂科族之所以要这么大费周章地猎杀黑熊，是因为他们相信黑熊拥有永生的灵魂，你尊重它，它会永生永世保佑鄂科族，保佑夏城。如果你不尊重它，让它的肉体不能够体面地死去，那它的灵魂就会化为诅咒。

谷池提醒我，11年前政府将鄂科族赶出迷失森林，当时森林乱成了一团，还发生了枪战，现在看到这颗外流的熊眼睛，谷池担心，11年前的枪战中，黑熊可能遭了殃。因为鄂科族一直认为熊眼睛具有轮回性，今年打下的熊眼睛，会在下一头黑熊身上复活，而迷失森林每年只有一头神圣的黑熊，所以依照鄂科族一贯的传统，根本不可能出现落单的熊眼睛。并且这些年迷失森林也没有进行过任何狩猎行动。谷池担心，如果黑熊真的在那场枪战中被杀了，还是在没经过伤害的情况下被杀，那夏城很有可能面临着诅咒。

说完这些，谷池又向我描述了一堆夏城现如今的气候问题，他说夏城热得越来越早了，夏城人也越来越浮躁，这些可能都与诅咒有关。

好吧，我要理一理思绪，先不说诅咒这事，如果按照谷池的说法，熊眼睛不是夏城的东西吗？为什么会在冬城人手里？谷池没法解释这个问题，他说关于那一冷一热两颗熊眼睛更多的事，只有猎杀黑熊的猎人才了解，而被送中去猎杀黑熊的人，都是百里挑一的，普通的猎人都不敢靠近它们，更不敢踏进迷失森林的禁地。我让他先冷静下来，既然不清楚，就别乱猜，也别乱宣扬。我们不过是坐车跟踪了一趟阿泽，不至于冒出诅咒这样的大问题。

上了岸，我们将阿泽埋入夏城的泥土里，关于他的问题，很多都没来得及问，不知道他是怎么来的，也不知道他为什么就回不去了。还有他为什么要说夏城不对？真是一头雾水。

我现在正坐在回城的汽车上给你写信，那颗熊眼睛，还有那根试管，就在我手边。说实话，我也在考虑谷池的担忧，虽然他在鄂村族算不上一个厉害的猎人，11年前的他也不过是十五六岁，但他了解传统，传统能够流传下来，必定有它流传的意义。熊眼睛，百里挑一的猎人……我回去后会查证一件事，等下封信我再与你细说！

最近说了好多我的事，谈谈你啊。新定制的运动鞋穿起来怎么样？希望调整鞋底的方法能减轻你的疼痛，保护好你脆弱的跗骨。不过医生也说了，着力点再次变化，你的背部和大腿会出现肌肉疼痛，调整鞋底这个偏方更像是疼痛转移法，这么多年我们一直在寻找最合适的鞋底，但现在看来，我们应该花更多的时间去做更细致的调整，但你已经急迫得不行，非要参加今年的总决赛。有时候，我真的觉得职业火球员是在过度地损耗身体，但……好吧，我已经把前面两句话画掉了（必定很不情愿），我不想说任何软弱的话干扰你，也确实为你取得的成绩感到骄傲，但我真的想知道……你怕什么？就像赟一样，他怕鸟叫，你有怕什么吗？是哪种可爱小动物的叫声？让我猜猜，会不会是小狗？写信来告诉我吧，接下来一段时间我会住在城区，你可以往家里寄信了，期待你的来信。

火绒草

5月8日

06.
规则之外

"元茹洁、笛拉,你俩上来默写,上一堂课教的离子方程式,其余同学自己拿本子出来。"

教室里发出一片庆幸的感叹声,没有被点到名的同学都松了一口气。笛拉再一次翻看自己的笔记本,她永远理解不了离子配平的规律,仿佛脑子在这方面有所欠缺,一路学过来全靠死记硬背,却越来越记不住。

走上讲台,她拿了一根崭新的白色粉笔,站在黑板前准备默写,果然刚才所看的内容已经忘得差不多了。

"碳酸氢钙溶液与过量氢氧化钠溶液反应。"

教室里传出一片"刷刷"声,黑板的另一头传来"嗒嗒嗒"的写字声。笛拉微颤着手准备在黑板上写下碳酸氢钙,但粉笔一下就折断了,等她着急地准备再写,连题目都已经记不清了。

"碳酸氢钙溶液与过量氢氧化钠溶液反应。"化学老师又重复了一遍。

笛拉这回彻底懵了,对着深灰色的黑板冒出一种莫名其妙的感觉,黑板下的条形槽里放着很多长短不一的粉笔，基本都是白色的，笛拉伸出手指在里面拨了拨，居然有红色的！笛拉也不明白自己为什么要这么兴奋，还立刻拿着它在黑板上画了一朵小红花。

"高锰酸钾与浓盐酸反应。"

笛拉再次听到化学老师的声音，整个人吓了一跳，尤其看到碳酸氢钙的化学符号后面还多了两朵小红花！真是要命！

化学老师开始报下一题，重复了两遍，又说了两道题。但笛拉被这两朵花弄乱了思绪，已经彻底忘了笔记本上的内容，连一个字都写不出来了。

"好了，写不出来也不用写了，下了课回去再好好看一下，课上的东西是要复习的，要不学了跟没学一样。下来吧。"

笛拉看到另一侧的同学写了小半黑板的内容，而自己连一个字都没写出来。笛拉握着拳头用力擦去了那两朵莫名其妙的花，悲哀和羞耻用力地拧着大脑，一股酸涩直涌鼻头。

要哭吗？

笛拉在心里劝自己，怎么着也不用哭吧，不就是写不出东西嘛，这么多人看着在黑板上写字，一定会有点紧张，一紧张就会摸不着头脑，写不出来也是正常的，为什么要哭啊？笛拉使劲握着拳头。

"再问一次题目。"

冷静的声音从后脑勺传来，笛拉蓦地停住，右脚还停在跨出讲台的那一步上，化学老师已经在粉笔盒里翻找红色粉笔。

"就准备这样下去吗？再问一下题目。"脑子里冒出的声音，语调轻柔却充满力量。

"可我不会啊。"

"我会。"

笛拉心底腾起一股前所未有的勇气，"老师，能再说一遍题目吗？我，我好像想起来了。"

念了那么多年的书还从没碰到今天这样的情况，仿佛身体里住着好几个自己，一会儿懵然不知，一会儿又很有主见。而她只能被来回拉扯，很难确定到底是谁在替自己做主。

化学老师若有所思地看了笛拉一眼，将红色粉笔捏在手里，用力敲了一下已经将默写纸扔掉的男同学的头，"再听一遍，没默出来的再想一想。碳酸氢钙溶液与过量氢氧化钠溶液反应。"

$Ca^{2+}+2HCO_3^-+2OH^-=CaCO_3\downarrow+2H_2O+CO_3^{2-}$

"高锰酸钾与浓盐酸反应。"

$2KMnO_4+16HCl=2KCl+2MnCl_2+5Cl_2\uparrow+8H_2O$

"铁与氯化铁溶液反应。"

$Fe+2Fe^{3+}=3Fe^{2+}$

"离子方程 $H^++OH^-=H_2O$ 所表示的反应是……"

笛拉在脑子里迅速思考，这个方程式最后产生的是水，反推的题目在脑中需要多思考两步，"强酸溶液与强碱溶液生成可溶性盐和水的反应。"

笛拉写完最后一个字，连自己都愣住了，这四道题，即使是让她重抄一遍，也有抄错的可能。她回到座位，连腿肚子都在发抖，同桌晓晓却向她竖起了大拇指。

"对吗？"

"都对。"

晓晓将手里的默写本给笛拉看，笛拉立刻与黑板上的内容作比对，第一次长得那么像！

化学老师已经拿着红色粉笔在黑板上讲解，笛拉看着出现在自己公式后面的红色"钩钩"，一个接一个，可这些题，她并不会。但她就那样很流畅地写了出来，而且一点都不费劲。

接下来的课有些延续化学课堂的神奇，尤其在笛拉完全不擅长的理科领域，数学题解得飞快，物理题已经能将力学分析得很透彻，在课堂上还提醒老师漏解了一个力。同学都对笛拉刮目相看，只有笛拉心里没底，因为她始终不知道自己是怎么解出来的，仿佛有另一个，不对！是另两个自己在做这些事！因为在刚写完的物理题后，她又忍不住画了一只很丑的四脚动物简笔画，像牛、像马，又很像羊！

年轻漂亮的女老师站在讲台上，向她递来幽幽的目光。笛拉看着女老师复杂的神情，难堪地低下了头。

"咚咚咚"

教室外有人敲门，谢天谢地，总算有人来救场了，再也不想上课了……

"起床了吗？"

米典的声音把巴卓儿从课堂中拉了回来，巴卓儿迷糊地坐在床上，这一晚上做的都是什么梦？好像梦见自己回到了小时候，还坐进了课堂。巴卓儿搓了搓手，粉笔屑的干燥感还留在指尖，小时候她总希望母亲能给自己买块小黑板，能让她像老师一样涂涂画画，虽然她完全不擅长画画，但画朵小花、画头小羊，她小时候还挺爱干，但那都是多久前的事了？巴卓儿深吸了一口气，今天有点心慌呢，这是把梦里的感觉都带出来了吗？没一会儿，巴卓儿就彻底忘了梦见了什么。

清醒过后的巴卓儿对着床头柜上米拉的照片说了声"早上好"。米拉头戴厨师帽，举起锅铲的身姿很挺拔，看起来也非常结实。巴卓儿能想象出米典年轻时的样子，姐妹俩应该长得非常像，客厅里传来电视节目的动静，巴卓儿迅速换好衣服，拉开窗帘，外面才蒙蒙亮。

米典已经在餐桌前就座，桌上摆着两碗牛肉面，外加两杯奶橙色的液体。米典戴着老花镜，目不转睛地盯着黑白电视机里播放的早间新闻，夏城经常会有一些抗议活动，几乎都是对继承制度的不满。电视画面从一片混乱又切到了一场葬礼，首先出现的是一个火枪标志，标志印在一个漆黑的棺木上，好几个军人抬着棺木从车上下来。一大早怎么都是这样的新闻，看得真让人揪心。

"给军火公司打工是有风险的，天天抱着炸弹，能不出事嘛！"

巴卓儿看着电视上那张稚气未脱的照片，新闻里只提到打靶时发生意外，军人被评为了烈士。

"军人还可以到军火公司上班吗？他们不是服务于政府吗？"

"如果那家军火公司是民政一体就不成问题了。"

"什么叫民政一体？"巴卓儿小心翼翼地闻了闻奶橙色的液体，胡萝卜汁，她最讨厌喝的。

"就是有政府参股，这样的公司在很多政策上都有优势，以前夏城最厉害的是克罗德军火，现在完全被屠卡取代了，火枪就是屠卡军火的标志，现在满夏城都是。"

"真厉害。"巴卓儿一知半解地敷衍道，一口气干了半杯胡萝卜汁。

"一整天都没开张的你不是更厉害。"米典将目光从电视上移到了巴卓儿身上，"能不能跟我谈谈计划？"

巴卓儿鼓着腮帮子，又开始紧张了。

"干什么都得有计划，我画画有计划，你卖东西也要有计划，每天能卖出多少，多久能卖完，今天是你工作的第二天，不准备开个张、卖出一张盘子啊？"

巴卓儿费劲地把胡萝卜汁咽下。

"如果销量不如预期，没顾客上门，是不是能想点办法招揽生意，主动出击比坐着等死要强。到底是什么力量，能让你坐在那里脚不肯挪一下、嘴不肯张一下，谁会问一个木头人买东西，你说对不对？"

巴卓儿如坐针毡，昨天中午，米典让朋友给她送饭，送饭是假，观察她的销售情况才是真，"我，我做了一个梦。"

"什么？"米典摘下老花镜，疑惑地看着这位答非所问的年轻人。

"我梦见老师给我出了一黑板我答不出来的题，但最后我都解开了。"巴卓儿明明已经忘了那个梦，可现在却又有了些印象。

"你的意思是，不管现在销量有多差，你肯定能把东西卖完？"

"但梦不是反的吗？"乌云嘎经常这么告诉巴卓儿。

米典直接将老花镜扔在了桌上,"你当我是开玩笑?还是你在和我开玩笑?"

巴卓儿有些急了,"我只是觉得奇怪,明明都是我写出来的答案,可那些题我压根不会。"

"你到底希望我怎么理解?"

巴卓儿觉得头皮发麻,怯怯地说,"我在想,会不会有贵人相助?有人帮我卖盘子……"

"呵,你有没有听过痴人说梦?"

巴卓儿不好意思地放下了杯子。

"你听好了,我现在不收你一分钱让你住在我姐姐的房间里,还给你提供一日三餐,要说贵人,你已经遇到了。别总盼着天上掉馅饼,从现在起,开动你并不聪明的脑子,去想想到底怎样才能把那些盘子和书卖出去。别跟我说没经验。你一路走去上班,路上那么多摊位,有点脑子的人看都看会了!你也16岁了,长点心好不好!记住了,不管你的脚有多金贵,嘴有多难开,如果你想在城区待下去,卖,东,西!赚,钱!"

巴卓儿被训得大气不敢喘。米典用力跺了跺筷子,大口吃起面来,画家身上都浮出了土匪的气息。

吃完早饭,巴卓儿逃也似的出了门。米典叹了口气,自己完全可以找个更有经验的员工,不仅卖得贵,还卖得快,成本和收益都能控制好。可巴卓儿就像一杯清水,除了力气比同龄人大,就没有别的特长了。这样的孩子要是不敲打,真是印证了那句话——四肢发达,头脑简单!

米典收拾好碗筷,训完人后整个人反倒精神了,摇着轮椅去画室,火灾时搬走的住户,又一家家费劲地搬了回来,除了哒哒旅行社,那两位老板还真是跑得无牵无挂,估计已经忘了还有个大活人要来找他们。火灾中受损的住户已经开始整修房子,米典得赶在工人整修完工前,把焦黑的房顶画完。

巴卓儿被训得抬不起头,直到听到叫卖声才打起精神,去杂货市场的路上要经过早市摊,这里是清晨最热闹的地方,也是米典说可以学习的地方。天还没全亮,各种商贩已经挤在路边,一个紧挨着一个,热火朝天地做起了生意。巴卓儿提起精神,按照米典的训斥仔细观察这些摊位的售卖方式。

最先遇到的是卖鱼虾的商贩,他吆喝得最起劲,说起话来也很有意思,突然就指着还没亮的天空大喊道,"啊!马上就会下雨,要是不下,我就被雷劈死。"鱼贩的兴致很高昂,完全不担心自己说出的话,看到客人经过还不断与对方搭话。这种主动出击的售卖方法,巴卓儿觉得很难适应。

一股浓郁的酸味钻进了鼻子,不用看也知道到醋摊了,醋店老板生意不错,城区太热,很多人都愿意吃点醋,开开胃,光是气味就足够有吸引力了,已经有早起的客人在摊位前排起了队,手里还拿着空瓶。这个摊位完全靠商品本身,可巴卓儿卖的是盘子和书籍,它们可散发不出这么浓郁的味道。

再往前走,能看到一家摆放有序的西红柿摊,它静静地坐落在喧闹中,是整个早市最安静的摊位。摊位上只出售西红柿一种蔬果,店老板是个安静的年轻小伙子,他严格把控西红柿的品质,只要有一点瑕疵的果实就会被剔到一边,符合要求的西红柿才能摆上木制展架,摊位被他整理得又规矩又漂亮。巴卓儿默默记下了摆放模式,看能不能用到自己的摊位上。

一路往前走,天空真如鱼贩说的那样飘起了雨点。

"哎呦!"

巴卓儿的额头被撞了一下,低头一看,是架纸飞机。巴卓儿的太阳穴猛的胀疼了一下,她看到了纸飞机在空中飞跃的画面,最后掉落到了一片沙地上。巴卓儿捡起纸飞机,四处看了看,早市摊上都是忙碌的商贩,根本没人有功夫折纸飞机。

"真是讨厌!"巴卓儿随手将纸飞机扔到了一边,快步往杂货市场走去。

清晨的几滴雨,让市场变得闷热难耐。巴卓儿忙得满头大汗,她把完全看不出特色的摊位重新整理了一下,将平放的盘子都立了起来,按照盘子上的食物分出早、中、晚三餐,还选出一些具有代表性的餐盘,并翻阅食谱,比对出与盘子上差不多的食物，将食谱放在盘子旁边，这样一下就能知道盘子上的食物是怎么做出来的了。

接下来就是开口的大难关，巴卓儿习惯在草原上与动物说话，看到人却紧张得不行，完全张不开口。

"胆子大一点嘛！"

巴卓儿左右看了看，哪里来的声音。

"我之前在超市的时候，也是连句'过来看看'都说不出口，后来发现，只要迈出第一步，接下来的事就不难了。"

不是周围的动静，而是自己脑子里的声音。

"你好，我叫笛拉。"

"笛拉？"巴卓儿思索着，她对这个名字有点印象，"你，你是我梦里的……"

"我也纳闷呢！说好了让我与夏城人交换，就是现在这样的规则吗？交换一半？你的意识还留在你的身体里，而我的意识好像也只跑来了一部分。"

巴卓儿拍了拍脑袋，"我是不是见鬼了！"

"我都见鬼好几天了，终于能跟你说上话了，真要谢谢你帮我做的那些化学题。"

"什么题？"

"化学题，离子方程式，要配平的那种，你还蛮厉害的嘛，我怎么学都学不会，但你一下就解出来了。"

"等等，你说的是我做的梦吗？你真的是我梦里的人！"

"那不是梦，但咱俩现在的情况比较混乱，我也不知道该怎么向你解释。"

"天哪，我一定是被米典骂傻了。"巴卓儿嘀咕道，"我醒着都能做梦？"

"别乱猜了，我一时也说不清，还是先做正事吧。"

"什么正事？"

"做生意啊，卖盘子卖书，你太害羞了，得胆子大一些。"

"这和你有什么关系？"

"怎么会没关系，米典骂你的时候，我可是躲都躲不了。放心吧，卖东西可比答化学题简单多了。"

"你不觉得丢人吗?"

"丢人?"

"在草原上,我们都送东西给人,怎么好意思问别人要钱。"

"还有这种好事!以后我也要去草原。不过这里是城区,你得有钱才能活下去吧。你开张一次试试,卖东西的感觉应该比送东西强。抱歉啊,我没草原人那么大方,只是纯粹不想被米典训了。不过米典是好人,你出门能碰到这样的人真是够走运的,咱们不能让她失望不是吗?"

"咱们?"

"开工吧。"

巴卓儿看到有位老太太正从摊前经过,立刻迎了上去,"奶奶,要不要进来看看,我这里有很多餐盘,是一位与您年纪差不多的画家画的。"

老太太脸上的皱纹比米典还多,看着面前这位拦住她去路的女孩,"小姑娘,你知道我多大了?我这年纪连画笔都握不住了。"

巴卓儿看着她布满老年斑、筋脉凸起的手背,"您顶多70吧,看着精神这么好。"

老太太笑着直摇头,"真是个嘴巴甜的姑娘。"

"您进来看看吧,画的都是食物,这样的餐盘买回去,您都不用费劲考虑每天吃什么了。"

老太太很给面子地进了摊位。巴卓儿如释重负,她很确定这样违心但好听的话不是自己能说出口的。

老太太笑眯眯地看着巴卓儿将5个早餐系列的盘子包起来,付了钱,还大方地说不用找零钱了。巴卓儿将包好的盘子放进她的小拖车,客气地送走了她,看着手里的两张钞票,心脏"怦怦"直跳,这应该就是所谓的成就感吧!

"这钱真漂亮啊!"

巴卓儿被吓了一跳,"我真不习惯你这样和我说话。"

"这钱和我们那儿长得不一样,这星星点点的是什么?"

"火星雨啊。"

"火星雨?"巴卓儿被笛拉控制着抬头看了看天,"它是和雨一起下的吗?刚才怎么没看到啊?"

"就是不下才改版的。"

"改版?"

"这两张是老版的,新版的纸币早就出了。"

"为什么不下啊?进夏城前,还有人和我说,夏城的火星雨是一绝呢。"

"因为鄂科族被政府赶出了迷失森林。"巴卓儿整理着菜谱,将空出的位置重新摆上盘子,"你知道鄂科族和迷失森林吗?"

"你讲吧!我语文还行,捡重点听。"

巴卓儿依旧很不习惯,但还是在脑子里解释了起来,"11年前,政府以收枪为由,将鄂科族赶出了森林。以前鄂科族住在迷失森林的时候,每年都会在林子里放火。"

"你说放火?森林不是要防火吗?"

"是放火。鄂科族认为要防火就得先放火,火是有灵性的。迷失森林每年都会有大量的落叶从树上掉落,堆积在大树根部。森林的温度比较低,落叶很长时间都分解不了,树上掉落的种子就没法顺利地落入泥土。这样整个森林会慢慢死掉,野生动物也会跑走。所以鄂科族每年都会放一次火,火可以加速落叶的分解,落叶则会变成草木灰,变成大树所需的养分,加快森林的循环。"

"这样森林不会被烧掉吗?"

"不会,每年都烧,落叶就没有那么多了,一场火,烧掉的是落叶和灌木,大树能熬得住。"

"可这与火星雨有什么关系?"

"夏城人都知道,落在夏城的火星就是迷失森林的火,火星雨是有灵性的,不会烧到人,也不会烧到房子。"

"听起来好神奇，不下好可惜啊！那唤火师呢？唤火师是做什么的？"笛拉依稀记得有好几个关于火的奇怪名词。

巴卓儿心里一惊，停下了手里的工作，"你是什么时候出现在我脑子里的？"

"嗯……一开始意识模模糊糊的，但红色颜料染了你的鞋后就开始变清楚了。"

巴卓儿松了口气，红色颜料染了自己的鞋后，就再没有人提过唤火师，"夏城也没有唤火师了。"

"什么都没有了？"

"嗯。"

笛拉觉得好没劲，"那跟市民公园也没两样了。"

杂货市场逐渐有了人气，温度也跟着往上升。巴卓儿体会到了卖东西的刺激，决定要鼓起勇气多做成几笔生意。一上午，她开口的胆子渐渐大了，但也并不是每个顾客都那么好哄。

"这个天气，要是能吃一些爽口的水果就好了。"

一位客人在看到画着西瓜的盘子后忍不住说。巴卓儿一下就想到了西红柿商贩，心里有了主意。现在是正午，客人都待在家吃饭。巴卓儿准备趁这个机会，去买些西红柿回来。

早市临近收摊，巴卓儿冲到西红柿摊前，上气不接下气地指着摊位一旁品相不佳的西红柿问道，"这个，怎么卖？"

西红柿商贩不解地看着巴卓儿，摇了摇头，"不好意思，这个是不卖的。"

"为什么？"

"这些西红柿的品质达不到上架的要求，只送不卖，你要的话可以拿一些。"

巴卓儿有些为难，"我不是要一两个，你还是算个价格卖给我吧，你这筐里的我都要。"

"这个……"

"别那么死脑筋嘛。"巴卓儿说完就咧嘴吸了口气,笛拉又抢话了。

西红柿商贩微微红了脸颊,拿了一个袋子将所有西红柿都倒了进去,他没有上秤,直接递给了巴卓儿。

"多少钱?"

"不用,送你了。"

"哇,谢谢啦!"

"喂,你都不客气一下嘛。"巴卓儿微皱起眉毛,她可不好意思拿。

"左邻右舍的,说不定他以后遇到事也要你帮忙呢,拿着吧。"

"这多不好。"

"你一上午就卖出7个盘子,你确定还要花钱买西红柿?不怕再被米典骂了?"

巴卓儿立刻接了过来。西红柿商贩继续收摊,巴卓儿总觉得有人盯着自己,一扭头,看到醋贩在不远处偷偷注视着自己,一见巴卓儿看他,立刻假装在忙自己的事,鬼鬼祟祟的。巴卓儿管不了那么多,还是先回摊位再说吧。

巴卓儿将洗干净的西红柿放在摊位的最前方,还立上免费的牌子。免费西红柿招来了不少客人,人见多了,巴卓儿胆子也变大了,不仅与客人聊起了天气,还开了一些小玩笑,关系处好了,客人就爱掏钱了。今天简直是大丰收,巴卓儿不仅卖出了盘子还卖出了好几本书,走在回家的路上,开心地点着今天的收入,当然更大一部原因是笛拉对这些没见过的货币特别好奇,反复拿在手里欣赏。

"笛拉,你是叫这个名字吗?"

"嗯。"

"谢谢。"

"客气什么,体力活都是你自己干的。"巴卓儿终于转移了对方的注意力,可以将钱低调地放进口袋了。

"咱们就一直保持这样的状态了?"现在这种感觉就像被什么附身了一样。

"应该也有时限吧,三个月,我不会总待在夏城,我还是要回去的。"

"你从哪来？我知道夏城之外还有三座城，不过夏城现在基本不允许外城人进入，我们也不准出去。"

"都不是，我不是你们四季城的人，我生活的地方春夏秋冬四季齐全。"

"四季城之外还有城？"

"我们说世界，不说城。"

"比夏城大吗？"

"这个我没法比，我地理不好，对面积没什么概念。我理科也非常差，尤其是化学，黑板前默写的那几道题多亏你帮我解出来了。"

"可我没有解题啊，而且什么是化学题？我初级学校毕业，都没学过。"

"初级？初中的意思吗？"

"初中？在夏城是三级学习制度，每级6年，分为初级、中级和高级，6岁入学，24岁毕业。初级学校是普学，什么都学一个皮毛，草原的孩子基本都是初级学校毕业，因为母亲说，大自然才是最好的学校，让我跟着马儿和羊仔一起学习。不过傅朵和超认真就在读中级学校了，他们俩你知道吧，还要我介绍吗？"

"我已经认识了。"

"那就不介绍了，中级学校就是按兴趣分科了，你喜欢哪个科目就往那个科目发展，傅朵和超认真喜欢美术，超认真以前还学城市管理，中级学校有很多科目。不过我没学过，所以也说不具体。"

"看来每个地方的学校都不一样啊，我们那儿分幼儿园、小学、初中，然后是高中和大学。我和你同年，现在在读高中，应该就是傅朵他们的中级学校。不过我们还没分科，大家学的都一样。"

"那不是很不公平。"

"不公平？"

"因为每个人擅长的不一样啊，画家肯定不能和科学家学得一样，对双方都不公平。"

"我喜欢你这个观点，这么想夏城还挺好的。"笛拉傻乐起来。

"不过，你说的化学题真不是我做出来的，你可千万别指望我。"

"那还会有谁？火绒草？"

"什么？"

"我现在的状态非常奇怪，除了出现在你身上，我还总能看到信，已经好几封了，都是火绒草写的。"

"火绒草是草原上很常见的一种花。"

"这应该是笔名吧。"

"笔名？"

"就是代号，不是真名，我现在能确定的就是火绒草在军火公司上班。我读火绒草的信，她所在的单位发生了事故，早上的新闻你还记得吗？有个军人被评为了烈士，火绒草所在的军火公司也发生了这样的事故，有个叫单火筒的武器在军人肩膀上爆炸了，头都被削掉了。"

巴卓儿简直不敢想那一幕，"早上新闻里的那家公司叫屠卡军火，在夏城还蛮有名的。"

"不知道是不是那家，火绒草没在信里提到公司的名字。"

"我们可以去问一下米典，那你到底是要和我交换还是和火绒草交换？"

"我觉得是火绒草吧，她在信上写，她口袋里有张门票，我进夏城的时候就是因为那张门票。对了，你有吗？是不是你也有一张门票，就是一块小木块，拇指一样大小，细缝处还有一团燃烧的火焰。如果你也有，说不定我就是得和你们俩一起交换。"

巴卓儿仔细回忆了一下，没有一点印象，"没有，要是你不说，我都不知道有那样的东西。"

"那看来还是得和火绒草交换，因为我要回去就得拿到那张门票。"

"可你为什么突然就能和我说话了？"

"纸飞机。"

"撞我头的那个？我刚来城区的时候也有见过，就在哒哒旅行社那里。"巴卓儿一直没当回事。

"那时候我还晕头转向的，但今天它让我一下就想到了一位朋友，他喜欢在跳远的时候扔一架纸飞机。"

"你的朋友也来夏城了？"

"他不会，他没有……"

"怎么了？"

"我好像想通了一件事，我原本拿到的是进春城的票，可在交换车站却变成了夏城的，在此之前，那张票除了他我没给别人看过，真要是他偷换了我的门票……纸飞机！那个混蛋！我一定要打死他！"

"别激动别激动，你说你那个朋友会不会就在城区，而且就在附近，要不为什么我总能看到纸飞机？他是不是知道你在我身体里？所以一直用纸飞机提醒我们。"

"可能吧，我真是后知后觉，现在这种情况一定和他脱不开关系！等我抓到他，一定好好揍他一顿！"

巴卓儿被笛拉嚣张的语气逗笑了，起初的莫名其妙和戒备，都缓和了很多。来到城区，虽然和米典生活在一起，但因为年龄差的问题，平时互相也没多少交流，而傅朵和超认真又太忙。但现在却以这种方式来了个笛拉，这种感觉是挺怪的，但至少来了个能聊天的人，感觉还不错。

第四封信

奘思，

　　计划赶不上变化，原本计划今天要去给阿娣送信，结果一回来，就有一件突发事件等着去处理。青墨先我一步回城（她将那辆尾部被撞伤的吉普车做了处理，以免节外生枝），集团旗下的一家食品公司出了问题，我一回来就被约去出入境管理局谈话。你可能会想为什么食品公司会和出入境管理局相关，但如果我说夏城的坚果基本来自于秋城，而火球赛又临近了，你一定就明白了。食品公司有一个专门的行程计划部，他们的工作就是与出入境打交道。

　　5月6日晚上，有位坚果供应商被公职人员带走，问题很严重，因为他是在计划路线之外被捕的。说到计划路线，我就不得不提一下夏城的门票问题，其实要申请一张夏城的门票非常复杂，尤其现在夏城不对外开放，现如今也只有秋城的部分商人被允许进城。食品公司会在每年的5月初到8月初安排外商进城，而这位坚果商，每年都会在火球赛前往返一次夏城，与公司签订下一年的坚果订单，并把去年订下的大批坚果带过来。他算是公司的老客户了，进城的计划也都由食品公司的计划部制定，这样往返已经很多年，谁都没想到他会出问题。

　　夏城的通用门票由票壳和票芯两部分组成。秋城人想要进夏城，首先要向秋城的出入境管理局递交申请资料，资料包括指纹、申请信还有资产证明。秋城的出入境管理局会将这三样资料再递交给夏城出入境管理局，出入境管理局会根据申请信中的内容寻找到申请者在夏城的接洽人，这时接洽人要上交一份行程安排以及接洽人本人的指纹。行程安排非常重要，要去的地点、时间点（每15分钟都要有一个计划点）。行程通过审核后，出入境管理局才会按照指纹制作门票。申请者的指纹印在票壳上，接洽者的指纹印在票芯上，一张门票两者缺一不可。

出入境管理局会把票壳寄给申请者，在指定时间，只要按压票壳，原本保留在出入境管理局的票芯就会自动出现在票壳里，两者一符合，申请者就能进入夏城。因为门票的制作工艺特殊，夏城的门票具有强制性，也就是说外商拿到这张门票后，会完全按照计划表的时间点行事，外商会遵照制定的时间去开会、去公司或回酒店，他不会出现在计划表之外的任何一个地方。而坚果商被抓的那个时间点，他本应在酒店休息，可他却在夏城的赌场玩得不亦乐乎，还与人发生了口角，以至于引来了巡逻的公职人员。

公职人员对如何审问出有用的信息很有经验，我看到坚果商肿起的大拇指和食指，就知道他一定是被绑着这两根手指吊了一段时间。我听了公职人员的解释以及坚果商的口供。坚果商之所以能在夏城自由行动，是通过一家叫哒哒的旅行社帮忙（这家旅行社目前已经被烧成了废墟）。坚果商同时还供出了冬城用黄金收买他，让他在冬城人和旅行社之间牵线搭桥的事。看来阿泽和小样能进夏城，与这家旅行社脱不了关系。我仔细看了一下笔录，以及军方行动的信息，6号晚上坚果商被捕，他很快供出了哒哒旅行社，政府几乎是立刻行动，估计是在旅行社得到了有用的信息。

我在草场被袭是7号凌晨，时间非常紧凑，看来政府是在旅行社查到了冬城人的所在地点，才向草场发生的袭击。

我问了出入境管理局的领导，在哒哒到底查到了什么。他说是一张特制的票芯，冬城人跟着坚果商的货物进入夏城，他们没有指纹门票、没有行程安排，即使进了夏城也寸步难行，但有了那张票芯，就可以自由行动了。我想多问生一些里面的门道，但生入境管理局的领导对此口风很严，不肯多说一个字。他只说，政府这段时间会严格管控指纹，因为就算是这样的简易门票，也是要将外城人的指纹捆绑在夏城人手上的，这时双方的指纹都会生现重叠现象。但合法与不合法的差别在于，如果外城人的信息没有在政府备案，那重叠上的一个指纹，就查不生任何具体的信息。

他这话倒是给我提了个醒，我弄不懂我口袋里的那张门票，青墨对此也完全不知情，但我最近给你寄的几封信都显示指纹重叠，邮局是碍着公司的面子没把信件扣下。不过我没与生入境管理局沟通这件事，他们的拷问手段，光是想想就令人不舒服（今天这封信，我会用青墨的指纹，在门票这事没搞清楚之前，以免节外生枝）。

坚果商我是没法带回去了，生入境会尽快安排他生城，并以威胁夏城安全罪起诉他，以后他永远都别想进夏城了。我刚安排完坚果商的所有款项，好聚好散，这事没有牵扯到食品公司已算万幸。

我明天会给阿娣送信。去了一趟生入境管理局，基本可以排除牧民们的嫌疑了，我也会尽快安排阿娣和孩子回城。不过在此之前，我还要确定一个人，阿娣的婆婆，她的全名叫布仁甘迪·索娜。

听阿娣说到这个名字时，我就觉得很熟悉，不过当时听到赞的事，就被转移了注意力。等会儿我要去一趟父亲的书房，查一查屠卡的火枪标志，抱歉，还得等下一封信我才能与你细说这件事。

火绒草

5月9日

07.
夏城的传统

布艺窗帘缝隙处还没有透进一丝光亮,但米典已经开始"叮叮咚咚"地准备早饭了,作为一名画家,她每天都能做出不重样的早饭,可以归功于她有位大厨姐姐。

"做早饭为什么要砸东西?"笛拉打着哈欠说道。

"昨晚不是你提议的吗?要米典做一份与餐盘上一模一样的早餐,烤面包肯定得揉面和甩面啊。"

"早知道就不要选那个盘子了。"

"你清醒了吗?"

笛拉有点紧张,"你为什么这么精神奕奕?是醒了很久还是压根没睡?"

巴卓儿在黑暗中翻了个身,"笛拉,再跟我聊聊火绒草的信吧。"

"你在想什么?那棵长了12只手的怪树?"笛拉昨晚和巴卓儿聊了很久,将火绒草信上的大部分内容都告诉了她。

"我与你说实话,我父亲是唤火师。"

笛拉一下就清醒了,"你昨天还说没有唤火师了!"

"很抱歉，我明明讨厌我父母的遮遮掩掩，但我不知不觉中也变成了这样。"

笛拉能感觉到巴卓儿敏感中的真诚，自己这样直接侵入别人的意识，是会让人接受不了的，"没什么，你这是正常反应。"

"他跟我提过，迷失森林有唤火树。"

"唤火树？"

"可按照你的说法，那棵树上有12条手臂，这和我父亲说的不一样。他之前告诉过我，唤火树上只有一条手臂，每次唤火表演结束后，只需把唤火棍放在唤火树上，棍子就会自己燃烧，这样当年的唤火就算结束了。按照这个道理，根本不会累积到有11根唤火棍，每年的都烧掉了不是吗？"

"没有提过熊眼睛？"

"没有，我从没听过。"

"或许火绒草见到的根本不是唤火树。"

"但能长手臂的树,应该也不多吧。"巴卓儿在黑暗里皱着眉头，"我现在就在想，如果那真是唤火树，还挂了11根没燃烧的唤火棍，那这些年我父亲到底在做什么？夏城已经不下火星雨了，但他还每年都坚持出去唤火，但唤火棍又烧不起来，整件事完全说不通。"

"你能告诉我，唤火师是干吗的吗？"

"其实夏城的火星雨，在普通人眼里没什么用，但在唤火师看来，是会吞噬人的情绪的。"

"火星雨吞噬情绪？"

"对，夏城的火星雨来自于迷失森林的火，我昨天和你说了，那是有灵性的火。它们烧掉枯枝败叶，落到人身上则会烧掉人的坏情绪。"

"这么听起来，夏城的火星雨确实是一绝。"

"火星雨在空中的时候，普通人还能看到，但落到人身上后，就会与坏情绪结合在一起，人的情绪是看不见的，火星也就看不见了，但坏情绪会成为火星的燃料，在人身上一点点地燃烧。"

"烧起来了，自己还看不见？"

"看不见，但会感到热。"

"唤火师要做什么？"

"唤火师只能在夏季收集火星，他会让那些火焰恢复为火星，再将携带坏情绪的火星从人身上带走一部分。到夏季结束前，把唤火棍挂在唤火树上，唤火棍在燃烧的过程中，会以提前搜集的火星为诱饵，将全夏城人身上的火星都吸引过来，从而彻底消除人的坏情绪。"

"这么说，如果没有唤火师，人会被自己的坏情绪烧死？"

"是这个道理，但人的情绪反复无常，坏情绪也会自动消失，不用非得等唤火师去扑灭，像现在都没有火星雨了，夏城也没怎么样。"

笛拉明白这个逻辑，"你父亲是唤火师，那你？"

巴卓儿摇摇头，"我父亲好像也没多大热情要教我，我也不想学，我对火星雨几乎没有印象，那时我还太小，至于人身上的火就更没见过了。"

"这个唤火，是只要学就可以了吗？"

"要血脉，必须有血脉才能继承。以前夏城还下火星雨的时候，唤火师不少，但自从火星雨不下了，那些人就停止了这份工作。我听我父亲说过，唤火师的血脉很脆弱，一旦你选择放弃，就与普通人没有两样了。"

"听着蛮奇妙的。"

"但你昨天还说到诅咒，我不觉得夏城有什么诅咒，我在夏城都16年了，并没有什么感觉。"

关于这点，笛拉说出了自己的想法，"诅咒也不见得非得让你感受到才行，我小时候看过很多童话故事。"

"什么是童话故事？"

"就是结局基本都挺美好的故事。"

"那很棒啊！"

"有些故事是巫婆给公主下诅咒，像睡美人，公主的手指碰到纺锤就倒地睡着了。这种诅咒，你说她能感觉到吗？她不过就是一直在睡觉，最后还被一位英俊的王子吻醒了，这样的诅咒，我也想来一个。"

巴卓儿忍不住笑了起来。

"反正依照现在的线索，我只能确定火绒草是屠卡军火的员工，全夏城也只有屠卡一家是民政一体的军火公司。"笛拉唯独确定了这点。

"还是很厉害的员工吧。"

笛拉隐约也有这种感觉，只是米典对军火很反感，不愿在家聊这方面的事，所以更具体的也没问出些什么，"等再读几封火绒草的信，应该就能确定她是谁了。"

"那昨天的信呢？"巴卓儿问道。

"根据昨天的信，我只知道哒哒旅行社为什么被烧了，他们确实帮阿泽和小梓，那两个冬城人进城了。但火绒草也不知道他们用了什么方法。"

"鄂科族有很多神秘的技艺，不是本族人是弄不清的。有说找到黑月初和泽马吗？"

"没有，不过你最近要小心一点，政府好像会加紧对指纹的查询，你现在不是指纹重叠嘛，要寄信就用别人的指纹好了，以免惹麻烦。"

"嗯。"

"你寄信的时候按指纹，是不是……"

"我就得想着寄信，如果我去银行，按指纹的时候就要想着取钱或存钱，每一个指纹都能查出目的。而一旦一个人过世，就要去政府机构把他的指纹撤销掉，这个指纹在夏城也就没有用处了。"

"好神奇，你们的指纹里就像有人的意识一样，都不敢乱按了。"

"你们那儿不是吗？"

笛拉庆幸地说，"我们那儿还不至于有能读出人意识的东西，否则我都不敢胡思乱想了。"

厨房里又传来了摔面团的声音,笛拉和巴卓儿也彻底清醒了。

巴卓儿已经吃完了自己的早餐,米典将刚烤好的长条形面包放进餐盒,面包被烤得表皮焦黄,上面还洒着切成碎块的番茄和芹菜末。

"满足了你的要求吗?"

巴卓儿欣喜地点点头,这面包和餐盘上画得一模一样,放在盘子旁边更有参照性,"是因为米拉是厨师的缘故吗?"

米典抬头看人的眼神瞬间就不友善了。

"您做饭很好吃,而且餐盘上画的都是食物,我又在卖食谱书籍,所以很多人都问我您以前是不是也当厨师。"

"那你觉得在餐盘上画什么合适?菜刀?"

"这对姐妹估计关系不好。"笛拉感觉到了老太太的杀气。

巴卓儿赶紧闭嘴。

"这一盒给小柿,拿了人家那么多西红柿也该谢谢他。"

"好的,那我出门了。"

昨天回家一说,米典居然认识那位西红柿摊主,还喊他小柿。夸他既勤快又聪明,就是原则性太强,容易吃亏,不过人是好的,他的那些有瑕疵的西红柿,能帮他处理了也是好事。

巴卓儿直奔西红柿摊,将还透着热气的餐盒递到小柿面前,对方正低头写着什么。

小柿疑惑地抬起头。

"米典给你的,她说谢谢你的西红柿。"

小柿立刻起身,90°弯腰,双手接过餐盒,一副受宠若惊的样子,"都说米大厨家来了一位年轻姑娘,原来就是你啊。非常感谢,能吃到米大厨做的面包,真是荣幸之至。"

巴卓儿被小柿的客套搞得很不好意思,"是米典啦,不过她做的饭应该不比她姐姐差。"

小柿脸上露出一种很奇怪的表情,两条眉毛一高一低,但很快又恢复到一条水平线,指着自己的摊位说,"今天还要西红柿吗?已经有挑剩的了。"

巴卓儿瞥了眼竹筐里的西红柿,它们只是在形状上不如上架的同类漂亮,但味道应该不受影响,一定都酸甜可口,"可以吗?"

"拿去吧,我自己也吃不了。"

小柿放下手里的本子,去装西红柿,本子上面涂涂改改的,像是在写什么文章。

"卖报卖报,总决赛将近!库鼎队从今日起,正式对外公开训练内容,为期六天……"

小柿立刻喊住了卖报男孩,问他拿了一份。男孩没管他要钱,直接从"次品"筐子里拿了两个西红柿,一副习以为常的样子,"有传单哦,已经有好几个摊主确定参加了。"

小柿翻到报纸里夹着的那张手写传单,内容是关于什么集会的,他扫了一眼就继续往后翻,他关注的并不是火球赛的新闻,而是翻到"有话来说"一栏才停下。仔细查看上面的文章,神情越来越平淡。

"再接再厉,小柿哥,赟不也打了那么多年才进总决赛的嘛,总有一天你的文章也会出现在报纸上的。"男孩张大嘴咬了口西红柿,"不过赟的状态好像出现问题了,看起来蔫蔫的。"

报纸的头版头条照片就是垂着头坐在位置上休息的赟,看状态确实不怎么好。

"火球赛到底是怎么一回事?"笛拉早想问了,因为纸币上的内容由火星雨换成了各种各样的运动姿势。

巴卓儿提着一大袋西红柿往杂货市场去了,"你们那里没有吗?"

"我也没见夏城有谁在打乒乓球、踢足球啊!"

"那是什么？"

"我先问的，火球赛到底是比什么？"

"火球赛就是在三个圆里面进行的比赛。"巴卓儿想到了一个最直观的解释。

"三个圆？"

"嗯，三个大小不同的同心圆，最中间是 20 米的射击区，往外 70 米是红土区，红土区外有 20 米的水池，也就是跳跃区，水池的外圆有很多金色、蓝色、红色的铁球，它们外径不一样，只有在 90 米外击中它们，铁球才会着火。"

"这是射击比赛？"

"射击、跳跃还有击打。"

"这么多？一场比赛要多久？"

"15 分钟，火球赛是一对一，非常耗体力。"

"有对抗吗？"

"没有直接的对抗，更像是自己跟自己比。这个月 26 号就是火球总决赛，以前我只能听广播，今年不知道有没有机会去现场看。"

"有那么好看吗？"

"当然，今年会是斐思和赟第一次碰面，他俩也挺奇妙的，之前从来没碰上过，就算是突围赛，也一次都没遇上过，不过今年斐思能不能参加……"

"等等，你说斐思？"

"是啊，夏城的传奇，从我开始看火球赛，就没见他输过，不过斐思一直有伤病，今年特别严重，听说他的脚连走路都很困难，已经休整了半年多，外界不清楚他在哪儿治伤，也不清楚他会不会参加总决赛。"

笛拉看着贴满商铺和街道的海报，上面几乎都是斐思和赟的敌对状态，赟透着强烈的野性，有一种势如破竹的侵略感，一头灰蓝色的卷发，浑身的肌肉饱满光亮。而斐思有种与生俱来的王者气派，神情姿态都很自如，红色的寸头，就像是燃起的火焰，"我是不是没和你说过火绒草是给斐思写信这件事？"

巴卓儿原地站住了，"不可能吧，同名同姓？"

"听你这么说我想起来了，火绒草信中的斐思确实也是个火球员，也要去参加什么总决赛，火绒草还担心他的伤势，希望他别急着比赛呢！"

巴卓儿激动地捂住嘴，"你确定吗？"

"我也是猜测，我都不了解你们的火球，早知道是这么个人物……"

"要是斐思能参加总决赛就太好了，要不然他肯定会被骂惨的。"

"有必要这样吗？他都已经受伤了。"

"你不知道，斐思和赟是两种完全不同的运动员。斐思从小家境就非常好，家族里还出过很有名的火球员，听说在他六七岁的时候，夏城人就已经开始议论他了，说他天赋异禀，将来肯定不得了。12岁开始打职业赛，据说当时还是撒特队主动向他伸出的橄榄枝。撒特队是夏城实力最强的队伍，能让他们挑中的，都是打了好几年比赛的顶级火球员，可斐思那么小就被选中，全夏城没有第二个。"

"这不挺好的，好的全一人占了。"

"就是好的全给他了，他脾气才非常暴躁！斐思刚开始打火球时，性格很不讨喜，但偏偏总是赢，别人也拿他没办法。这些年脾气终于好一些了，就慢慢冒出一个赟，赟的脾气是真的好，他在场上就没发过火，所以喜欢赟的人越来越多，也都想看他把斐思打败。"

这倒让笛拉感到意外，如果把斐思形容成贵族的话，赟更像个强盗！但听起来，脾气刚好相反。

"但就算赟的脾气很好，他最初的被关注度和运气就差得太远了，他也是这两年才开始受人关注的，库鼎队的整体实力很糟糕，最初连突围赛的第一轮都过不了，不过赟也算能熬，这些年库鼎队在突围赛中的成绩越来越好，赟也开始受人关注了，喜欢他的球迷就会不喜欢斐思，还说什么斐思训练没有赟努力这样的话，也只能怪斐思从来不公开他的训练内容，平时比普通人还低调，根本没人能拍到他。"

"这两人听着还蛮有意思的。不过赟脖子上的是什么？"

"他的幸运物吧,现在在夏城很流行,你要是喜欢,我们可以买一个。"巴卓儿边走边瞧。

笛拉不知道是不是自己想多了,火绒草提到赟和他的家人都有可能是黑熊的屠杀者——黑珠子,但赟不至于挂颗眼珠在自己的脖子上吧!

"赟虽然脾气好,可我还是偏向于斐思,谁没点暴脾气呢,你说是不是?"巴卓儿自言自语。

笛拉在心里点头,"那就好,毕竟赟都结婚了!别当他的粉丝。"

"什么!"巴卓儿直接喊出了声,经过的路人都诧异地看着她。

"我想想啊,信上的内容不少呢,他都有孩子了,1岁多了,我说熊眼睛被滴血的时候不可能没告诉你吧!"

巴卓儿当时只想着唤火树,现在一听直接不想说话了。

"你不是斐思的球迷吗?这么激动!"

"我两个都喜欢。"

"那就惨了,斐思应该也有女朋友了。"

"谁啊?"

"我啊。"

巴卓儿愣了一下,开始爆笑起来。

"干吗笑啊!只要交换成功,我就是火绒草了。"

"万一火绒草不是个女的呢?"

"喂!哪有两个男的一字一句地写信啊!而且我看过那张照片,是个女孩!长发!叫,叫什么来着?"

巴卓儿笑得都快提不动西红柿了。

到了杂货摊,巴卓儿先去洗西红柿,陆陆续续有摊主来了。杂货摊不如早市摊来得稳定,基本是卖完想卖的东西,就可以撤摊走人。靠近水池旁的摊位,今天就换了人,来了个卖摇椅的中年女人,看起来精神不佳,卖的物品也仅一张可怜的木摇椅，椅面已经被摩擦得看不出光泽，这样的商品得审美多奇特的人才会买！巴卓儿之所以注意到她，不是因为摇椅，而是因为她热得很异常，一大早汗水就已经浸湿了她的米黄色衬衫，脸颊也涨得通红。

巴卓儿拎着西红柿往回走。

"你不觉得你们夏城人，每个人热得都不一样吗？"笛拉说道，"刚才那个卖摇椅的女人，早晨有这么热吗？还有，来的路上，不总有些光膀子的人吗？5月份的天气，就已经不穿上衣了？"

"夏城确实一年热过一年。"

"你有没有想过，不下火星雨，那他们身上的坏情绪会怎么样？"

巴卓儿停下来打量来往的客人、商贩，并没有太多的异样，"坏情绪，不至于会自燃吧！"

"可万一这就是诅咒呢？你父亲可是一直在唤火。"

巴卓儿不敢往那方面想，毕竟坏情绪是每个人都有的。

不远处出现了"一张床单"，巴卓儿想，"来新邻居了。"

这位新来的邻居身材臃肿，亮黄色的衣服像是两片拼接在一起的床单。她搬了一车的木头画过来，已经摆放完毕，又在摊位前摆了张小桌子，还拉来了电线。巴卓儿将自己的西红柿和面包摆放好，邻居也忙得差不多了，悠闲地拧开保温杯喝茶。

"您卖的是什么？"笛拉率先开了口。

"烫画。"邻居舌头一舔，将粘在嘴唇上的茶叶吐进了茶杯。

"我能看看吗？"

"欢迎啊！"

巴卓儿走近那些烫画，底图都是米黄色的木纹，画的都是草原和森林的风景。烫画前还摆着一些比手掌略大的本子，本子的封皮上用透明纸片压着淡粉色花朵。

"那些花叫火绒草，刚采下来的时候颜色可红了。"邻居又喝了一口滚烫的茶水。

"瞎说，火绒草是雪白的，花瓣上还有绒毛，不长这个样。"巴卓儿随手翻着那些本子，里面也夹着一些花瓣，本子上还透出一股幽香，不是草本植物该有的清淡香气。

"白的？那干吗要叫火绒草？"

"傅朵也这么问，所以它还有另一个名字，叫雪绒花。"

"雪绒花。"笛拉突然想起了那个名字，屠雪绒。

"你了解烫画吗？"邻居走了过来。

巴卓儿摇摇头。

"烫画起源于鄂科族。最初，鄂科族的养鹿人会在桦树皮上留下印记用作路标，以免自己迷路，渐渐这种传统就变成了一门艺术，要看看吗？我来教你怎么画。"

巴卓儿跟着邻居来到小桌前，邻居一屁股坐在了小板凳上，给一旁的电焊铁通上电，桌上有张未完成的烫画，树皮的结疤在画面上不均匀地分布着，画面上已经有几棵大树的身形了。

"上色的时候要一点一点，不能太用力。"邻居说完，就将预热好的电焊铁贴着画面中的河水，一下一下地上色，她所说的不能太用力完全与她的真实手劲相反，半成品画作上的颜色都很淡，并且淡得恰到好处，但邻居的每一笔都将树皮烫出了深褐色，很快画面就散发着焦煳味。

"我能试试吗？"笛拉实在看不下去了。

"你干什么？"

"这么简单，我也能画。"

"哪里简单？"

"随便画两下还不简单，我试试，试试。"

邻居将位置让给了巴卓儿，端起保温杯，试图为自己辩解，"我太长时间不画了，有点手生。"

"那些画都是你画的吗？"巴卓儿只是想看看邻居会不会说实话，毕竟刚才已经露馅了。

"那是当然,每一张都是我画的,纯手工,独一无二,有兴趣的话你可以买一幅回去欣赏。"

"她背后肯定藏着高手。生意人嘛,根本分不清哪句真哪句假。"

巴卓儿绷着脸不再理会邻居,拿起电焊铁,感觉像是在手里握了根棍子,小心地在橙黄色的树皮上画了一道,颜色很淡,又不断地往上滑动,颜色均匀地变深了,是越来越好看的咖啡色。

"笛拉,你学过画画?"巴卓儿向来对画画没兴趣,只是凑巧交了两个会画画的朋友。

"没。"

"但你画得很好啊。"

"可能是有那么点天赋吧。"笛拉一想到在清潭高中被劝学画画,手劲就不由自主地大了起来。但她很能掌握画面的整体感,哪一块手劲使大了,颜色太深了,其他部位就会相应地加深一些。

"你准备画一幅完整的?"

"嗯。"

"我们得开张了吧?"

"哦,当然!"

巴卓儿意犹未尽地放下电焊铁,整张烫画比最初均匀地深了一个度。邻居看着,故作镇定地喝了口茶水,却被烫到了。杂货市场已经有了人气,可以开始工作了,今天也要把荷包赚得满满的。

第五封信

斐思，

　　我昨晚去给阿娣送信了，青墨陪着我一起去的。草场的事估计真的有点吓到她，能陪着我的时候，她坚决不让我一个人出去。她是我很信得过的人，我几乎不会瞒着她什么事。

　　沙尘酒馆比我想象中的低调，原以为猎人开设的酒馆会走丛林风，至少会用一些刺激感观的颜色，但沙尘酒馆出奇地质朴，店里也安安静静的，我与青墨要了一个包间，点了一瓶酒酿（我俩酒量都有限，即使是这种几乎没什么度数的，两人喝完一瓶，走路都像踩着云朵），还吃了这边的特色红烧肉，现在我都忍不住流口水，鄂科族开的酒馆居然可以做出滋味这么浓郁的菜，只要用小杆特肉块碾碎，拌在米饭里，饭粒晶亮，透着赤色的光泽，每一口都柔软肥美（我不能再和你描述了，以免口水流到信件上，这是不是我第一次写信告诉你什么东西好吃），下次，我们一起来一趟吧。

　　说回正事，去沙尘酒馆之前，我基本已经确定了阿娣的婆婆，布仁甘迪·索娜的身份，她就是谷池嘴里"百里挑一的猎人"，在男强女弱的狩猎环境下，她的实力仍旧受到所有人的认可。我之所以对这个名字有印象，是因为这几个字一直刻在一把猎枪上，而这把猎枪现在就保存在我父亲的书柜里，它曾经是鄂科族送给我父亲的礼物。

　　如果说你打火球的源头是因为家族里出过火球员，从小耳濡目染，便对火球起了兴趣。而我对军火的兴趣，则是来自于父亲对这把猎枪的忠度。小时候，父亲经常会当着我的面拆卸这支猎枪，里面放置的子弹都是手工制作的。父亲除了教我怎么用铅块制作子弹，也教过我怎么拆卸这支猎枪、怎样取下推弹杆、怎样用开水迅速清洗它又不会生锈、怎样给它上油。父亲对待这支猎枪的态度无比认真，我现在还总能想起，他慢慢地在枪膛里倒进火药，轻轻地敲打枪管，然后拿出一块浸过油的小碎布，在上面放上一颗亮晶晶的子弹，用推弹杆把子弹和油布一并推进枪膛，这样的动作要反复很多次，我也看了很多次。小时候的我，经常看得睡眼朦胧，但父亲却完全不会失去耐心，还会在做最后一步的时候叫醒我，让我打起十二分的精神，好好看着。他会把推弹杆贴着枪膛重新装好，抬起击锤，把一个亮晶晶的小雷管套在击锤下面的凹形撞针上，放下击锤的动作要非常非常缓慢，要不然，会走火。

这些近乎慢动作的回忆，是我父亲对待军火的严谨态度。父亲曾经与我说过，猎枪对于狩猎民族而言，像生命一样重要，它需要时刻灌满火药，用来守护家人，它承载着亲人之间的牵挂，这份情感是刺激我父亲创办屠卡的初衷，而这把猎枪，也是屠卡火枪标志的原型。

我没想到会在多年后见到这把猎枪的主人，她已经上了年纪，头发花白。索娜读完阿娣的信，问起我的名字。我递上名片，她便完全了解了。她说我比我的父亲看起来严肃一些，还提到我父亲很有趣，非常爱与熟悉的人开玩笑。她形容我的父亲就像一个对什么都感兴趣的大孩子，一到迷失森林，就有问不完的问题、说不完的话（能有人这么回忆我父亲，感觉真好）。

阿娣在信中提到了草场的事，索娜向我表示感谢。我很直接地与索娜表明，我想了解鄂科族11年前的传统，关于那棵奇怪的树，树上的木棍，以及熊眼睛，还有与这一切看起来都没有关系的冬城人，这之间到底有什么联系。除了她，我也想不出第二位能了解这些的人了。

索娜没有避讳，她说在鄂科族还没有离开迷失森林前，每年都有冬城人来访。冬城人并不喜欢夏城的气候，所以敌在以前，夏城还对外开敌时，一年也没几个冬城人愿意进来。除了必须要履行职责的冬城驯鹿师，每年为了获取火焰果子，才不得不硬着头皮过来。

每一年，基本是5月5号到7号之间，鄂科族会按时在森林敌火，这场火基本持续半天的时间，烧掉一些枯枝败叶和灌木后，火势就会自动熄灭。这时候夏城便会开始下火星雨，雨里的火星是来自迷失森林的火，会下近一个月的时间（关于火星雨的来源，夏城人多少都有些耳闻，但接下来的事就有些出乎意料了）。

火星雨掉落在人身上，遇到不好的情绪，就会燃烧。但此刻，普通人的眼睛已经无法看到出现在自己身上的火焰了。只有唤火师，他们是被火萨选中的夏城守护师，会在火星雨的季节，带着唤火棍在夏城进行表演。唤火师获取夏城人身上的部分情绪火焰，并将它们汇集在自己的唤火棍顶端，储存起来。这样的表演，会持续到7月底。这个阶段，鄂科族会派猎人在森林里猎杀黑熊，取出两颗一冷一热的熊眼睛（依据谷池说的依若方法）。

唤火师带着满载夏城人情绪火星的棍子回来，把它倒敌在唤火树上（那棵长了12只怪手的大树，但索娜说原本只有一条手臂）。屠杀黑熊的猎人会用自己的血点燃滚烫的熊眼睛，那颗看清一切真相的熊眼睛，燃起的真相之火能够烧毁那根汇聚了全城人坏情绪火星的唤火棍，并将全夏城人身上遗留的坏情绪火星都吸收过来。唤火棍燃尽后，夏城人身上的火焰才算真的去除（我原本只将唤火当成一种表演，但现在听来，它是有实质作用的）。

在唤火棍燃烧的过程中，那只熊眼睛的温度会逐渐下降，将它与另一只熊眼睛一同放在唤火棍的尾端，也就是棍子最后燃烧的部分，火焰以及唤火棍飘起的碎末会将两颗熊眼睛包裹起来，鄂科族称它为火焰果子。

这就是冬城的驯鹿师所要获取的，他将冬城的驯鹿之魂附到夏城的驯鹿身上（就是阿泽那天晚上所做的事情，原来他是驯鹿师）。驯鹿的寒冰触角会将火焰果子的热量吸走，直到剩下一个黑色的果核。这个过程中，驯鹿的触角会迅速融化，流下的液体是最好的烫伤药，它会让夏城人被灼伤的皮肤迅速恢复（很多人会觉得自己只是睡了一觉，原本身体的不舒服就都消失了。这不是错觉，而是多亏了冬城的驯鹿，而迷失森林的一草一木，都与整座夏城休戚相关）。到这一步，事情还没有结束，存在于夏城的火萨，会出来召唤黑熊的魂魄，他会将黑熊的魂魄召唤进"果核"里，最后将"果核"分开，新一年的守护黑熊就诞生了。

这就是迷失森林的唤火仪式，繁琐又神秘。但听到这儿，我和青墨对火萨的存在表示怀疑，夏城人嘴里的祷告对象难道真的存在吗？

索娜说能主动看到火萨的人很有限，只有参加过唤火仪式的人才能看到，屠杀者、唤火师、冬夏两城的驯鹿师。如果次年参加唤火仪式的人员有变化，那看到火萨的人也会跟着发生更改。

我们向她确认，11年前，鄂科族被收枪赶进迷失森林时，她是否杀了黑熊。索娜否认了，她曾是黑熊的屠杀者，但随着年龄增大，屠杀者早就由更年轻的猎人取代。但11年前确实有人杀了黑熊，对方不是索娜，是赟的母亲，叫勤云。索娜向我们坦白，她并不是赟的亲生母亲，而是赟的养母。

勤云曾是索娜最得意的弟子，当时已经连续两年被选为黑熊的屠杀者，并且猎杀成功。军队进来赶人的那天，迷失森林乱成了一团，索娜听到禁地传来枪声就知道出事了。她是最后一批离开迷失森林的鄂科族人，她在水源河边等了好几个小时，从上午等到下午，才看到军队带着昏迷中的赞渡过水源河。军队声称勤云拒绝搬出迷失森林，还攻击了军人，所以已经被就地射杀。他们的证据是，勤云当时正握着军队的步枪，而她身边已经有两名军人倒地死亡。索娜认为这里面一定有问题，鄂科族离开迷失森林，确实让很多人无法接受，但唯独赞的母亲不会。因为当年14岁的赞在火球方面颇有天赋，所以勤云一直想带着赞去城区生活，以便获得更好的发展机会。所以她是族里最不可能抗拒搬出迷失森林的人。

索娜在赞醒来后得知了真相，原来是有两位军人误闯了黑熊的领地，遭到了黑熊的袭击，而勤云是赶去救他们的，拿了他们丢在地上的枪，射杀了黑熊。但赞的证词并没有被采纳，因为军队坚持认为，现场没有黑熊的尸体！

这事听起来有些奇怪，而且当时赞是怎么昏过去的？

索娜说这一切至今也没人明白。当时赶去救人的是勤云的一家人，勤云、赞，还有赞的父亲川冀。据赞的回忆，他与川冀看到黑熊被击中后，还有往前扑的动作，所以他和他父亲一起挡在了勤云的身前，但赞立刻就昏了过去，等醒来，就被告知母亲被杀了，而父亲却消失了。另外还有一件令人想不通的事，就是赞的脖子上出现了一颗黑色的珠子，那是一颗滚烫的熊眼睛。

索娜怀疑赞昏倒后还发生了一些事，所以当天晚上偷偷折返迷失森林，去现场查看。森林的感觉已经完全变了，最直接的变化就是那棵喷火树，以前只有一条木手臂，但现在长出了12条。并且奇怪的是，现场确实只有勤云一个人的尸体，没有川冀的，也没有黑熊的。当然，更别提另一只熊眼睛了。

之后，索娜就收养了赞，带着他来了城区，只有很少一部分人才知道那天发生了什么。索娜至今还在为勤云感到可惜，她说勤云活着的时候，不知是多少人爱慕的对象，她有着精湛的枪法、姣好的面容。勇猛的男猎手喜欢她，天天都往她的木屋外送猎物。温吞的驯鹿师也喜欢她，给她送花、送树皮烫画。但最后，勤云偏偏选中了一个城区人，川冀。他们两人在一起平平淡淡的，倒也幸福。川冀在城里有工作，每年夏天他才会回来休息，等勤云忙完夏天的工作，她就会跟着川冀去城区住一段时间。后来赞出生了，一家三口有了新期盼，赞这孩子表露出了极高的火珠天赋，川冀便得更努力地打工赚钱了。在迷失森林就算没钱也能活下去，但要供一个孩子学火珠，费用就太高了，一家人因此聚少离多，勤云只能一个人带着孩子，在迷失森林生活训练。所幸她心里有盼头，并不觉得这是辛苦的事。当时又有人心里燃起了希望，还总在暗地里偷偷资助她的生活，但眼看着就要出迷失森林了，却发生了这样的事。

我们都为勤云表示惋惜，但如果是勤云杀了黑熊呢？我又向索娜确认，屠杀者的血脉真的可以继承吗？索娜说可以，之前也发生过屠杀者身受重伤，无法参加唤火仪式的情况，屠杀者的孩子都是这支血脉的人，可以替代家人往熊眼睛上滴血。

我将那根试管和斑驳的熊眼睛给索娜，并向她说了冬城人进迷失森林的事。索娜说，如果勤云没有伤茬就杀了黑熊，那这两颗熊眼睛都应该是滚烫的，都可以点燃。索娜嗅了一下试管就握紧了拳头，她已经闻出那管血来自于她的孙子。但她又问我有没有清洗过那颗熊眼睛。我自然没有。索娜说，这只熊眼睛确实与赞脖子上的都来自于同一只黑熊，但她在熊眼睛上只闻出了熊血的味道，并没有其他的气味，这一点倒是很奇怪。我向索娜重复阿泽死前说的话，他一直在说夏城不对，可到底是哪里不对呢？这是不是与没有伪装就杀了黑熊，引发了诅咒有关？

索娜表示确实有诅咒一说，但没人知道诅咒具体是什么。她思索了一番，建议我们去找两个人。原来哒哒旅行社的店主跑掉后，被索娜藏了起来，索娜写下地址，是一家酿酒作坊。她不免懊恼地说，冬城人能跑去取孩子的血与他俩分不开关系，早知道就该让他们被政府抓起来，吃点苦头。

哒哒的男店主，泽马，曾经也是黑熊的屠杀者，他还曾有幸获得过火萨的赏赐。这里面的情况，泽马可能会比一般人知道得更多一点。我们问是什么赏赐，索娜说是包裹着黑熊魂魄的半个果核。但有什么用也只有泽马自己知道了。

我们谢过索娜，离开了。在沙尘酒馆得到了不少信息，现在必须承认黑熊的诅咒是真的存在的，但它到底是什么呢？只希望哒哒的店主能给我们答案吧。

我遇到的事基本就是这些，对了，听说库鼎队直接对外公布了训练方法，很多火辣爱好者都蜂拥而至，去观摩他们的训练了。库鼎队沉浮多年，能从三级升为二级，再到现在努力想升为一级，也算是拼搏的榜样。但在我看来，不断往上冲自然可贵，但抵达巅峰后再去保持，后者才是难度更高的事。撒特队当了这么多年的总冠军实在不容易。奖思，读了你的上一封来信，你说你最害怕的是看到止痛片，也最怕看不到止痛片，让我给你个大拥抱吧。希望能有个夜晚,你可以不用服止痛片就能入睡,睡个好觉。

火绒草
5月11日

08.
交换对象

"火绒草真这么写?她父亲创办了屠卡!那她应该是屠卡数一数二的人物吧!"

笛拉心里也止不住地兴奋,之前她已经有这样的预感,"什么地方能查到屠卡的信息?书店?图书馆?火绒草有没有出过自传啊?我最喜欢看人物传记了,我的一位音乐老师还出过自传呢?超市里就有卖!火绒草应该也有吧!"

"什么是自传?就像菜谱一样吗?"

"好吧,当我没说。"

巴卓儿拎着西红柿去水池边,"这种屠卡内部的事,是不是应该问问在屠卡工作过的人?"

"你有认识的人?"

巴卓儿摇了摇头。

笛拉也觉得这有些为难巴卓儿了,"可就算这样,我还是不明白为什么我会同时选了你和火绒草。"

"不着急。"巴卓儿已经习惯了笛拉跟在身边,"至少我们现在搞清楚了唤火的全过程。"

"卓儿,你对唤火到底是什么态度呢?"

巴卓儿愣了一下,"为什么这么问?"

"因为我发现你很在意啊,你自己没感觉吗?当你发现你父亲瞒着你唤火的事,你就感到特别气愤,晚上都睡不着了,翻来覆去就想这些事。你盘子卖不出去的时候可不会这样,你想当唤火师对吗?你肯定不是会放弃唤火血脉的那种人。"

巴卓儿心里一惊,"开什么玩笑,天空都不下火星雨了。"

"可你父亲还在唤火啊,说不定,现在走在我们身边的人,身上就带着火,只是我们看不到。"

巴卓儿一下掉了好几个西红柿在水池里。

"你真这么觉得?"

"其实我一直有点担心。"巴卓儿很早之前就有这个想法了。

"担心什么?"

"赟、赟的儿子,都继承了屠杀者的血脉。那孩子的血不是滴在熊眼睛上了吗?可为什么熊眼睛没有被点燃呢?滚烫的熊眼睛能看清真相,是不是遗传的血脉也出了问题,它根本就没有点燃的功效?"

"是啊,滴上去的是血,可马上就变得没有味道了,难道血还会变成水?"

"不明白,所以我虽然继承了唤火师的血脉,可会不会像赟的儿子那样,我的血根本不会产生唤火的功效。我父亲学唤火的步骤,是先看到人身上有火,才开始进一步作唤火的学习,可我连第一步都达不到,就算偷看过我父亲唤火,偷听过他念咒,也不敢说自己对唤火有兴趣。"

"所以你担心的是自己看不到火星,而不是没有火星。"

"依据火绒草的信,11 年前,黑熊在军队抵达前并没有被猎杀,那唤火棍肯定也还没送进迷失森林,这说明 11 年前的唤火仪式并没有结束,会不会那时候的火一直留在夏城人身上，然后随着时间的推移，火星一直在蔓延？你说现在的人身上带着火，也不是没道理。"巴卓儿担忧地说道。

"真要这么推测，情况就糟糕透了！迷失森林就那么多落叶，可是人的坏情绪是每时每刻都出现的吧！"

巴卓儿看了眼水池旁卖木摇椅的中年女人，她还是像昨天一样汗流浃背，她这么热，会不会就是与火星有关？但巴卓儿始终看不出她身上有什么异样。

"你说这会不会就是夏城的诅咒？被看不见的火烧死？"

巴卓儿将洗干净的西红柿装进袋子，她心里没底，但又觉得不是没可能，算了，不敢深究这个问题，还是先回摊位去吧，完成今天的工作再说。

摊位前站了一个弯腰欣赏盘子的身影，蓝白相间的花边连衣裙、白得发亮的皮肤。"傅朵来了？"巴卓儿兴奋地大喊起来。

傅朵站直了身子，微风吹动她头上的黄色发带，亭亭玉立说的就是她，可她的脚边、贴近地面的角度，超认真却以一种面孔朝天、手脚并用的方式，如蜘蛛般从一旁的烫画摊爬了出来，打了个招呼又立刻爬了回去，"这是什么姿势？"

傅朵笑着跑来和巴卓儿解释，"超认真在和你的邻居辩论呢！"

"辩论？"

"超认真爸妈不是公职人员嘛，可你邻居觉得公职人员是夏城的蛀虫，继承制度太不公平了，所以两人就辩论了起来。"

巴卓儿听到义正言辞的嗓音，是邻居，不过她说什么都是这样底气十足。

"公职人员那份职业，是不用动脑子的，因为他们所做的决定都在管理手册上写着，没有一点创造性，工作起来，也不用承担一点风险。而且你说他们有什么压力，你去邮局看过脸色吗？去城建局办理过房证吗？去岗亭请求过帮忙吗？求他们帮忙，不如自求多福。你说夏城为什么总是这闹那闹，就是因为百姓对夏城的制度感到不满，为什么公职就可以代代继承？过着幸福的生活，而我们这些普通人就要起早贪黑，还得给政府交各种税！"邻居看起来像是在泄愤，涨红了脸，声嘶力竭，经过的顾客都忍不住打量她一番。

超认真坐在小桌前的板凳上，两条腿折叠了起来，"公职人员轻松吗？你别以偏概全，我爸妈天天加班，他们要维持夏城的正常运转，保证城区的安全，那些闹事的人，多半是自己没有能力的人，他们嘴上嚷嚷着起义，起义到底是褒义词还是贬义词，我看现在闹成这样肯定是贬义词？有话不能好好说，偏要动手，真是劳民伤财。"

"是政府不公平在先，起义不是为了与政府为敌，而是希望政府多少能听到些民众的心声！那些受伤的人，还不是因为政府动用军火来防御民众的缘故。"

"先动手的人才是在闹事的，他们砸商铺！政府有那么多军火，干吗还要和这种'打砸抢'的说道理！"

"我怎么觉得他俩说的都有理。"巴卓儿笑着说道。

傅朵直摇头，"感觉带了只斗鸡出来，以后真不想跟超认真一起出门。"

两人越吵越当真了。

傅朵询问巴卓儿最近的情况，她们之前在电话里沟通过，但并没有细聊。现在了解到巴卓儿住在米典家，住宿吃饭都不成问题，她才放下心来。

巴卓儿在犹豫要不要和傅朵说，自己的意识里还有一个笛拉存在。

"还是别说了，傅朵和超认真是挺好，但我怕你说出来人家会认为你不正常。"

"好像是会这样。"

吵得口干舌燥的超认真终于来到巴卓儿面前，给他倒杯水喝了估计还能回去再吵八百回合。

傅朵一脸嫌弃地瞪着他，"你又不继承你爸妈的公职，干吗吵这么起劲啊？"

"要是有人说你爸妈，你会不吵？"

傅朵一脸得意，"我爸是医生，我妈是护士，他们都不是公职人员。"

"有人说医生爱收红包，护士爱甩脸色。"超认真显然是故意的。

"我不吵啊。"傅朵依旧一副心平气和的样子，"我会直接脱了鞋，用鞋跟砸他的头！然后送他去医院找我爸妈治病。"

邻居又一次被茶水烫到了，决定明天要换一个茶杯。超认真佩服地朝她竖起大拇指，傅朵今天穿了一双后跟像锥子一样的高跟鞋。

"不过最近生病住院的人多了去了，他们不一定有空哦！"傅朵随口说道。

"你爸不是小儿科的吗？"

"小儿科也很忙啊！但最近最忙的是内分泌科。"

这个科，巴卓儿还是第一次听到。

傅朵煞有其事地压了压自己的脖子，"你们有听过甲亢吗？症状就是怕热，浑身冒汗、心跳加速。"

超认真配合地猛喘了几口气，"夏城这么热，是不是每个人都有？"

"千万别咒自己，得这种病可不舒服，关键是甲亢吃药能治好，可现在很多人的病没得治。"

"什么乱七八糟的。"

傅朵白了超认真一眼，压低了声音，"现在医院病患特别多，基本症状就是热！冒汗！还冒个不停！关键还查不出原因。"

"难怪心灵师生意那么好。"

"你就不能当一会儿哑巴？"

傅朵和超认真吵架的架势，让笛拉想到了吴振羽。

"不是啊，医院治不好的病就要找心灵师治啊，他们不是自称能看到万事万物的解法嘛！我不是转移话题，是因为现在心灵师治出了一堆纠纷，我爸妈每天都在忙着调节，都要忙疯了。"

超认真嘴里的心灵师就是算命的，笛拉在来杂货市场的路上见到好几家，这个时间就有人等着开门了。

"傅朵，生这些病最后会怎么样？"巴卓儿还是更相信医院的判断。

傅朵偷偷看了一眼旁边的摊位，声音更低了，"政府让医院保密呢，怕引起恐慌,很多人直接就被热死了,烤干了!我爸现在每天出门都问我热不热,我都快被问热了。而且我爸还说,这种病症在每次抗议活动后就会增多,就像是会互相传染一样,所以他都禁止我去人多的地方。"

"这是情绪火星在蔓延,得想办法破诅咒!"

巴卓儿感到很不安,"这看不见摸不着的,怎么破?"

杂货市场迎来了第一波人流,傅朵和超认真简直是销售天才,尤其他们还会分析米典画画的笔触和用色。

"这个蛋糕有点高级灰的感觉,灰蓝色能调成这样,很少见……怎么做是吗?请来这边看一下,这里有做糕点的书,不过您可以从最简单的学起,入门和进阶,这两本菜谱搭在一起,做蛋糕就不是难事了……高级灰要怎么调?您是学画画的吗?画画和做蛋糕还是不一样的……"超认真说得头头是道。

"您说我吗?这是我今天涂的口红,您可以看看,我肤色比较白,所以很显颜色,就在市集街上,有家口红定制的小店,她会按照您的肤色给您调配口红……一看您就对颜色很有研究,您看看这个盘子,上面的图案都经过高温烤制,永不褪色,怎么擦都不会掉。可以摆在家里欣赏,也可以用作餐具……"

巴卓儿和笛拉今天要推销与卷饼相配的盘子,顾客尝着小块的卷饼不过瘾,都问有没有大块的卖,明明卖的是盘子,却有种做美食的感觉,不过今天整个杂货市场生意最好的就属巴卓儿的摊位了。

忙碌的时光总是过得很快,一转眼已经到了大中午,负责给巴卓儿送饭的妇人叫元元,她一见摊位前的热闹架势,真是吓了一跳,好不容易逮到巴卓儿有空,立刻把她拉到了一边。

"你还真是个有贵人相助的姑娘。"

看来米典什么都与元元交流,"他们都是我朋友,在火车上认识的。"

"那午饭怎么办?只准备了你一个人的。"

"没关系,他们可以去别的地方吃。"

元元看着还在给客人介绍盘子的傅朵和超认真,心里有了主意,"今天能不能晚点吃饭?我等会儿再送来。"

"不用麻烦了。"

"不麻烦不麻烦,看到年轻人那么努力,我很感动呢,我很快就回来,你们再等我一会儿。"

小跑起来的元元娇小的身影很灵活。要说年龄,她比米典年轻了好几十岁。这个年龄差居然还能成为朋友,巴卓儿觉得有点稀奇,转身回了摊位,继续招呼客人。

再次来给巴卓儿送饭的,是已经坐在一辆摩托车上的元元,她穿着纱裙头戴安全帽,双手端着一口黑色的大砂锅,砂锅的分量不轻,元元都弓起了肩。开车的是个大块头,他扶下元元,打开摩托车后座的铁盒子,上面还有送餐热线,又从里面端出了两个炒菜,还有一大盆米饭。

"您给我们点了这么多?米典会生气吧,这得多少钱?"巴卓儿看着摆在小桌上的三个菜,那口大砂锅里的是红烧老鹅,香气扑鼻,任谁都不想把它退回去。

"你们尽管吃,给你们介绍一下,这是我儿子,在餐馆工作,最近卖得最好的就是这道红烧老鹅,我可是给你们抢过来的,要是其他人,现在这个点还吃不上呢。今天是我请客,米典不会说你的。"

元元的大块头儿子打量着摊位上的盘子,突然说道,"师傅真当画家了?"

元元用力地咳嗽起来像是生病了,病势来得很汹涌,之前都没任何症状。她拉起儿子就走,"回去了回去了,晚点我再过来收盘子。"

巴卓儿三人有些莫名其妙,一见车子开走,就迫不及待地回到锅前,锅里的香气实在是太诱人了。

"这顿饭也太丰盛了吧!"超认真阴阳怪气的语调有很大的炫耀成分,一旁的邻居正喝着保温杯里的水,咽着干馒头,一上午她那里都静悄悄的。

"您一起来吧!"

"卓儿!"超认真都快跳起来了。

"你也是来蹭饭的,坐下来安分一点!"傅朵凶起来的样子很有威慑力,超认真识趣地闭上了嘴。

邻居等的就是这一句话,丝毫没有推脱,还立刻清空了自己的展示桌,邀请他们把食物放在自己的小桌上。

超认真端着砂锅走过去,"你就不能稍微客气一下!"

"客气又不顶饭吃。"

傅朵和巴卓儿都忍不住笑出了声,真是两个冤大头。

吃得热火朝天的时候,巴卓儿觉得可以趁机打探点消息,便让笛拉自由发言,"各位,了解屠卡军火吗?"

这也太直接了吧!

超认真用力咳嗽了一声,红烧老鹅辣得他两唇鲜红,"屠卡军火,嘶,屠卡军火是夏城的传奇,从一家小公司,变成现在的庞然大物,他们涉及的产业非常多,像地产、美术馆、零食公司、制药公司,反正能说得上的,哐哐哐,都盖着屠卡的火枪标志。"

"切!"邻居这一声又引发了战火。

"您又有什么意见?"

"小子,你知道屠卡军火为什么传奇吗?"

"政府入股啊,如果不是政府当年插一脚,选中屠卡,现在还是克罗德军火的天下呢!"

"那政府为什么要入股屠卡?"

"屠卡有潜力呗!"

"是为了制衡。"邻居一副老江湖的样子,"克罗德一家独大的时候,政府就很头疼,好不容易出了个屠卡,偏偏前董事长还遇到了打靶事故。当年传言,克罗德是要收购屠卡的,可谁都没想到,最后政府插了一脚。不过,虽然政府入股了,屠卡还是由原董事长的女儿在管理,屠卡现任董事长叫屠雪绒!"

"果然是这个名字！"

"您知道这个屠雪绒的事吗？"巴卓儿着急地问道。

"她16岁接班，那时候已经从高级学校毕业了……"

"怎么会有人16岁就能从高级学校毕业？正常情况都要到24岁。"傅朵立刻质疑，顺便夺过了超认真手里的鹅腿，放到了巴卓儿碗里。

"没办法啊，遗传的脑子好，屠雪绒的父亲屠伫，在没开军火公司前，是个科学家，那种人的脑子天生和普通人不一样，虎父无犬女……"

"没错了没错了！那化学题肯定是火绒草解的！不对，是屠雪绒！她那么聪明，肯定能解出高中生的题，她爸是科学家，我的天哪！我告诉你我从小就梦想当个科学家，现在居然还和科学家的女儿换了思维！我的天，我一定会称霸清潭高中的！没人敢瞧不起我了！"笛拉嚷嚷着。

"我的天，我的天，你先冷静一点。"巴卓儿稳住笛拉的情绪，还是得回到正题上，向邻居确认道，"再说一些屠卡军火的事呗！"

邻居清了清嗓子，"这就得从夏城的源头说起了，夏城最初不是一片一望无际的森林嘛，人要在森林里和动物抗争，就得有火、有武器。所以在很长一段时间里，夏城到处都是武器作坊。但随着社会越来越稳定，森林面积越来越小，居民对安定的渴望胜过了对武器的拥护，武器甚至成了对安全的最大威胁。夏城政府便开始一步步收缴枪支，关闭武器作坊。当时只保留下了一个最大的武器工厂，也就是现在的克罗德。政府留它也是希望它服务于夏城，协助政府的管理。但好像是克罗德翅膀太硬，经常不服从政府的安排。所以有一阵子，夏城又冒出各种各样的小军火公司，屠卡就是其中冒得最快的一家。但屠卡没风光多久，就出了事故。"

"屠卡军火的火车被炸了是吗？"傅朵对这件事有点印象。

"嗯，也暴露了当时屠卡的一个大秘密，屠卡前董事长屠伫，每年都会偷偷给生活在迷失森林的鄂科族赠送军火。当年是在把军火运到后折返的路上，遇到了一家小军火公司打脱靶的炸弹，火车被击中了，屠伫当时就在那辆火车上。"

"轨道上沾着血迹……难怪火绒草与鄂科族人的关系那么好,索娜他们是对她有愧疚。可是,当时夏城政府不是在收缴枪支吗?屠卡这么堂而皇之地给鄂科族送军火,政府最后还入股屠卡,这会不会有点说不过去。"

邻居撇了撇嘴,"就像饮水思源吧,当时政府收枪也没有那么绝对,尤其是对森林里的鄂科族。给他们造了房子、加了补助,但鄂科族就是不愿出森林。当时社会上也有一部分人是赞成让森林里的人保留枪支的,所以屠卡送军火这事,看起来是违背了政府的政策,口碑方面却意外很得民心,所以政府挑了个好时机,就入股了。"

"可为什么政府又将鄂科族赶出了迷失森林?"

邻居舔了舔门牙,"无奸不商呗!"

三个孩子一并皱起了眉头。

"不是咱们,是屠卡。屠卡虽然得了名声,但政府肯定不明白一个公司怎么会免费赠送他人军火,这里面肯定有点猫腻。省得再出事,直接就把那些人清出了迷失森林。而且听说屠卡现在的这位董事长也不是省油的灯,和政府动不动就意见不合。"

"但屠雪绒是个好人。"

目光又一并转向了巴卓儿,巴卓儿赶紧摆手,"我,我就是感觉。"

邻居夸张地耸起了肩,"可别有这个感觉,我以前在屠卡旗下的制药公司工作……"

"别吹牛了,进制药公司也得是高级学校毕业。"超认真立刻否定了她。

"我就是啊。"

"您骗谁呢?高级学校毕业的出来摆摊?"

"年轻时桀骜不驯嘛,就想自己出来闯。"

"结果闯出了这番成绩?"

"信不信由你,我真的在制药公司工作过。当年屠卡在政府入股后就不断扩张。

屠卡收购了制药公司，他们的管理不是一般地严苛，有点内幕的员工都说屠雪绒是恶魔……"

"我跟你说，化学老师的脚不是见义勇为受的伤。"笛拉闭上了眼睛，她知道自己的思绪要往哪儿飘了。

"屠仝出事的时候屠雪绒才16岁，一个16岁的小丫头要掌管那么一家大公司，现在还和克罗德平分秋色，克罗德的董事长李奥，你们知道吗？他可是个大慈善家。不过人善被人欺，他也不是屠雪绒的对手，依照现在的发展势头，以后屠卡肯定占上风，这姑娘的手段比她父亲更高明，她们私底下做什么交易，谁弄得明白。"

"我就是想告诉你，你太瞧得上的人，也不过如此。"巴卓儿脑子里不断重复着"不过如此"四个字，一股怒火涌上心头，"滚蛋！"

笛拉骂的是脑子里吴振羽的声音，但邻居看到巴卓儿一副咬牙切齿的样子，不知自己哪里说错了，赶紧闭上嘴，加快吃饭的速度，以免主人不高兴了，要把饭菜端走。傅朵和超认真也有点看不明白。

"邻居在胡说！"笛拉愤愤地说。

巴卓儿绷着脸没吭声。

"你不会也觉得是火绒草有问题吧？你应该去读读她的信，她是一个很真诚的人。"笛拉对巴卓儿的态度感到不满。

"我相信那个克罗德的李奥肯定也不是简单的慈善家，但火绒草她能掌管屠卡，包括她的父亲能掌管屠卡，她们都是商人，你不也说……商人嘴里没多少实话嘛！"

笛拉被气得够呛。

"而且，我给我母亲写信时，也没有说实话。"

"我现在不想和你说话了。"那些否定屠雪绒的话，就像是在否定笛拉自己。

一旁的傅朵一直关注着巴卓儿的情绪变化，"怎么了，卓儿？突然就不高兴了？"

巴卓儿知道自己刚才这一会儿肯定表现得很分裂，"没什么……"几滴汤汁突然溅到了她脸上，超认真和邻居还在为高级学校毕业这件事暗暗地较劲，两双筷子争抢着一块鹅肉，搞得汤汁四溅，巴卓儿被溅到第三回时，忍不住抱怨，"高级学校毕业又怎样？"

"啊！"超认真一分神，抢肉失败。

邻居迅速将肉埋进自己的饭里，换了一张认真的面孔，"拜托，不要因为我一个特例，就否定所有高级学校成吗？"

"那你是掌握了多少知识才能在这里卖烫画！"超认真不高兴地说道。

"不是啊，去读高级学校，用处不是你最后掌握了多少知识。"邻居一副苦口婆心的样子，"也不是考了多少分，而是一种习惯的养成，明白吗？"

"不想明白。"

超认真的消极态度刺激到了邻居，对方放下碗筷，又浮现出之前辩论时的神采，"听好了孩子们，等你们以后毕业，工作遇到瓶颈，你们就会开始怀念学校了，抱怨为什么不能像读书时那样，有人替你安排好一切，什么时间上课、什么时间参加考试、什么时间升学，你读书时做什么都有时间表，而且很见鬼！不管做得好不好，你基本都能达成目标。但等你踏进社会，开始打工赚钱，你要学着去给自己设定时间表，而设定完了才是真正的灾难开始，因为要完成一个目标，远比你想象中的痛苦，我就是毁在这个阶段的，设定的目标达不成，从此一蹶不振，只长体重不长脑子。那时候你就会明白，为什么读书时需要一位无比严厉的老师了，他是在使出他的全力，将自律变成你们的习惯，好习惯能影响人一生。"邻居很真诚地说完了这番言论。

超认真不吭声了，不断嚼着嘴里的白饭。

"还有一点。"

"不用画蛇添足吧。"

"心态一定要稳定好，要不然人生起起伏伏，看到别人的生意那么好，自己一上午愣是一幅画都没卖出去，是会被气出病的。"

超认真忍不住调侃她，下午可以高薪聘请自己去替她卖画。

"如果用学校养成的好习惯去做不对的事呢？"巴卓儿慢慢地说，这是笛拉的话，其实笛拉心里也在摇摆。

邻居露出了一副同情的样子，"卓儿，你不能对学校的要求太高。学校这个系统，本身都做不到黑白分明，不过讽刺的是，它教你的书本知识，目的倒是为了把你培养成一个能明辨是非的人，那你不如就吸收好的一面。反正任何一件事的发生，都有它的原因，你要做的就是根据它的前因后果去辨别它的对错。怎么说呢，你们越长大越会发现，一件事的对错很难简单去评判。但如果真的是错了，人也只有在知道自己错了之后，才有可能去改正错误，对吧？"

"我有点相信你是高级学校毕业的了。"超认真说道。

"可我还是相信屠雪绒是好人！"

邻居抽搐着一边脸颊，另两位小伙伴闹不明白巴卓儿为什么那么支持一个军火商。

巴卓儿顶着一脑门的汗水给邻居夹了块鹅翅，不知道笛拉下一句又会是什么，"你们吃，多吃点。"自己现在真想有对翅膀，飞离这儿。

第六封信

斐思,

今天军方开了订单公布大会,我又沾了一身酒味回来,希望这难闻的气味不要沾在信纸上。

屠卡这回没有参加单火筒的竞争,所以这一年四千发的订单就落到了克罗德手里。我们已经在寻找问题,并排查单火筒库存,相信很快就会有结果了。原本以为打靶赛后就能签订单,现在只能先存在仓库了。

屠卡遇到麻烦,李奥是最高兴的。克罗德这些年被我们打压得够呛,好几个项目都已经停产了,但这回却意外拿下单火筒的订单,回去得加班加点地赶制了。李奥关切地问我,是否需要克罗德派技术员过来免费排查问题。他一好心,我这浑身的警报都响了。

李奥是生意场上最好的演员,他臃肿的外形和无比大方的手段会让人在不知不觉中放下防备。可他就是一条毒蛇,一旦你被他的毒液渗透,他就会露出毒蛇的本性,将你彻底吞噬,从头至尾,你不过是他的一个猎物。

11年前,父亲的葬礼,是李奥陪着我处理完的,不论是与那家打把失误的小公司的官司,还是葬礼上的方方面面,我没有一点经验,但他却都替我处理妥当了。可不管李奥当时和我说了多少好听的话,他在我脑子里的印象只有一个,他是一条毒蛇。

我从小跟着父亲参加过很多宴会,不止一次地与李奥打照面,他总是笑眯眯的样子,真像一位可敬的长辈。可在宴会厅外,我也见识过李奥与人说话的真实语气,那是能让人感到寒气的可怕样子。那些人跪在他面前寻求帮助，他趾高气昂地将一张黄金名片递给他们，他施舍给别人的帮助，都带着可怕的条件。我不觉得被帮助者有感激，反倒都是害怕得浑身发抖。

我也看到过他暗中打量我父亲时的样子，不屑！仇视！可是一旦我父亲与他打招呼，他又立刻换成了另一副融洽的嘴脸。

11年前，我一直清楚李奥陪着我的目的，他也逐渐发现我根本不吃他那一套，所以葬礼结束后，他就直接与我摊牌。我确实希望他赶紧撕下面具，但他照做后，当时什么都没经历过的我，心里除了害怕就是无助，李奥的咄咄逼人，让我更无法应对，只能僵坐着，听他说那些把我踩进谷底的话，他完全没把我放在眼里过。

直到现在，每当我自我怀疑的时候，浑身僵硬还是我的常态，我的思绪会被拉回到那个场景，我穿着黑色丧服，手里握着这支钢笔（到现在我还在用它给你写信）。李奥就那样趾高气昂地闯进我父亲的书房，他的一举一动、一言一词，让我觉得愤怒，却又无能为力。

这些年，我与李奥的接触并不多，可一旦遇上，我就会浑身不舒服，可能是他当年把问题解决得太干净了，我当时还没从悲伤中回过神，小军火公司的老板就在牢里自杀了，我始终不相信我父亲的事是场意外，更不相信这件事与李奥一点关系都没有。但11年过去了，我也没有找到更有力的证据，而打压克罗德、处处与他对着干，成了我的本能！

周末谈论他真是倒胃口！就此打住吧！

你的来信我收到了，你说想加强力量训练，来弥补脚伤的短板，这当然是一种方法，但火球赛的规则设置，应该已经考虑到了选手身体素质的极限，我觉得你可以试一下，但只要发现对身体有损伤，就请立刻停下来，我不希望你为了赢而受更多的伤。

　　最近天气太热了，你要注意降温，别练得太过。政府又让屠卡捐了三百台冷气机，签完了订单合同又立刻签捐赠合同。有时候，一个人一旦挣了些钱，花出去这个动作是非常有必要的，这能让彼此都安心些。

　　好了，今天就不与你多说了，我要去把满身酒味的衣服换下来，明天我应该会去找哒哒的店主，到时再给你写信吧，保重自己。

火绒草
5月12日

09.
米典与米拉

"这么说,火绒草是怀疑李奥在火车被炸一事上动了手脚?"

"是啊,如果这是真的,这可是杀父之仇,谁能忍得住!而且我对李奥的印象不好,人前一套,人后一套。"笛拉脑子里闪过一双毒蛇般的眼睛,她忍不住打了个哆嗦。

"你都没见过李奥,就这么说!不过,咱们什么时候能见火绒草一面,看看她长什么样?"

笛拉想到了在交换车站看到的照片,根据火绒草在信上的回忆,她当时穿的应该是丧服吧,手里握着钢笔,是准备写信?所以自己总能看到她的信,"可那应该不是她的照片。"

"什么?"

笛拉摇了摇头,"是我在交换车站看到的照片,应该就是火绒草父亲刚去世那会儿,但当时检票员说她有 27 岁。"

"邻居不是说,火绒草接班的时候才 16 岁,那年鄂科族被赶出迷失森林,也就是 11 年前，那现在确实是 27 岁。"

笛拉还是有些疑惑，"27 岁配了 16 岁的照片？可能吧。"可笛拉总觉得检票员想表达的不是这个意思，"对了，你最近有没有出现在课堂？我的清潭高中？"

巴卓儿歪着头回忆，"有点模糊的画面，觉得身边人很多，但发生了什么事，我都不记得了，你呢？"

"我和你说上话后，就再没回过清潭。"

"那应该是火绒草去过？"

"搞不懂，我总觉得还有个孩子。"笛拉又想到了红色粉笔。

"孩子？"

笛拉只是猜想，"除了三岁小孩，谁会在默写的时候画两朵花？心态也太好了，这交换乱七八糟的，你说我现在在清潭会不会表现得很分裂？"

巴卓儿不知为何有点心虚，握着伞柄的手指不由得搓了搓，小声嘀咕道，"我小时候可比现在爱画画。"

"松手！你们这群讨厌鬼！"

笛拉立刻举高了伞，听声音是卖报男孩，不远处几位光着上身的男子正围在西红柿摊前，小男孩被其中一人举了起来，小柿看不过去，上前帮忙，可文弱的他哪是他们的对手。

"喊公职人员，附近不是有岗亭吗？"

巴卓儿收起伞，怀里还抱着今天的"展品"和小柿的早饭，奔跑着找了好几个街区，才看到用墨色玻璃围起的岗亭，外面根本看不见里面，只听到挂在岗亭外的冷气机发出"呼呼"的工作声。巴卓儿用力敲门，过了好一会儿才有人过来开门，公职人员睁着一双通红的眼睛，一脸不耐烦，岗亭里飘出刺鼻的烟味，巴卓儿看到了公职人员身后的棋盘，里面还坐着另一位值班的公职人员，正慵懒地喝着茶。

"早市摊上有人打架！你们快去看看！"

公职人员向前一步，走出岗亭，抬头看了看天色，夹着香烟懒散地说道，"天亮了就不关我们的事了。"

"这不是你们的工作吗!"

"哪来的不懂事的丫头!去去去!我们再下一盘,不信赢不了你。"另一位公职人员过来赶人,手里也夹着香烟,但冒烟的似乎不仅是烟头,他整个人都烟雾缭绕。

"抽烟抽得都快着火了!还憋在一个小空间里不出来!"

岗亭门"砰"的一声关上了,巴卓儿僵直地站在门外,对公职人员的态度感到不可思议,蒙蒙细雨早已打湿了她的头发。

"邻居说得没错,有些公职人员真是夏城的蛀虫!"

巴卓儿擦了擦额头的雨水,心想等在这儿不如回去帮忙。

一阵清亮的喇叭声突然响起,一位穿着制服的公职人员正开着摩托车过来,"小姑娘,有事啊?"

"您是轮班的吗?"巴卓儿像抓到了救命稻草,语速飞快地说明情况,公职人员听完就让巴卓儿赶紧上摩托车,调转车头迅速赶去闹事现场。

西红柿摊前围了不少人,公职人员吹响口哨,人群很快就让开了一条道。有两位光着身子的男子已经被绑了起来,还少了一个,巴卓儿听到人群在议论,说是跑掉了。小柿和卖报男孩像难兄难弟一样坐在地上紧挨着,身上殷红一片。摊位都被砸坏了,漂亮的西红柿也变成了糊在地上的红色汁水。

"你看!有纸飞机!"

在一筐砸烂了的西红柿上放着一架纸飞机,红色汁水已经渗进了机翼,巴卓儿寻问小柿,有没有看到放纸飞机的人。

"估计是哪个孩子掉下的。"小柿的脸色很不好,说话有气无力的。

"那些人都是干吗的?"

"一些没活干的混混!专门欺负弱小!"男孩气愤地说道,他的报纸都成了残渣。

巴卓儿将一个饭盒递给小柿,另一个给了小男孩,"米典做了粢饭团,今天就拿这个垫垫肚子吧。"

小柿没有胃口,一直紧皱着眉头,小男孩看起来饿坏了,捧着饭团大口大口地吃起来。

公职人员在一旁记录情况,两个被绑起来的混混情绪很激动,似乎对被绑这件事感到无法理解,其中一位嚷嚷着"见鬼了",还对街坊大喊大叫,手拿麻绳的鱼贩做出要揍他们的姿势,场面依旧很混乱。卖报男孩没伤着哪里,被扶起来尚能正常走路,但小柿的头被打伤了,站都站不稳。对面早餐店的梅齐奶奶开了电动车过来,带着小柿赶去了医院。巴卓儿找不到什么线索,只好先将纸飞机塞进兜里,雨渐渐停了,她还得赶紧去杂货市场。

忙碌的一上午很快就过去了,巴卓儿吃完了元元送来的午饭,午间客人少,巴卓儿担心小柿的情况,便想趁这个空当去早市摊看一眼,不知小柿去了医院有没有回来。

早市摊临近收摊,清洁工正在清扫西红柿摊位的一片狼藉,但小柿不在,看来是去了医院就没回来,巴卓儿正准备回去,一位胸口缝着"醋"字的男子,搓着手,走了过来。

"你要买西红柿?"过来搭话的居然是醋贩,他偷偷打量了巴卓儿好一会儿,总算鼓足勇气上来说话了。

"小柿去了医院没有回来吗?"

"你可以去城边的大棚看看,他家就在那里,说不定直接就回家了。"

城边离这不远,巴卓儿觉得可以跑一趟,醋贩很细心地画了张简易地图,"那个,米典还好吗?我一直都没敢去看她。"

巴卓儿记起来了,米典说过米拉以前很爱喝醋,醋贩一直目光闪躲,是因为自责的缘故吧,"你放心,她没事,她是一个很会自娱自乐的老太太,天天专注地画画,还霸占了米拉的书房,别提多开心了。"

醋贩微眯了一下眼，眼珠子左右晃了一下，有些困惑地接了话茬，"我真担心她以后再也不会下厨了，但看你每天都给小柿带早饭，就放心了。"

"米典的厨艺好着呢，估计是得了米拉的真传，虽然没做什么大菜，但每天的早饭都没有重样。"

醋贩的表情更不解了，好像是巴卓儿说了什么难以理解的话，但还是配合着点了点头。

告别醋贩后，巴卓儿对他刚才的样子感到疑惑，"我没说错什么吧？"

"在我看来没有，不过这表情怎么那么熟悉呢？"

巴卓儿想到了小柿每次提米大厨时的样子，"不明白。"

按照简易地图，脚下的路面也由砖石路变成了泥路，已经能看到小柿的大棚了，铁架子搭建的圆弧形棚，罩上了一层半透明的塑料布，大棚两侧都开着门通风。小柿的房子就在大棚对面，两层楼高的木质建筑，门前有个门廊，巴卓儿跑去敲门，可里面没有一点动静。

"看来还没回来。"

"咱们去看看西红柿吧，我在草原都没见过西红柿是怎么长的。"

"真的假的，我从小就看我爷爷奶奶种各种蔬菜。"

"也种西红柿吗？"

"种，就是种得不好，都是歪七扭八的，有时候还没熟就掉了，不是给鸟吃了，就是形状没一个正经的。"

巴卓儿好奇地跨进了大棚，里面温度很高，满棚的西红柿看起来非常壮观，品种不一的西红柿挂在翠绿的植株上，看似细小脆弱的枝头居然能挂四五个西红柿。

"真是大开眼界了，我以为西红柿只有红色的，这种黄色的也见过，但这又是什么颜色？"

巴卓儿更觉得新奇，那是绿色和咖啡色的综合西红柿，有半个拳头大小的，也有很迷你像水滴一样形状的。还有一些西红柿熟了也是绿色的，长在植株上甚至有种隐形的效果。

"大开眼界了。"

巴卓儿也是,从一个棚跑进另一个棚,兴奋得满头大汗,直到脚下发出"咯吱"一声,"糟糕,我踩到西红柿了。"

一低头,红色汁水将本就脏了的白鞋弄得更脏了。

"这是遭洗劫了吗?"

巴卓儿才注意到眼前的一片狼藉,一地的西红柿,有咬了半个的,也有完好无损只是掉在地上的,原本整整齐齐的植株被拽倒了一片,用来支撑植株的小竹竿也散得到处都是。

"和早晨的场景好像。"

巴卓儿听到了呻吟声,"不会是小柿晕倒了吧?"

走去一看,倒在地上的并不是小柿,而是一位光着上身的男子,浑身通红,皮肤上已经起了水泡。

"混混!早市摊那个!"

巴卓儿与男子保持着距离。

"倒了!倒了!"男子突然大叫起来,吓得巴卓儿直往后退,但男子又晕了过去,嘴里依旧嘀咕着。

不知是大棚里温度过高,还是今天眼睛不舒服,巴卓儿用手在眼前挥了挥,总感觉空气里有阵若有似无的白烟,好像就是从男子身上冒出来的。

大棚外传来急促的脚步声,是小柿回来了,他听到动静跑了过来,头上还包裹着白色绷带,看到眼前的一幕,瞪大眼睛问道,"你揍他了?"

巴卓儿佩服小柿的逻辑,"我倒是想,不过你还是先叫救护车吧。"

救护车的声音渐渐远去,巴卓儿和小柿坐在门口的走廊上,刚才来的护士,一边擦汗一边抱怨,她说5月份就有那么多人中暑,真是见了鬼了,忙都忙不过来,司机连加油的工夫都快没有了。

"你觉得他是中暑吗?"小柿按着绷带问道。

"应该是吧。"巴卓儿知道情况没那么简单。

"我觉得他们是见鬼了!"

巴卓儿看向小柿,他到底是在开玩笑,还是脑子被打坏了?

"早晨发生了很奇怪的事,他们把我的摊位砸得稀巴烂,可是,朝我挥拳的时候,就突然定住了。"小柿比画着停在自己眼前的拳头。

"定住?他们不是被其他摊主绑起来的吗?"

"是先定住后才绑起来的,他们那么凶,没有人敢上来阻止他们。"小柿回忆着,"被绑的两个人,突然又都恢复了自由,真是吓了我们一跳,刚才这个就是跑走的,他当时一直在喊'倒了倒了'。大家都莫名其妙,以为他疯了。"

"他说的是摔倒的倒?还是倒退的倒?"这个字有两个发音,混混好像说的是后者。

但小柿不这么认为,"他跑的时候摔了一跤,应该是摔倒的意思吧!"

"这有什么好喊的?"

"不知道。"

两人坐着闲聊了一会儿。

"既然你没事了,我也要走了!"

"稍等一下,"小柿说着就从走廊上起身,回家搬出了一大罐西红柿,都是他蜜渍的,"今天没有新鲜的,就拿这个吧。"

巴卓儿立刻拒绝,"这个我可不能拿,你花了心思做的。"

"你拿着吧,我这里还有很多呢。能拜托你一件事吗?"

"你说就行。"

"我下了班就耗在这大棚里,都没时间去给米大厨捧场。"

"米大厨?"

"是啊,你现在不是在给她卖盘子吗?"

"等等，你说的米大厨是米典？不是米拉吗？"巴卓儿和笛拉都被搞糊涂了。

"我并不知道米拉是谁。据我所知，米大厨都是独身一人，并没有姐妹。而且她当大厨当了一辈子，直到两年前扭伤了腰椎才开始画画，现在还真画出来了，你不觉得很厉害吗？"

巴卓儿好像明白醋贩的表情了。

"米大厨以前很关照早市摊的生意，所有人都受过她的照顾。这是钱，麻烦你给我挑一套盘子吧！"

巴卓儿彻底清楚了，僵着脸笑了一声，走了两步，又回来收下钱，还一把夺过西红柿罐头，"我看着很傻吗？"巴卓儿虎起脸问小柿。

小柿一头雾水，不明白她怎么一下就气鼓鼓的了，不知该点头还是摇头。

"我走了！"

巴卓儿将楼板踩得"咚咚"直响，走上泥地更是踩出了一片尘土飞扬，"我好像能体会你的心情了，你不相信火绒草是奸商，我也不相信米典会跟我开这样的玩笑！"

"别生气嘛！"

"你说有这个必要吗？她以前当大厨，现在当画家，告诉我了我难道会阻止她吗？还是说，她怕我打着她的旗号去占早市摊的便宜，我就不该拿什么西红柿。"巴卓儿说得很大声，这种气愤没法埋在心里，看着怀里的西红柿罐头，笛拉觉得情况不妙，赶紧按住了她的双手，"可别浪费粮食，这可比新鲜的西红柿还贵。"

"你说我像个傻子一样说着米拉米拉，别人是不是还以为我连米典的名字都记不住！还有，我每天早晨都对着照片说米拉早上好，还感谢她给我留了个这么好的房间，我每天都为她向火萨祈祷，结果压根没这个人！你说气不气人！"

"你有这份心意是好的。"

"可我现在全是上当受骗的感觉。"

"你冷静一点，这是最起码的戒备心。"

"戒备心？"

"就像你一开始也不愿意告诉我你父亲是唤火师一样。"

这话总算帮巴卓儿踩住了刹车。

"米典以前是大厨，菜场所有的人都受她照拂，而你又与她生活在一起，她现在的身体根本没法与外人去解释你们的关系，可是菜场的人却会认为你们不是亲戚就是关系很近的人。如果卓儿你是个心思复杂的人，说不定会打着米典的旗号做点什么。可你应该也了解米典的脾气了，她因为咱们拿小柿的西红柿，就让你每天给小柿带早饭，这说明什么，说明米典是个不愿给人添麻烦、不愿倚老卖老的人。我相信这就是米典对你撒谎的理由。"

"可我不会去利用她的关系！"

"我知道你不会，也不想，但别人呢？"笛拉仿佛站到了巴卓儿身前，按住了对方的肩膀，"如果米典选择把摊位放在早市摊，生意肯定会更好，那些受过她照拂的人都会来光顾生意，可那种成就感对你来说，就会和现在完全不一样，就算你做成了生意，你也会想，他们是碍着米典的面子才来的。"

巴卓儿感觉自己冲上头顶的怒火，渐渐被浇灭。

"我也老实和你说，我现在念的清潭高中，以我的实力根本进不去。可我家里托了关系、花了钱，给我买了一个借读生的身份，我们都以为找了一个天时地利的学习环境，我的成绩会噌噌地往上走。可有些门槛放在那儿是有道理的，我在清潭高中的每一天都不开心，我受不了别人的眼光、别人的议论，更受不了我真的不如他们。我用错误的方式进了一个不适合自己的环境。可我又能怪谁呢？想进清潭的是我，我家人还帮我实现了梦想，可我现在反而羡慕米典为你考虑得那么周到，甚至希望我的家人当时也能阻拦我一下！所以卓儿，你不用生气，米典是撒谎了，可她的谎话让你省去了很多烦恼。"

巴卓儿居然感觉到了笛拉的阵阵失落，"笛拉。"

"你说我为什么不早点想通这些道理呢，走捷径都要付出代价，我真是受够了这个代价。"

巴卓儿有些慌了神,"你在难过吗?"

"没什么可难过的,都是我自己选的。"笛拉烦躁地抓了抓头发,"不是在安慰你吗?怎么反过来了?"

巴卓儿苦笑,"反正现在,你就是我,我就是你,换谁安慰都一样。不过你这么一解释,我也能理解米典的苦心了,我不该生气的。"

"我相信米典只是跟你开了个玩笑。"

巴卓儿挤着一边脸颊,心里总还有点不是滋味,"你说光是米典就瞒了我们这么件大事!我还后知后觉的,那整座夏城呢,我对诅咒一事可是越来越担心了。"

"是啊,还有'倒了!倒了!'"笛拉换着两种音调,又想到了口袋里还有一架纸飞机,"有太多人和事我们没搞清楚吧!不过不用太担心,米典的事现在不也搞清了嘛,搞清夏城的事也是早晚的,咱们先回摊位吧。"

"嗯,我还得好好给小柿挑套盘子呢。"

第七封信

斐思：

  我刚从泽马和黑月初（哒哒的两位店主）那里回来，就迫不及待地给你写信，是因为我终于知道那张莫名出现的火焰门票是怎么一回事了。

  还记得之前一封信里，索娜提到，火萨送过一块果核给泽马吗？那简直太神奇了，泽马说那才不是什么普通的烧焦果核，而是一张门票，它褪去焦黑后，就是一张咖啡色的小木片，用拇指按压它，它就能将按压人的意识带去夏城，而去到的地方是四季城外的另外一座城市。现在在我手里的这张门票，与当年泽马手中的一模一样。

  泽马说在哒哒被害前，5月5号上午，有位穿着亮色运动背心的年轻人，也拿着与我一模一样的门票找去了店里，他希望哒哒能帮忙制作一张进城后使用的票据，并给了一份申请信和一枚指纹。泽马提到那封申请信更像是一个孩子因为读书太痛苦而写的日记，她跟不上学校的课业，但性格又很上进很要强，甚至还在那份日记里写到想炸了自己的学校，那完全是一封抱怨信。年轻人希望哒哒能帮助他的朋友来夏城散散心。泽马答应了，并且那时刚好有位朋友的女儿要从草原来城区工作，事先寄了指纹和资料过来办理入职手续。而两个女孩刚好都16岁，各方面看着都很合适，他们便将两个孩子的指纹捆绑在了一起（另外补一句，当提到他们朋友的女儿时，泽马和黑月初两人都惨叫着说"忘记了忘记了"，因为哒哒被炸后，他们已经忘了那个女孩要来的事，算算时间，已经快有一周了，黑月初立刻就给草原写信去了）。

泽马找来那张将两个女孩指纹捆绑在一起的门票给我看。他当时就质疑过，捆绑门票的作用是为了帮到那些在夏城无接待人、无法自由行动的人。可这对拥有火焰门票，从四季城之外进来交换意识的人而言，没有用处，反而会出现一个人的意识同时出现在两人身上的混乱情况。泽马很确定地说，我的火焰门票并不属于我，而是四季城之外的那个孩子按下门票后，选择了与我交换意识，才出现在我口袋里的，但她的意识又与泽马朋友的女儿进行了交换，所以与我并没有交换成功。我只是纳闷，既然料到会这样，为什么还要捆绑门票？泽马回答，因为小伙子当时说，这会帮到夏城。泽马几乎立刻就相信了，因为不管是火焰门票，还是阿泽和小样手里的熊眼睛，他们能得到的唯一途径，就是来自于火萨的给予。泽马推断，火萨很有可能是通过这样的方式，一直在提醒夏城人该怎么破解黑熊的诅咒。

　　关于诅咒的问题，泽马也不清楚诅咒的内容到底是什么，不过他知道诅咒的最终结果，那就是整座夏城将烧毁在看不见的大火之中！

　　早在11年前，诅咒刚降临的时候，最早发现情况不对的唤火师就向元首反映过夏城的情况，希望提前将身上没火的夏城人转移去另外三座城。但政府很快就发现，夏城人已经出不了城了。政府为了让夏城免于恐慌，就说称另外几座城在搞内乱，禁止百姓出城，对内对外完全封锁这个秘密。还向百姓宣扬火星雨和唤火无用，唤火师以及一些知道内情的人，也不敢在城里吭声，因为夏城的火星是情绪火星，人要是一恐慌，夏城不用等着唤火树挂满，只需几个月的时间，人就会被吓死、被烧死。可怜的唤火师就像一群瞎子中的独眼龙，他的唤火确实能带走人身上的部分火星，但因为唤火仪式不全，他的行为顶多只能算是扬汤止沸。

而那高举着12条手臂的喷火树，泽马说那就像夏城的倒计时，一旦挂满，连扬汤止沸都没用了，夏城就只能等死了。所以他希望拿到熊眼睛的冬城人，能通过点燃一颗熊眼睛，烧掉一根喷火棍，多少让这倒计时再多出一年的时间。可是现在的情况谁也弄不明白，屠杀者后代的血滴上去，熊眼睛居然点不燃。

　　我问泽马，为什么不直接取赞的血，或许血脉上能更靠近一些。泽马有些懊恼，但又说出了心中的顾忌，赞脖子上的那颗熊眼睛像长在他身体上一样，连接熊眼睛的红色丝线更是直接连进了他的血脉，赞也没办法把它取下来，所以泽马和黑月初都认为赞的血不合适，有被熊血融合的可能。但现在看来，谁的血都不对。

　　谈话间，我反复观察了捆绑门票和火焰门票。上面都印着指纹，但捆绑门票上的指纹似乎被很多细小的线条包裹着，不如火焰门票的指纹那么清晰。泽马向我解释，女孩和冬城人使用的都是这样的捆绑门票，工作原理依赖的是鄂科族的一种法术。当初鄂科族习惯在白桦树皮上用木炭画上一些标志，用来指路，后来发现，只要将寻路人带着寻路目的的指纹印在这些标志上，寻路人即使看不见这些标志，心里也知道自己该往哪个方向走。泽马说这个原理同样可以解释为什么夏城门票具有强制性，夏城政府将路线图与木板上的指纹捆绑在一起，路线图必须由文字编制而成，文字又必须是鄂科文，鄂科文是一种非常扭曲的符号，它能像绳索一样牢牢将指纹捆绑住，这就是为什么指纹上会有那些细小的线条。

　　当时阿泽和小桦跟着秋城人一起进入夏城，还能在夏城行动自如，是因为黑月初和泽马将他们的指纹与这两位冬城人的指纹分别绑在了一起，还用鄂科文给人生地不熟的他们设定了行动路线（等于是给他们各补了一张进城后使用的门票）。当天军队突然抵达哒哒旅行社，他们慌乱之中将小样的票据落下了，这才让政府确定了他们的位置。不过那个16岁的外城女孩，泽马并没有限定她的路线，因为她的申请信看不出任何目的，她的指纹也没有目的，没有目的的人就应该去尝试各种各样的东西，而不是给她设定路线。泽马愿意相信她的到来能帮助夏城破解诅咒，但又觉得把希望和责任压在一个16岁孩子身上，太难了。泽马说完一切坏情况，又反过来安慰我。夏城的火终究燃烧的是人的坏情绪，尽可能把自己的情绪控制好，总是能在绝望里多些希望的。

我又向他了解当年迷失森林发生的事，勤云在猎杀黑熊时到底发生了什么，为什么黑熊和她的丈夫川冀都消失了。泽马似乎很高兴我能问起这件事，他认为黑熊消失，有极大可能是火萨所为，宠物被杀，萨肯定心疼。但活人消失，就证明对方根本不是夏城人！泽马一直认为，赞的父亲，川冀，这个人很奇怪，一个大男人，提个水壶，就能在水源河边坐一整天，这种情况太诡异了。

泽马这个判断令人意外，写完信回来的黑月初却直接在他的光头上打了一巴掌，她说鄂科族只要是男人都觉得川冀有问题，情敌看情敌，不可能顺眼。但我却觉得泽马这么分析，也不是完全没有可能。

我又向他们确认阿泽的身份，他确定来自冬城？黑月初对此很肯定，说对方是如假包换的冬城驯鹿师。我也在迷失森林见过他召唤冬城驯鹿，可为什么他死后尸体会离不开夏城呢？泽马也纳闷，他说正常情况下，另三座城的游客要离开夏城，有三种方式，最简单的是，旅游时间到了，印有接洽人指纹的票芯会自动消失，捆绑结束，外城人便会从夏城消失。第二种就是票芯或票壳在旅游途中受损，就像小样那样，捆绑门票损坏了，外城人也会从夏城消失。而第三种，理应就是阿泽的情况，外城人在夏城遭到意外，四季城的人不可能在不是自身季节的城市死亡，所以也会从夏城消失，而且消失得很彻底。他们的指纹甚至不用像本城人死亡后那样要去政府机构撤销，就会从门票上消失，但奇怪的是，阿泽的指纹并没有因为他的死亡而从捆绑门票上消失，他与泽马的捆绑门票完好无损，就像阿泽还活在夏城一样。

泽马说，夏城的指纹门票，本质上捆绑的都是人的意识，但在什么情况下，人的肉体都死了，意识还留存着，或许这又是诅咒的问题了！

今天从泽马和黑月初那里得到了不少有用的信息，关于我这张已经处在使用中的火焰门票，泽马说，他们会尽快与草场取得联系，看看那个孩子现在是什么情况。外城女孩很有可能已经在夏城了，如果她想与我彻底交换，那只要毁掉那张捆绑门票就行。但如果她不想与我交换，那反而麻烦了，火焰门票的有效期是三个月，如果三个月内不交换成功，三个月到期时，女孩不能用她的意识按压这张火焰门票，涉及其中交换意识的人，都会有生命危险。不过泽马也提到了另一个方法，那就是用火烧。用火直接将火焰门票烧毁，只是这个火必须是熊眼睛燃起的火，但现在一颗熊眼睛已经毁了，另一颗根本取不下来，所以，只能交换！

斐思，我最近总在做一些奇怪的梦，梦见坐在课堂上上课，而我还老被喊作笛拉（泽马告诉我，那位进夏城的女孩就叫笛拉），那种当学生的感觉特别自然，自然到难以描述，就不像是我在27岁重回课堂的感觉，更像是我十几岁时念书的状态，觉得一切就该如此，心境也一点都不违和。而且那种梦也很怪诞，我会感觉自己在和一个孩子轮流掌控笛拉的身体，有时候写得挺好的作业，一眨眼就被涂了、擦了。不过所幸所学的内容非常简单，再做一遍也不费事。那种梦境出现快一周了，好像也没停下来的意思。我倒不是讨厌回去当学生，毕竟每天只需解题，这是我最擅长的。只是想到一个16岁的孩子要来过我现在的生活，每天要处理那么多对她来说完全陌生的事，三个月，她还要破解夏城根本不知道是什么的诅咒！是不是有点太为难她了？

  关于交换这件事，你有什么想法吗？请写信来告诉我吧！真希望能赶紧见见这个叫笛拉的孩子！

火绒草
5月13日

10.
第一次唤火

巴卓儿看了眼时间，今天早上出门前，米典让她提前半小时回家。时间差不多了，可以开始盖雨布了。

"你好，这个摊位没有人吗？"

巴卓儿用砖块将雨布压好，一看是邻居的摊位来了客人，一位看起来挺文雅的中年男子，像是对烫画很感兴趣的人。中年男子站在烫画前，将厚厚的镜片推上额头，他在欣赏烫画的细节，"这两个浅色的点是母子吗？这幅画上也有。"

巴卓儿从没细看过那些烫画，被客人一提醒，这才发现几乎每张画上都有很隐蔽的浅色身影，有些在河边，有些在树后。

"鄂科族传统，养鹿人，邻居一开始是这样说的吧？"

笛拉在心里点点头，"索娜说过养鹿人给勤云送烫画，这上面的母子，会不会是……"

巴卓儿替邻居做成了这笔生意，更认真地盯着每幅烫画，即使只有巴掌大的烫画上也都有两个浅色的身影。

"鄂科族里爱慕勤云的人很多,把她画进画里,也说得过去。"巴卓儿说道。

"川冀会不会画烫画?"

"肯定不是川冀,他又不是鄂科族人。"

"按照泽马的说法,川冀可能还不是夏城人。"笛拉仔细回忆了一下,"索娜说过,川冀一般在夏季回迷失森林,之后勤云会去城区,如果她去的不是城区,而是另外几座城呢?"

巴卓儿咳嗽了一声,"另外几座城的人就更不可能会画烫画了。这些画,首先不是邻居画的,如果是她身后的鄂科族高手,就算是养鹿人,也应该和整件事扯不上关系吧。"

"怎么着,自己不营业,给我看铺子来了。"邻居回来了,肩上还扛着一张木摇椅。

巴卓儿立刻认了出来,"水池旁那家的!"

"是啊,我看她快热死了,就把她拯救了。"邻居放下木摇椅,"款式是老了点,但木椅子就是要磨平了才能坐得软乎。"

"我可不喜欢,上面还有别人的汗渍呢。"

巴卓儿也不舒服地耸了耸肩,将刚才赚的两幅烫画钱塞给邻居。

"小卓儿,那我得请你吃饭了。"

"不用了,今天家里有大餐。"

巴卓儿才到楼下,就听到二楼传来欢声笑语。米典说今天会邀请一些朋友来家里做客。

"纸飞机还在这儿。"巴卓儿看着废墟堆里落满灰尘的纸飞机,已经放在这儿两天了,机翼上还写着"笛拉和巴卓儿"两人的名字,但还是没有人来拿。

"再等等吧。"笛拉很确定那个拿着日记和指纹去哒哒旅行社的年轻人就是吴振羽,而且他肯定就在夏城,但为什么不出现了呢?

巴卓儿重新将纸飞机折了折,又找了个更显眼的位置放下,还故意在废墟前逗留了一会儿，还是没有人靠近，只好先回热闹的家。

进门前还有些紧张，可门一开，里面几乎都是熟面孔。

终于不再穿防水胶裤的鱼贩，今天换了件颜色艳丽的花纹衬衫，像是来度假的。在他身旁，是那天送小柿去医院的梅齐奶奶，笑起来脸颊肉嘟嘟的。米典介绍她是梅齐早餐店的前任老板，现在已经退休了，可就是放心不下，所以又回店里霸占了一个小工的职位，还顺带做起了监工。而穿着与米典很相似的斑点裙的是元元，她身边坐的是小柿，小柿头上还绑着绷带，他笑呵呵地冲巴卓儿挥了挥手。剩下的一位头发花白的爷爷是第一次见，米典喊他崇延，坐在热闹的人群里，有些没精神。

厨房里传出"刺啦"一声，元元的大块头儿子也来了，他正在厨房做饭，闻着这熟悉的味道，应该是炖老鹅。元元偷偷向巴卓儿使了个眼色，那天的丰盛午餐，到现在还是个秘密呢。

米典递给巴卓儿一个信封，"草原寄来的，今天下午到的。"

巴卓儿顿时紧张起来，是不是黑月初她们联系到母亲了，怎么会这么快？"我先回房。"

"抓紧哦，马上就要吃晚饭了。"

"好。"

巴卓儿跑回房间，一把撕开信封，母亲歪歪扭扭的字迹映入了眼帘：

卓儿，

收到你的来信，知道你安全抵达城区，我就放心了。出门在外，一定要收起小性子，少与人争执，吃亏是福。

城区不安定，平时不要在外面乱跑。前不久有个草场遭到了袭击，为了安全起见，家里已经决定搬去离靶场远一些的地方，我会尽快把新地址给你。你父亲在全城唤火，可能要到 7 月底才能抵达城区。虽然现在说时间还早，但到时你们要是能碰上，就见个面吧。

卓儿，很多事情，母亲始终不知该怎么向你解释，但我与你父亲都希望能把最好的东西给你，尽我们所能。

　　出门在外，不要给自己太大压力，如果适应不了城区的生活就赶紧回来，家里的羊仔都很想念你。

乌云嘎

5月11日

　　"如果搬地方的话，泽马和黑月初应该就联系不到草场了。"巴卓儿坐在床上，心里居然有点庆幸，这样就不用担心笛拉马上就要离开了。

　　"我也想先找到吴振羽，再去考虑交换的事。"

　　"万一他一直不出现呢？"

　　"为了大家的安全，我会和火绒草交换的，只是不是现在。吴振羽和泽马说，我们这样交换会帮到夏城，我必须确定好。而且……我好像有点害怕交换。"

　　"害怕？是因为邻居的话吗？我以为你相信火绒草。"

　　"我当然相信她，但我不信我自己。"笛拉一副被打败的口吻，"我干不了火绒草在干的事，我不希望来了夏城，还得去清潭高中当借读生。"

　　"这样啊，可你不用一辈子当火绒草，只是去体验一下，你有你擅长的事，火绒草有火绒草擅长的事，你要自信一些，就像你教我做生意要勇敢一些一样。你很好，我还巴不得与你交换呢。"

　　"真的吗？"

　　"真的呀！"

　　"可我才不要和一个初级学校毕业的姑娘交换呢。"笛拉开起了玩笑。

　　巴卓儿装出吐血的样子，直接躺倒在了床上，"恩将仇报呐！"

　　"开玩笑开玩笑，反正我已经是倒数第二了，不对，吴振羽也来了夏城……得了，还是跟你交换吧，就这么说定了！"

　　"真的假的？"

"当然是开玩笑的,谁不想临门再来一脚,说不定就进了呢。"

"什么呀?"

"足球。"

"和火球一样吗?说说,说说。"

"吃晚饭啦,我要吃老鹅。"

下一秒,两人都收拾好心情,出去吃晚饭了。

"来来来,大家举杯,感谢今天的大厨。"米典举起手里的西红柿汁。

"元元真是生了个好儿子,哪家的孩子能这么孝顺,母亲出来聚餐,当大厨的儿子还过来亲自下厨。"所有人都露出羡慕的神色,大块头都有些不好意思了。

"是你教得好。"元元刚把手搭在米典的手上,米典就立刻咳嗽起来,鼓动大家赶紧举杯。

小柿向巴卓儿眨了眨眼,他们都心知肚明。巴卓儿端起杯子,假装生气,看向了另一边。

餐桌上每个人都在谈论最近发生的事情,鱼贩提到小柿那天被打,摊位都被砸坏了,这两天只能摆地摊。

"我找拖沓晨做了个铁架子,快好了。"小柿平和地说道。

"拖沓晨?"巴卓儿第一次听到这个名字。

"一个做机械加工的,手艺不错,就是做事拖沓,大家就给他起了绰号。"

"拖沓晨就是嘴巴厉害,他不是一直吹牛以前是干军火的嘛。"鱼贩提醒小柿,"你让他干点活可得盯紧了,他是能拖一天是一天,受苦的可是你自己,天天摆地摊。"

"要卓儿帮你吗?"米典的声音突然加入。

巴卓儿看向米典,米典向桌上的蜜制西红柿撅了撅嘴,巴卓儿立刻明白了,"小柿,有体力活就找我,我力气很大。"说着就卷起衣袖,露出纤细但满是肌肉的胳膊,小柿不好意思地笑了。

"小柿,你的头怎么样了?"梅齐关切地问道。

"谢谢您那天送我去医院,已经没事了。"

"小柿,用笔杆子起义没用吧?人家直接动手,下回再扔颗炸弹。"

"你毛病了!"梅齐让鱼贩别瞎说。

"不管怎么样,我还是会不断地写,直到大家都看到我的文章。夏城必须推翻继承制,让机会均等,能者居上,而不是关系至上。"

"小柿,那你对军火怎么看?"坚决反军火的米典问道。

小柿坐直了身子,"军火的存在有它的必要性,道理说不通,就只能用军火镇压,如果元首能将自己的天平摆好了,军火自然会慢慢退出历史舞台。我认为军火本身没有问题,怎么使用才是最大的问题。"

"原来小柿还是个作家,难怪他天天在摊位上看书写字。"

巴卓儿也很佩服小柿,他说的话很有道理。

"被打的人反而想得最通,还真是难得。"鱼贩也佩服小柿的思想境界,"那天也真是奇怪,那三个混混怎么一下就被定住了?"

"看来,不是小柿头疼胡说的。"

"我也纳闷呢。我是看到他们被定住了才去擦桌子的。"梅齐也回忆那天的情况,她的早餐店就在小柿摊位对面,"我一边看小柿那边的情况,一边擦桌子,一不小心还碰倒了一位帅小伙的水壶,结果那群混混就立刻动起来了。"

"水壶?"

"和那水壶倒没关系。"梅齐向巴卓儿解释,"但就是因为同时,我碰倒了一位小伙的水壶,刚好混混又动了,总感觉像是自己闯祸了。"

"你怎么了?"巴卓儿感觉到了笛拉的异样。

"就是想到吴振羽到哪儿都爱拎着一个水壶。"

"这不至于和水壶有关吧?"

"不知道……"

"老哥！"

所有人都被鱼贩突如其来的大叫吓了一跳，他要吓的是崇延，对方完全没有加入刚才的讨论，而是不断地吃着鹅肉，面前已经有一堆骨头了，作为一个上了年纪的老人，他的胃口可真好。

"来别人家也客气一点嘛，在家没得吃啊？"鱼贩嘻嘻哈哈地开起了玩笑，但梅齐却立刻朝他使了个眼色。

米典一双眼睛敏锐地盯着梅齐，"我还羡慕崇延的好胃口呢！"

梅齐被看得发毛，直接用力打了一下鱼贩，鱼贩夸张地"哇哇"直叫。

米典用筷子敲了敲砂锅，脸已经板起来了，所有人都停下了筷子。

"听说有段时间，"元元小心翼翼地说道，一边关注着崇延的神情，崇延也默默地放下了碗筷，"说是找心灵师看了，认为是长辈身体太好的缘故。"

元元儿子直接一拳砸在了桌上，巴卓儿和笛拉又被吓了一跳，她们还没明白这里面到底发生了什么。

"说是父亲身体太好，所以他儿子才会生病，好像都不怎么给吃的。"

米典听了不断摇头。

"上星期，我看到崇延的儿媳背着一张摇椅，我一看就知道是崇延的，他特别爱惜东西。我问她去哪儿，她支支吾吾地说去什么市场，我当时就纳闷，她平时见我挺客气的，怎么那天突然就躲我了。"梅齐有些气恼地说道。

元元也叹了口气，她天天跑杂货市场，早就看到了。

"不会吧，难道是邻居买的那张摇椅？"

"很有可能，整个杂货市场也没第二个卖摇椅的了。"

崇延突然起身，表情明显有些僵硬，"各位慢吃，我先回去了。"

元元赶紧让大块头儿子送一下，但崇延拒绝了，"好孩子，你也忙了一晚上了，休息一下吧。"

米典让元元别强求了。崇延一走，餐桌上的气氛就变了。梅齐在怪鱼贩，鱼贩嚷嚷着他哪里知道这里面的事，好心情都打了折扣。

"这样当子女，也太过分了吧！"

"我们把摇椅买回来吧！"巴卓儿提议道。

"崇延的问题可不是一张摇椅就能解决的。"

巴卓儿偷偷注视着不说话的米典，她比平时严肃了许多。

吃过晚饭，女士们都在帮忙洗碗，鱼贩盯着新闻继续向小柿抱怨政府，小柿好脾气地不时搭上一句话。元元的儿子坐在门口抽烟，看到巴卓儿在擦桌子，向她招了招手。

"能给我留一套师傅画的盘子吗？"元元儿子的声音很浑厚，说话时还向巴卓儿身后使了个眼色，是小柿，他咧嘴冲巴卓儿笑了笑，他们都知道，只是故意不揭穿米典罢了。

巴卓儿点了点头，元元儿子握着滚圆的拳头，放了一卷钞票在巴卓儿手里。巴卓儿塞进口袋，不动声色地继续回厨房帮忙去了。

整理完毕，所有朋友都回家了。巴卓儿洗完澡从浴室出来，米典正转着轮椅从客厅过来，刚才还听到她在打电话。

"这个时间，还要画画吗？"

米典已经将轮椅转到画室门口，"睡不着，你赶紧休息吧。"

巴卓儿看着米典进了画室，里面很快就传出画笔敲击水桶的声音。

巴卓儿回了房间，"要不要安慰一下米典？至少她自己不存在这样的问题啊。"

"你都说了，她自己不存在这样的问题，可她还这么心事重重的，你知道原因？"

"不知道啊。"

"那就睡吧，咱们解决不了。"

巴卓儿爬上床，靠着床背，隔着房间还能听到敲击声。巴卓儿心里担忧，但也没有办法，这两天总觉得视线模糊，人越多的地方，越是不清楚，空气里总像飘着一股薄烟。可能是连续工作累着了，她打了个哈欠，伸手关了床头灯。

"咔哒"

"咔哒"

巴卓儿在睡梦里隐约听到了齿轮转动的声音，睁开眼，门缝里透出了光亮，刚才明明关了客厅的灯。巴卓儿睡眼惺忪地打开房门，画室里不再传出动静，走去一看，米典出去了。已经临近午夜，巴卓儿怕出什么意外，也赶紧出了门。下了楼梯，米典的轮椅刚好拐进一个弄堂。

"这么晚要去哪儿？"

"会不会是去找元元？"笛拉说道。

"她可以打电话啊，这么大晚上的出门，多不安全。"

巴卓儿小跑着跟上米典，连续过了好几个街口后，巴卓儿看到有个和元元儿子差不多身形的男子站在路灯下。他也看到了米典，缓缓向她走去，似乎是想上前帮米典一把。

"不用你帮忙，我现在比你活得好！"

米典的声音，比平日尖锐了很多，不过是灯光的缘故吗？巴卓儿用力揉了揉眼睛，她总觉得那个大块头周身烟雾缭绕，连长相都看不清。

被呵斥过后的大块头有气无力的，很快就疲惫地撑着自己的膝盖，像个无力的巨婴。

"你越活越颠倒了，我都为你感到可悲。"

"师傅……"

"我可不敢当，连父夺子寿这种话你都信，我不过教了你几天做菜，一把年纪还活得没病没灾，哪天你要是把注意力移到我身上，我是不是也该和你父亲一样，坐着等死啊？"

原来是崇延的儿子，他喊米典师傅，看来是和元元儿子一样的性质，巴卓儿竖起了耳朵。

"我也是没办法……"大块头的声音很微弱。

"真是奇怪，你父亲一个人把你养大，遇到那么多没办法的事，怎么就没想过你是来给他添堵折寿的，可到了你这儿呢，一遇到坏事第一个想到的就是他，他活该吗？吃了那么多苦，遭了那么多罪，最后还得当你的祭品！"

"您别说了。"大块头声音颤抖，"我也不愿意，可我真的没办法……太痛苦了……每天都像有火烤着我……如果可以，我想结束我自己，可是我也有孩子……就像我父亲养育我，我也得养育我的孩子……活着那么痛苦,可我不敢就这么走了。"

巴卓儿觉得眼眶酸涩，崇延儿子的话让她听着难过，他身上的烟雾看起来更重了。

米典在黑暗里沉默了，过了好久才开口，"你啊，有病就治，治不好就善用活着的时间，我说的善，你明白是什么意思吗？"

身影在黑暗中没吭声，巴卓儿在那层烟雾里看到了一丝光亮，难道是灯光打上后的错觉？

"你没必要给你孩子留一个可怕的垂死印象，你现在所做的事，会影响他们一生。人活着，终究是要自己照顾自己的，你无须给自己这么大的压力。倒是你父亲，如果他真的走在你前面，你觉得你能安心长命百岁吗？除了那么多张在你背后说这说那的嘴，你还要祈求你的孩子千万别生病，以免将来有一天你还要步你父亲的后尘！"

身影彻底跪坐在了黑暗里，巴卓儿看清了他身上的光，那是一层薄薄的火焰，粘在他身上很多处地方。

"我看到了！我看到了！他身上有火！真的有火！"巴卓儿慌慌张张的，像个陀螺一样原地跺着脚。

笛拉也看到了，崇延儿子身上有一层火焰，难怪他说热，"你要干吗？"

"我要一根棍子，一根棍子。"巴卓儿比画了一下。

"棍子？"

"我要唤火！"

巴卓儿的眼里亮闪闪的，她觉得自己快哭了，她从没想过自己会在这样的情况下看到火星，不对，是已经变成火焰的火星。她现在一直在脑子里回想着巴伊悔念过的唤火咒。而笛拉看到不远处一栋房子前立着晾衣服的竹竿，管不了那么多了，跑去拆下了那根有近五米长的竹竿。

　　"太长了。"

　　"折断就行。"笛拉直接将竹竿前端相对较细的部分折了下来，自己也觉得搞笑，这样做到底有没有用？

　　"可以的，我可以的。"巴卓儿默念着，重新来到街道口，手里举着那一米长的竹竿，样子有些滑稽。

　　"我年纪是大了，但耳朵却出奇的好，尤其当别人说我教的徒弟不懂事，我听着特别难受……"

　　"火星雨，火，火焰花，飞来我的……身边，开出美丽的花。"巴卓儿磕磕绊绊地念了一遍，又流畅地念了一遍，但崇延儿子身上没有任何变化。

　　"行不行？"

　　"我没学过，都是偷听的。"

　　"火星雨，火焰花，飞来我的枝头，开出美丽的花。"话音落，巴卓儿感觉到一股扑面而来的热量，笛拉也在用力握着那根竹竿，对方身上的几处火焰发生了雾化，火焰化成了火星，火星像红色云雾一样从崇延儿子身上腾了起来。

　　"卓儿，你真是个天才！"

　　米典也看到了徒弟身上的变化，微微扬起了头。

　　"你要把摇椅搬去哪儿？"

　　"坏人我来做，你好好养身体。"

　　"我这病和爸有什么关系？我们这么做，他会寒心的。"

　　"寒心？你就算不为我着想，也该为孩子想想，他们这么小，你要他们没父亲吗？医生说你没得治了,我偏不信!"

巴卓儿闭着眼睛,她听到很多崇延和他家人的日常对话,卖摇椅、给很少的吃食……很多的争吵。巴卓儿集中注意力,在心里再次念起咒语,有近一半的火星向着竹竿飞了过来,把竹竿包围了,巴卓儿挥舞着竹竿,将整片火星都搅动了起来,可是过了好一会儿……

"粘不上!"

笛拉注意到,火星是把竹竿包围起来了,但并没有像正常的火星一样将竹竿点燃。

巴卓儿的手抖得越来越厉害了,火星出现了往回飞的现象,顺着原路,又一点一点地回到了崇延儿子的身上。

这一动作耗费了巴卓儿不少体力,额头都流下了汗珠,她失望地看着没有变化的竹竿,一抬头,就看到米典已经面向她的方向。巴卓儿扔了竹竿,逃跑一样地离开了那个街口。

"你为什么一下能看到火了?"

"我也不知道,这两天总觉得眼睛很难受,刚才听米典她们说话,我同情崇延,也同情他的儿子,所以就看到了。"

巴卓儿一口气跑到了哒哒旅行社的废墟前,两手撑着膝盖不断地喘气。

"你做的是好事,不用躲。而且我真替你开心,你的血脉是有用的,你是唤火师。"

巴卓儿的肩膀突然抽动起来,泪水夺眶而出,她心里五味杂陈,是激动、是惭愧,又有一种终于等到了的感觉,她知道自己与父母的所有不快都因为她能看到火,而解开了,原来真的有火。

笛拉不再说话打扰她,而是静静地等她哭完,过了好久,直到轮椅声靠近,巴卓儿才停止了抽泣。

"你这梦游的距离还真够远的,刚才是在放烟花?"

巴卓儿肿着眼睛回头看米典,她的轮椅停住了。

"家里来了个唤火师,你怎么没告诉我?"米典一把年纪,自然对唤火有印象。

巴卓儿擦了擦眼泪,"你也没告诉我,你根本没有一个姐姐,叫米拉。"

米典没想到自己已经暴露了,愣了一下,随后发出了一阵苍老的笑声,"原来你已经知道了,怎么不来和我理论?"

巴卓儿吸了吸鼻子,"我知道你是为我考虑。"

米典笑得更厉害了,"你懂事得让我惊讶啊!不过唤火师就是得了解各种情绪才能唤火,你刚才……"

"刚才并没有成功。"巴卓儿很明确这点,并对此感到有些失望。

"那你听到我说的那些话了吗?"

"听到了。"

"有道理吗?"

"有道理。"

"那就行了,咱俩至少有一个算是成功了,希望他多少能听进一些,挤掉一些脑子里心灵师的话。"

巴卓儿想到之前超认真说的情况,没想到身边就有这样的事发生,"他们怎么能去听心灵师的话呢?心灵师已经闹出很多事了!"

"可人一旦不得志就喜欢去找心灵师解决问题,自己看不清方向了,就将判断交给别人。可别人凭什么对你负责呢?就为你那一点点算卦费,就要把医院都治不了的病给你治好了?想得也太美了!"

"那心灵师和唤火师有什么不同?"笛拉有些冒犯的问道。

"唤火师安抚的是情绪,而不是告诉你解决方法,自己的问题还是要自己解决,你是唤火师,不会不懂吧。"

巴卓儿勉强能理解,"可崇延为什么不反抗呢?遇到这样的事还一声不吭,他可以早点告诉你们。"

"家丑不可外扬，何况他觉得这是为他儿子好，只要他儿子能好，他哪里还会去管这件事的对错。其实父母和孩子在一起，看起来他们是长辈，他们在管着孩子，可实际他们并没有想象中高明，他们对孩子的事缺乏经验，又容易心软。他们是会一眼看出某些事对他孩子有威胁，可一旦这个威胁打着'为孩子好'的幌子，他们就会失去判断力。所以啊，别去怪你的父母，管你管错了，或帮你帮错了，因为他们不管怎么做，都不会一点错都没有。不过有一点是错不了的，就是他们一心为你，那颗心错不了。"

巴卓儿再一次模糊了眼睛，但这一次好像是因为笛拉。

"爱哭鬼，你以后别生孩子不就完了。"

"人还是不要断子绝孙的好。"

"哼！"米典有些愤愤地将轮椅转向了她的高跷房子，"你知道我这房子为什么要这么盖吗？"

"你本来就是个想法很奇怪的老太太啊。"

"不是我想法奇怪，是因为以前有人告诉我，只有把自己的门槛抬高了，乌七八糟的事才会从根本上变少。我都照做了，也打定主意不管别人家的事，但房子高了有楼梯……"

"你还有电梯。"

"是啊，我总是忍不住要爬下来。"

"米典，既然你不喜欢和别人来往，为什么还要让我住下？"

米典微微扭动了脖子，"这些天我也在想这个问题呢，可能人老了，就会有意无意地去往一些预言上靠吧。虽然我不相信什么心灵师，可那乞丐说他是火萨呀。"

"火萨！"巴卓儿和笛拉都紧张了起来。

"火萨的预言，我当然信！"

"什么预言？"

"火萨说，等我老得走不动了，我会遇到一位忘年交，她会送我一份大礼，我想那个忘年交应该就是你喽！"

"大礼？"巴卓儿也变不出什么大礼啊，"你不会是要克扣我的工资吧！"

"果然！说什么让我年轻十几岁的大礼，现在收到了，我是活活被你气年轻的。这会儿都能站起来跑了！"

巴卓儿不好意思地挠了挠头，"你是真的扭到腰了吗？"

米典有些后怕地哼哼道，"我都不敢再伸懒腰了，受伤的那段时间，我躺在床上没法动，只有这手腕稍微受一点腱鞘炎的影响，不过动起来还算能用。我年轻的时候就一直想学画画，但为了生计，家人送我去学了厨子，当厨子的时候，我就对摆盘、配色很感兴趣，83岁才开始自己的梦想，是晚了点。"

"不晚啊，你画得很好。"巴卓儿和笛拉都这么想。

"对，不晚，我还遇见了一个忘年交，我还能年轻十几岁。"

巴卓儿被米典逗笑了，来到她身后，推过轮椅，"不管年轻几岁，现在也该睡了。"

"再不睡我都该起了。"

"等等。"笛拉喊住了她。

"怎么了？"米典感觉身后不动了。

"等我一下。"

巴卓儿回头查看废墟，跑回来的时候光顾着哭了，刚才随意扫了一眼，并没有掉在别的地方啊，但那架纸飞机不见了。

第八封信

斐思，

　　单火筒的问题终于找到了，是电源正负极接反了，这真是一个太低级的错误，以至于一开始我们都忽略了这点。

　　单火筒的问题，是我11年前答应政府入股后的副作用。任何特效药都有副作用。我当时是为了保住屠卡不被其他军火公司吞并，才答应政府入股的，而这些年我的诉求确实也达到了，但很多问题接踵而至。公司因为有政府参股，看起来是一体，其实在很多环节都分成两个帮派。政府入股时捆绑硬塞过来了一大群"骨干"，他们的性质与公职一样，在城企工作了一辈子，政府生于人道，不仅为他们安排好了新工作，还为他们的子孙后代也做了同样周到的安排。

　　屠卡向来都是从高级学校招聘人才，那些"骨干"与年轻人不是一个时代的，我们自然也不会以现在的招聘标准去要求他们。可"骨干"的后代呢，他们以公职人员的标准进入军火公司，我不是瞧不起中级学校，只是那个级别的学习只能算是入门，完全谈不上精通，但军火是要人命的东西，怎么敢让一些只了解皮毛的人插手？可这些"骨干"后代却以完全优于正常员工的水平大摇大摆地进入公司，所幸我还有权力将这些后代们统一规划到老厂区，合并过来的时候政府给他们配备了"家舍"，那是相当威严的建筑，里面当然也有一些用得上的设备，像高压机。

　　关于高压机的事，那已经是前两天我在老厂区开会时碰到的情况了，刚好遇到屠卡本部的实验员拿着150个火弹所需的减压器去打高压，我跟看看完了后半程，测试过程非常顺利，150个减压器全部合格。结束后，我们站在实验室外等着工作人员把150个零件拿出来，可里面迟迟没有动静，我们进去一看，发现一位年轻姑娘正趴在零件上认认真真地点数！她要是再那么认真地压着零件，减压器的密封口就得全部废掉。可她那副认真的模样让你不忍责备。她神神叨叨地说，这里有250个零件，可实验员只付了150个的测试费。实验员说这位姑娘经常点错数，把150点成250。年轻姑娘看起来非常坚持，要是实验员不把检测费补上，她就压着减压器一遍接一遍地数。最后实验员没办法，只好拿出一张纸，陪着姑娘每数五个零件画一个正字，这才拿回了辛苦做出来的减压器，也省去了那多出的100个零件的费用（按照道理是不该收费的）。

回头我就告诉青墨，安排这位姑娘离职。可那位姑娘在今天接到离职通知后，就开始连哭带骂，声称自己是烈士后代（她父亲曾经因为违规将火药在地面拖行，导致火药爆炸，"光荣牺牲"），她哭诉自己在厂卡受到了不公平的待遇，不仅没受到照顾，还要被狠心开除，点数时的虚弱与神经质完全没有了，还站在厂外的运河边慷慨激昂地对着一众"骨干"们开了场大会，控诉我的不仁道。那精神状态、那逻辑思维，完全不像一个能把150点成250的人才。在进行完一场把自己彻底感动了的演讲后，便纵身一跃，跳进了那条运河。

她的行为让我见识到了什么叫"一石激起千层浪"，围观的"骨干"看到了对自己饭碗的威胁，又感觉不趁此大宰一笔实在对不住已经被炒起的气氛，立刻在厂里搞起了罢工和起义，直到政府派军队过去镇压，开枪警告时凑巧打死了一只飞过的小鸟，这才平息了那场动乱。而那位声称不会游泳的姑娘，在跳入运河后，在生死关头居然还开发了潜能，临时学会了游泳，用狗刨的方式爬上了岸，我真的被她视死如归又不忍轻易死去的双重人格震撼了。

我经常被老厂区的愚蠢行为激怒，情绪波动以至于忽略了一些真正的问题——他们的技术能力。老厂区一直在生产能力上存在很大的问题，但为了对得起他们领的工资，也会适当干些活，一般任务下达，会按照4:1的工作量分配，公司本部接4，老厂区接1（就是这样，他们也总是以各种理由完不成），而电源接反的单火筒恰好是从那该死的1里面抽出来的。以后要成立一个部门，专门将老厂区的活全部重测一遍（这等于要把活重干一遍）。他们的检测部，是被请吃顿饭、做次肩颈按摩就能开出合格证的部门，而且一旦出了问题，他们有一百万个理由让自己置身事外，其实老厂区的"骨干"在撒谎骗人、掩盖事实方面完全称得上是人才，玩弄心计，人前一套人后一套，本部的高材生完全不是他们的对手。

工作快11年了，发现真正难以解决的，往往不是技术问题，而是人的问题，他们总让我很头大，让我不明白干点活而已，为什么要干得那么复杂？

要是让我不断抱怨，我估计能写十几张纸。可是我也知道，虽然我对老厂区百般不满，被他们弄得浑身难受，但他们刚好是用来保护我的沉重盔甲，硌到肉是在所难免的。

因为最近发生的一系列事情，我又被约谈了。这回居然是元首！想想也是无奈，我读书时从没遇到过被请家长的事（在笛拉的世界除外），可工作后动不动被这个政府部门约谈，被那个局里警告。元首的谈话格局就更大了，那种谈话，甚至都不会谈到具体的事件，但他就会让你站在政府的角度去看待问题，元首顾虑到现在夏城对继承制的抗议越来越多，屠卡算是政府的半个内部机构，让我们在这种时候千万不能里应外合，伤了公职人员的心。所以说来说去，为了他的稳定和制衡，一定不能被一己私欲冲昏脑袋，去开掉一个与政府有情分的员工，这也会伤了政府与屠卡的感情。

奖思，我知道我与一位小员工过不去，是我有失风度。可元首越让我顾全大局，越护着那些无用的骨干，我心里的火就越大。这些一再出错，只在乎每个月工资多少、工作轻松与否的他妈的"骨干"！就可以在那里不知廉耻地抗议、闹事，我还得哄着，接受他们的"不懂事"！可被削了脑袋的小军人呢，谁为他想过，他可是到死都没说过一句夏城政府的不好！他是活该搭上自己的命吗？

老实说，我心里真的有些埋怨，夏城现在的一切，那些看不见的火，生不了城的诅咒，都是因为元首的错误决定，他就不该将鄂科族赶出迷失森林！更不该推行什么继承制！

有时候，我能明白笛拉想炸学校的心情，我都想去炸点什么了，打击一下政府的愚蠢！让他们也变点教训！

（抱歉！我先去冲个冷水澡！）

你在信上说，我应该接受交换，改变一下工作节奏或许会有意想不到的收获，没错，一做题我就整个人都放松下来了，可一想到我要把这一堆事交给一个孩子，我就对她很抱歉，不过泽马那边也还没有消息，再等等吧！

下周你也要来城区了，我真是迫不及待地想要见到你。很抱歉，今天抱怨了很多，等见了面，我们一定说些开心的。

火绒草

5月15日

11.
倒退的中级学校

正午的阳光打在信件上,眼睛已经看得很疲惫,巴卓儿将母亲的来信又读了好几遍,她越发能体会父母的苦心了,什么都不告诉她,确实是为了让她活得更轻松一些。但巴卓儿也感觉到,来城区的这段日子,她不再像原来那样心不在焉了。两周不到的时间,她似乎成长了很多。

笛拉时刻注意着往来的客人,从早晨的忙碌到现在的空闲,她一直留意着吴振羽会以什么样子出现。

"我还是觉得奇怪,我记得吴振羽常穿的那种运动服,亮黄色和黑色相间的。"

"这不是和火绒草在信上写的一样吗?"巴卓儿收起自己的信。

"就是太一样了!难道他交换都不选人,不选意识的吗?"

"可能他选了一个和他差不多的运动员交换。"

"夏城的运动员,你指火球员?"

"很有可能啊,说不定这些天他一直在训练,库鼎队的公开训练可是到昨天才结束。"巴卓儿看到元元过来了,见她两手空空,"我的午饭呢?您忘拿啦!"

元元笑眯眯地走过来，"走吧，今天提前下班，下午要干别的活。"

"干什么活？"

巴卓儿起身盖雨布，元元也上来帮忙。

"去中级学校送盘子，新画好的盘子要送去烤，以往都是过来拿的，但今天说有事在忙，米典就让你送过去，梅齐的电动三轮车，会开吧？"

"会，我连马都会骑。"能离开一会儿摊位，巴卓儿别提多开心了，"元元，城区有几所中级学校？"

"几所？好像是按专业分的，管理类一所，运动类一所……"

"傅朵和超认真是艺术类的！"

"那就没错了，你要把盘子送去陶艺工作室，陶艺和画画听着就是一家的！"

巴卓儿雀跃起来，收拾好了东西准备和元元离开。邻居回来了，她趁午间的空当去洗了椅子，背在肩上，打湿了一半的衣服。

"洗好了？"

邻居气喘吁吁地叉着腰，"等晒干了，明天就给我师傅送去。"

"你师傅？"

"哦，教我画烫画的。"

"邻居应该是在替她师傅卖烫画吧！"

巴卓儿点了点头，"我今天下午有事，先走喽。"

回去的路上，元元一步三回头，她是在看那张木摇椅。

"那就是崇延的，您说我要去帮他买回来吗？"

元元摇了摇头，"你是个好孩子，但这些问题还是让他自家解决吧！你和米典都尽力了，大晚上还去帮他。"

"米典都和你说了？"

"说了，没想到小卓儿还是个唤火师呢。"

巴卓儿有些不好意思，"我还不算，昨天也没有成功。"

"但拥有唤火的天赋肯定是件很棒的事吧。咱们这一带住的多是老人,我们对火星雨和唤火师可是很怀念的。之前有段时间,政府总在宣扬火星雨和唤火没用,起初我们还觉得气愤,但时间久了,好像也被说服了。"

"我明白,毕竟天都不下火星雨了,我之前也这么想。"

"可现在回头看看,我还是觉得以前更好,不是生活条件的好坏,而是这颗心,它一点都不慌,火星雨一下,唤火师一来,就觉得没什么可慌张了。所以小卓儿,既然受火萨眷顾,拥有唤火的天赋,就一定去坚持吧。"元元轻轻拍了拍巴卓儿的后背。

巴卓儿还是第一次听到,有人这么温柔地劝她去唤火。而这个动作一下让笛拉想到了自己的奶奶,她总是这么温和地与自己说话,离开前会拍一拍她的肩膀,给她鼓劲。今天是周四了,这个时间在清潭,笛拉就会开始盼着奶奶来了,一转眼,自己来夏城都快两周了,还真有些想家。

巴卓儿满头大汗地吃着米典做的炒饭,一双眼睛一直盯着电视机。事先把盘子装进三轮车是对的,因为电视里正在转播一则抗议活动,地点就在艺术类的中级学校附近。

"要不就不去了吧。"

巴卓儿朝元元使劲摇了摇头,"电视里都说解散了,盘子我也拿下去了,再搬出来会磕坏的,而且梅齐奶奶每天都要用电动车,再借一次多麻烦。"

"说她懂事,但终究是个孩子,心早就飞出去了。"米典放下碗筷,"盘子弄好了就回来,今天就不要去见朋友了。"

听米典的口气是认可了,巴卓儿火速将最后几粒米饭扒拉进嘴里。

"慢点儿,还有汤。"米典将一碗冬瓜排骨汤推到了她手边。

巴卓儿像喝水一样喝完了一碗汤,"下回,能煮一次蘑菇排骨汤吗?"巴卓儿心里一惊,感觉要消化不良了——笛拉怎么开始点菜了?身为员工居然向老板点菜。

"什么蘑菇？"

"口蘑，小朵的，适合炒着吃的。"

米典看了眼元元，元元觉得没问题。

"你都说适合炒着吃了，为什么还要做汤？"

"因为我想我奶奶了。"

巴卓儿突然就红了眼眶，情况很不妙，在餐桌上哭出来可不好，"不做也没关系，我先走了，先走了。"

巴卓儿飞快地跑出门，元元听着"咚咚咚"的下楼声，中间似乎还滑了一跤，"谁告诉她口蘑只能炒着吃的。"

米典喝了口冬瓜汤，扔了勺子，"以后别给我带那么大的冬瓜，一个能吃一夏天，想换个口味都不成。"

元元捂着嘴笑了。

巴卓儿真是哭了一路，笛拉这想家的念头一冒出来，真是拦都拦不住。已经开了快半个多小时了，巴卓儿吹着热风，笛拉的思乡之情总算缓和了一些，但她还是不怎么说话，只是不时看一眼手里的简易地图，给巴卓儿找有阴凉的地方走。

"走那个弄堂吧。"笛拉带着哭腔说道。

巴卓儿转动龙头往弄堂拐，才拐进去，就看到弄堂里坐着好几个年轻人，穿着鲜红的上衣，额头上还绑着布条，他们看到有人进了弄堂，都警惕地直起了背，眼睛直盯着巴卓儿。这气氛弄得巴卓儿很不自在，窄小的弄堂里车开不快。三轮电动车的平衡，越在意就越难把控，巴卓儿差点撞到其中的一个年轻人，对方抬了抬脚，立刻护住了身后的一个长条形物件，物件上盖着一块灰布，搞得神神秘秘的。

车子总算出了弄堂，巴卓儿起了一身的鸡皮疙瘩。

"那是什么东西？"

巴卓儿摇摇头，用力吐了口气。

"刚才的感觉真像在学校的走廊里。"笛拉总算有兴致说话了,"每次下了课,女生都要手拉手才敢去上厕所,因为男生会很嚣张地站在走廊两边,他们面对面聊天、打闹,而女生要从他们嬉笑的目光中走过,那种感觉和刚才差不多。"

"你想回去了是吗?"

"我想我奶奶了。"

"要不明天我们去沙尘酒馆找索娜吧,让她联系黑月初和泽马,你那朋友也不知什么时候会出现。不管怎么样先交换意识,等你成了火绒草,拿着火焰门票了,想什么时候回就什么时候回。这场交换本就应该是这样的,夏城的诅咒不该是你的负担。"

"那你……"

"我自己会卖盘子了,没问题的,周末傅朵和超认真也会过来帮我,你也可以过来看我啊,不过到时你要给我们买火球冰淇淋,最大的那种。"

巴卓儿又红了眼眶,这回已经分不清是她们中哪一个想哭了。笛拉虽然想回家,但因为巴卓儿这番话,反而坚定了她想要帮夏城破解诅咒的决心,心里直想着吴振羽快点出现。

电动车开到了中级学校外的马路上,不管在哪个世界,学校外总有各种各样配套的小吃店。有好几个穿着鲜红色衣服的人从一家快餐店里走出来。

"小柿?"小柿穿着红色的衣服也走在人群间,额头的绷带已经去掉了,贴上了小块的纱布,巴卓儿发现人群里还有几张熟面孔,似乎都是早市摊的摊贩。

小柿也看到了她,"卓儿,你怎么在这儿?"

巴卓儿握紧刹车,车子在人群旁停了下来,"我要把米典画的盘子送去学校,你怎么也穿这种衣服?"

"今天集会抗议,组织很久了。"小柿看起来挺兴奋。

"这是闹事!你们都上新闻了!"

"小姑娘,我们动口不动手的。"队伍里一个瘦削的男子抢着说道,他嘴里叼着一根牙签，略长的头发油腻腻的，明明是地痞流氓范儿，却因为说话语调透出一种特别的喜感。

"他就是拖沓晨。"小柿小声说道，让那群朋友们先走，卖报男孩也向巴卓儿挥了挥手，"我们只是想让政府听到大家的心声，不想闹事的。学校还在这儿呢，我们也不想给孩子们树立坏榜样。"小柿说起话来还是往日的轻声细语，这样的人哪里能闹事。而且他这一支"队伍"走在一起的感觉，更像是约好了出来运动，出了一身汗，再一起打牙祭，和在弄堂里看到的那几个年轻人，气势完全不同。

"对了，卓儿。""队伍"已经往前走了，"明天你有时间吗？"

"怎么了？"

"你愿意来帮我搬架子吗？拖沓晨已经做好了，我只要把它搬回来就行了。"

"当然愿意，你的事米典会同意的。"

"小柿走了！再不解散，等会儿公职人员要提枪来赶了。"说话的还是拖沓晨，小柿向巴卓儿招了招手，小跑了过去。

巴卓儿重新发动车子，"真没想到，小柿这么安静的人，也会参加抗议行动。"

"一声不响的人最容易一鸣惊人。"笛拉突然发现副校长的话还是很有道理的，"赶紧走吧！"

如果清潭高中是所牢笼，那夏城的中级学校，就完全称得上是一座公园了。进校门也没遇到什么阻拦，岗亭里的警卫只是上来询问了一声，看了一下车子里的物品，就大方地放巴卓儿进去了。这要在清潭，得多方联系，一再审核，才能允许放一个人进门或出门。

巴卓儿欣喜地看着校园里的路标，寻找陶艺工作室。中级学校太漂亮了，依照地势而修的水泥道，弯曲中又有些小坡度，作为学校道路，真是一点呆板之气都没有。

"看看看，那是向日葵！"

笛拉兴奋得快要冲出巴卓儿的天灵盖，眼前一整片金灿灿的向日葵，把她的心底都照亮了，枝干纤细，却能撑起一面面金色的大圆盘，在太阳下闪着耀眼的光芒。向日葵旁就是教学楼。

"哇噻，教学楼还能这么造！"巴卓儿想到了自己的初级学校，完全不在一个档次，"我的学校要是长这样，我也要上学。"

"你说出了我的心声。"

夏城的焦煳味建筑在中级学校里完全看不到，这里的房子采用了大量的玻璃，有一栋建筑通体都是玻璃造的，从远处看还能看到里面有人在走动，包裹在里面的橙黄色木门就像是水果糖里的夹心，太吸引人了。巴卓儿开着电动车在校园里行驶，每栋建筑都有自己的大门朝向，学校里又满是郁郁葱葱的植被，在这样的学校上学，每天都像在春游。

"等送完盘子，我们在学校逛一圈吧。"

"同意同意。"

挨着一条小河，柳树的枝条都垂到了停车的水泥道上，陶艺工作室就在那儿，而工作室上方架着一条铁质走廊，走廊直接跨到了河对岸，那里有座小山丘，山丘上长满了植被，那个角度应该能更好地看清玻璃柱。

巴卓儿将车停在水泥道上，工作室门开着，里面却静悄悄的。一进去就明显感到凉快了许多。空气里的泥尘味并不刺鼻，巴卓儿听到了咳嗽声，一位谢顶的中年男子戴着眼镜，右手夹了四支画笔，左手不停歇地在一块略白的泥土上涂涂画画，整张工作台上都摆满了这样的小泥块。米典说过，工作室的负责人姓蔡。

"您好蔡老师。"

男子抬起头，头顶稀疏的几根卷发在微风里滑稽地飘着，巴卓儿的紧张情绪一下就被冲淡了。

"是米典叫我来的。"

"烤箱就在你身后，调到180℃，烤20分钟就可以了。"巴卓儿身后有个方正的淡蓝色烤箱，蔡老师说完又立刻投入到自己的工作中。

巴卓儿不知所措地摸了摸烤箱,"你弄过吗?"

笛拉瞅了眼一旁的按钮,"还算能看懂,咱们就先放进去吧。"

巴卓儿打开烤箱门,里面有好几层铁丝网可以放盘子,回头看了看蔡老师,他还在忙手里的工作,突然问道,"现在几点了?"

工作室也没别人,巴卓儿看了眼墙上的挂钟,"1 点 30 分。"

"真是要疯了,烤箱赶紧用哦,等我涂完这里的玻璃釉,也得用烤箱。"

巴卓儿立刻急迫起来,跑出工作室,搬了一部分盘子进来,放进烤箱后,笛拉摸索地调温度,"蔡老师,能不能帮我看一下,我第一次弄,担心把米典的盘子烤坏了。"

"真是麻烦。"蔡老师嘴上这么说,但还是提着画笔过来了,扫了一眼,多按了一个按钮,"风扇得开,要不温度会超。"

巴卓儿在一旁记下了所有按钮,看好了时间,"我估计要分三次放,一次放不下。"

"可以,我这里的工作两个小时内完不成。"蔡老师又回到了工作台前,不再多言。

巴卓儿这才有功夫去仔细观察那一整桌的小泥块,居然都是依照火球员造型做的,有射击,有跳跃,还有挥舞火球棍的动作。所有泥块都一样大小,蔡老师正在给模型上色。

"这是做什么用的?"

蔡老师用画笔挠了挠头顶,"火球场装饰,明天早上就得送过去,今天必须要烤好。"

"每个都要上色吗?"

蔡老师闷头"嗯"了一声。

"我能帮忙吗?"笛拉问。

"这可不是邻居的烫画。"巴卓儿提醒她。

蔡老师抬头看向她，疑惑中似乎又不想放弃这个机会，"你是哪个系的？"

"我是米典的员工。"笛拉紧张地搓了搓掌心的汗。

"你看我这脑子，平时我也会叫美术系的学生过来帮忙，但他们今天有阶段考，不好耽搁他们。"蔡老师用画笔更用力地挠了挠头，"要不你试试？"

笛拉开心地掰起了手掌，巴卓儿却没什么兴致。

蔡老师翻出两种不同颜色的照片，各三张，"总决赛的两支球队，撒特队，主打色是红色。库鼎队，主打色是蓝色。里面细节的颜色都已经配好，你只要按照这个图片上色就行。这上面涂的是玻璃釉，等会儿要放在700℃的烤箱里烤制，颜色我已经配好了，你按照彩图上色就行，慢慢地，不用急。"

笛拉也不知哪来的自信，觉得这一点都不难，往固定的区域填颜色，她从小就愿意做这样的事。笛拉在蔡老师对面坐下，她没用过画笔，但用过毛笔，画笔的毛刷与毛笔的触感很像，但更有弹性，刷了两笔也就上手了。没出10分钟，就完成了第一个，蔡老师过来瞅了一眼，很满意，"你接着画吧，我觉得有戏。"蔡老师的语气不像刚才那样急迫了。

"你以后学画画呗。"

"不要。"笛拉沾了一笔绿色，刷在火球员的裤子上。

"耐心真好。"

"你安静一点，我会拿不稳笔。"

"好吧，我看着时间，你安心画。"

工作室静悄悄的，不时有微风刮进来，窗外传来好听的蝉鸣声，陶艺工作室偏僻，连脚步声都像自动离远了。蔡老师和笛拉都埋头上色，巴卓儿注意着时间，分三批放的盘子很快就烤制结束。巴卓儿又把小泥块一一往里放，将温度调到700℃。

桌上没有上色的泥块越来越少了，笛拉只专注于上色，什么话都不想说，这种无与伦比的专注感她从来没有过，低着头，每完成一个就稍稍松口气，然后屏气凝神再画另一个。巴卓儿受不了这种单调重复的工作，打起了瞌睡，但笛拉却一头扎了进去，觉得很有意思，任何烦恼都随着笛拉的笔刷，一下一下地被刷走了。她不再考虑清潭高中的事、夏城的事，以及火绒草的事，她只觉得自己很专注，一心一意投入进一件事的感觉，那么好。

蔡老师结束了手里的工作，抬头看向巴卓儿，她在进行最后一个泥块的上色，墙上的时钟已经指向7点，这个过程，真是安静极了。蔡老师摘下眼镜，走去将烤箱中的活儿拿出来，又将新绘制好的放进去，这时笛拉手里的工作也结束了。

笛拉伸了个懒腰，扭了扭脖子，心底有种前所未有的满足感。

蔡老师给巴卓儿递了杯茶，"你耐心不错。"

笛拉自己也没想到，巴卓儿到最后直接睡了个漫长的午觉，闻到茶香才被唤醒。

"很多美术系的学生都没你这个定力，屁股一点都坐不住，一会儿要听音乐，一会儿要出去走动走动，他们认为画是玩着玩着就画出来的，这样的孩子其实不适合学美术。"

"我没想学美术。"听了这话，笛拉反倒有种急于澄清的意思。

蔡老师呷了口茶，心想难道是自己理解错了意思，神色变得调皮起来，"那刚才不算我逼你工作吧。"

"不算不算。"笛拉笑着摆手，一看窗外，天色已经黑了，"都这么晚了！"

"是啊，你家米典都打电话来催了，担心你走丢了。"

"米典打电话了？"

巴卓儿在心里表示自己刚才睡着了。

"你没听到电话铃声？"蔡老师指了指工作台上的电话。

笛拉完全没意识到，赶紧放下茶杯，和蔡老师一起把盘子放进电动车里，用软垫将盘子固定好。

"不用着急，我等下再给米典打个电话，说你才走。"

可巴卓儿原地站住了，盯着远处的那栋被走廊挡了一半的玻璃建筑，它亮起了灯，在夜色里熠熠生辉，比白天更漂亮了。

"阶段考很磨人呐,今天又不知要到什么时候才会结束。"蔡老师忍不住感叹道。

"您能不能告诉米典,我还要晚一会儿回去,我想在学校逛逛。"

蔡老师扬起了眉毛,"举手之劳,但别太晚了。"

"那我把车停上面。"

"停在旋转楼梯那儿,对门就是雕塑室,你可以去看看。"

笛拉告别了蔡老师,巴卓儿小心将三轮车开到了铁质走廊的起点,那里果然有个旋转的铁质楼梯,通过它,可以上到走廊。那一块像是一个雕塑堆放处,各种奇怪造型的雕塑都随意地立在地上,有穿黑袍的无脸人,有触须混乱的水母,还有穿着礼服的鸭头新娘。

"你怎么知道是母的鸭子?"

"公的会穿裙子吗?"

巴卓儿捂着嘴"咯咯"笑了起来。

"去那个教室看看吧。"

正对着旋转楼梯的不远处,开着一扇大铁门。教室里亮着巨型的射灯,那是一间庞大的教室,层高超过 10 米,巨型的行吊正在工作着,将学生所需的材料移到所要的位置。这间教室没有窗户,只在教室的顶部中央斜开了一长条口子,白天的时候,应该会有光线射进来。学生说话都有回声,他们开着玩笑,说着自己的想法,能在这样的教室里学习,笛拉都忍不住微笑起来。

出了雕塑室,巴卓儿走了一小段主道,沿着一个斜坡往上走,路灯亮了,那里是一间间画室,教室中央放着一些水果和罐子,学生已经走了,但他们的作品都还摆在画架上。有些画室里的是黑白稿,有些是彩色的,还有一些教室画的是人物,巴卓儿站在教室外,借着走廊的灯光,欣赏那些离自己比较近的作品。

急促的脚步声突然就顺着斜坡上来了,巴卓儿有些局促地站在走廊边,担心自己会吓到跑来的人。

可出现的身影越来越熟悉。

"不会是……卓儿吧?"对方先开口了。

居然是超认真,他用力喘着气,这是跑了多长的一段路?

"超认真,你还没放学吗?"

"我来拿几支画笔,马上还有色彩考试。"超认真急匆匆地跑进一间画室,开了灯,跑去一个画架前稀里哗啦地翻着箱子。

这回笛拉能更清楚地看到画架上的作品了,"你们在阶段考吗?"

"你知道?"

"陶艺工作室的蔡老师告诉我的。"巴卓儿在画架间走来走去,这种感觉还不赖。

"蔡老师吗?听说他在做火球赛的项目,还挺想去见识一下的。"超认真翻出几支笔杆透明、粗细不一的画笔。

"为什么这么晚还考试啊?"超认真挑完了,巴卓儿跟着他一起出了教室。

"考的项目有点多,速写、素描,接下来又是色彩,下午考得太晚了,不过我真担心我的色彩,现在天又黑了,我一定调不出什么好看的颜色。"

"你吃晚饭了吗?"

"我一点都不饿。"超认真看起来除了焦虑也没有其他感受了,"我一紧张就想吐,根本就没胃口,对了,要留你吃晚饭吗?"

巴卓儿赶紧摇摇头,"不用了,我也要回去了,你赶紧忙吧。"

超认真也不客气了,"那好,等我和傅朵考完,这个周末再去看你。"

"你们是在玻璃柱里面考吗?"

"对,玻璃柱。"

"真漂亮啊。"

"太阳一照就热得不行了,有些东西看着挺好,一进去就不是那回事了。"

"超认真!"巴卓儿拦住了准备离开的超认真,既然他说了这样的话,那笛拉就有问题想问他了。

"怎么了?"

"你转学画画的时候害怕吗?现在又这么辛苦,你会后悔吗?"

超认真不以为然地笑了,"就是因为学了画画,我才愿意遭这个罪,要是还在学管理,不管是几点考试,给我答案我都不想写。卓儿,很多人说我身在福中不知福呢。可我一想到我要在夏城活那么久,还每天做着不开心的事,我就觉得划不来。我告诉过你们了,我太知道自己喜欢干什么了,所以不管辛不辛苦,我都不会后悔。"

超认真的脸上浮出一层很坚毅的光芒,"呀!我真得走了,卓儿,我们周末见。"

"周末见。"巴卓儿朝超认真挥了挥手,"学画画好辛苦哦。"

笛拉若有所思地"嗯"了一声。

超认真走后,巴卓儿和笛拉又从教学楼逛去了操场,踩在柔软的塑胶跑道上,巴卓儿也提出了自己心里的疑问,"你明明喜欢画画,为什么一说要学,就立刻拒绝呢?"

"这就像是一种偏见吧,从小养成的,根深蒂固。"但笛拉觉得这个偏见已经有了缓和的迹象。

两人继续在操场上踱步,塑胶跑道的一面紧挨着大马路,镂空的围墙上长满了厚厚的藤蔓,在路灯下,巴卓儿能看到藤蔓上星星点点的橘红色花朵。巴卓儿用手压着藤蔓,好厚实的感觉。

"小心点!"

"不会炸!不会炸!"

巴卓儿听到动静,立刻将自己藏进了藤蔓,有两个穿红衣服的年轻人正在翻越围栏,还将一个长筒状的物体递了进来。

"是不是下午在弄堂里看到的?"

巴卓儿斜着眼看那两个人,盖在长筒上的灰布突然就滑了下来,是一根金属管子,年轻人立刻将灰布盖好。

"门卫查得又不严,他们为什么要翻墙进?"

"跟去看看。"

两个年轻人似乎很熟悉学校的道路，利索地在校园里穿梭，跑了一段路，他们居然来到了巴卓儿停电动车的走廊下。两人一见到车子，立刻警惕地往后看。巴卓儿迅速藏到一棵树后，天色更黑了，在这所中级学校要找个藏身之地非常容易。两个年轻人鬼鬼祟祟地上了一旁的楼梯，巴卓儿看着他们走过了陶艺工作室上方，才小心地跟过去。

　　走廊尽头是那座小山丘，学校在那里设了扇铁门，铁门上挂着"禁止入内""严禁火种"的牌子。可惜铁门的高度只比膝盖高了一点，起不到任何阻拦作用，巴卓儿猫着腰跟过去，山丘上种满了树，没有灯光，黑漆漆的一片。

　　"好黑啊！要进去吗？"巴卓儿才问完，就听到"嗖"的一声，一道白光从山丘里飞了出来，携带着尾部浓白的烟气，向着玻璃柱飞了过去。

　　两三秒后，玻璃柱被击中了，数不清的玻璃碎片在夜色里闪出光砾，飞速在空中溅开，尖叫声紧随而来，玻璃柱里燃起了红色的火光。破碎的"夹心糖"中涌出很多身影，他们乱成一团，喊叫声一片。

　　巴卓儿整个人都呆住了，只是默念着，"超认真！傅朵！"

　　笛拉直接冲到小山丘，一定是那两个家伙干的！他们拿的是军火！

　　奔跑中，巴卓儿总算回过神，用力推开挡在身前的树枝，她已经不在乎会不会被他们发现了，现在她只想抓住那两个家伙！

　　"你居然会用！"

　　听到声音了。

　　"那是当然，这是最基础的单火筒，三岁小孩都会用。"

　　"太棒了，你帮我实现了我的梦想，我再也不用上学了。"

　　"赶紧走吧，别被人发现了。"

　　两个年轻人兴奋地提着还在冒烟的单火筒，一回头，就看到瞪着他们的巴卓儿，她喘着气，握紧了拳头，像是头发怒的狮子。

"好黑啊！要进去吗？"

巴卓儿说完，浑身都僵住了，她的视野又停留在那扇只比膝盖高一点的小铁门上，而自己现在又站在最后一段走廊上。

"怎么回事？"

"刚才是我们的想象？"

巴卓儿迟迟没听到动静，僵着脖子往右看，并没有飞射出的白光，玻璃柱也没有被击中。

"进林子看看！"

巴卓儿按照刚才的路线，又重跑了一遍，推开遮挡在身前的树枝，以更快的速度来到之前所到的地方，看到眼前的一幕，"怎么会这样？"

两个年轻人被绑了起来，此刻正在地上拼命地扭动着，单火筒被揭了灰布，放在一边，并没有被使用。

"看！纸飞机！"

单火筒的金属外壳在夜色里透着冷光，上面还放着一架纸飞机。

巴卓儿简直不敢相信，走过去拿起它，迎着微弱的月光，只见纸飞机上写着"笛拉和巴卓儿"，而纸飞机刚好盖住的那个标志，是一把火枪。

"屠卡的武器！"

第九封信

斐思：

　　刚忙完手头的事，所以趁这个空当先给你写封"预防信"。昨晚收到的消息，在城区搜出大批量装满火药的单火筒。而这些单火筒上无一例外，都印着屠卡的火枪标志。我确实对元首和政府有极大的不满，也说了一些狠话，但还不至于真的拿着军火去造反。但这一盆脏水一下泼到了家门口，我们立刻赶去了现场，拿了其中一枚回来做分析。

　　现在分析结果已经出来，市场上的单火筒与屠卡没有任何关系！

　　时间有限，我简单告诉你几点，首先的不同点在于标志，正版和冒牌的差别在于"布仁甘迪·索娜"这个名字，屠卡从来没对外细说过，我父亲当年把布仁甘迪·索娜这个名字加进了标志里，只要将标志放大20倍，就会在枪托的底部阴影处看到用鄂科文写的布仁甘迪·索娜。这几个字没有标准的字体，是直接临摹了猎枪上的字迹，做了缩小处理。市场上的标志直接忽略了这个名字，这是最大的一个漏洞。

　　斐思，我曾经有怨恨过鄂科族，也想过我父亲会不会后悔那天去给鄂科族送军火。但想来想去，还是不会吧。他每次去迷失森林都无比开心，他说他喜欢着火车行进在森林里，远远地看到养鹿人带着他的驯鹿队伫等在那里，他会有一种亲人等候他回家的感觉。想到他离开的前一秒，内心也是满足的，这算是我心里唯一的一点慰藉吧！

　　其次，单火筒虽然不属于高端军火，但经过屠卡生产、组装、调试的单火筒，在工艺上也不如外界想象的那么简单。拿单火筒气阀零部件上的内孔做例子（刚才也在公证人的监督下，进行了拆分检验），用显微镜观察直径1.3厘米的密封孔，仿制者是直接用钻头打孔，清洗后便立刻组装。而屠卡在这一个小孔上所花的精力——是先用钻头打孔，再用球头铣刀划窝，随后从机加部转到组装部，先用汽油清洗，再用10MPA的氮气吹孔，放入压机，在孔上放入2.0厘米的钢珠，用20N的力压制5秒钟，再次用汽油清洗，用内部调制的粗细不同的研磨膏，各研磨5分钟，此时在显微镜下呈现的内孔光滑如镜面，无一点毛刺。而仿制品的内孔，毛刺未去，内孔有残缺。我只能说，他的单火筒质量不达标。我也佩服，这么粗糙的工艺，居然也能组装生产能用的单火筒，想必它质量的可靠性与酒醉之人的车技是一样的，好不好用，全靠运气。

　　这样的不同点有很多，质检部还在统计。更重要的一点是，屠卡的产品从原材料到成品，都有进度、用量追踪表，多少原材料生产多少成品，仓库中封存的单火筒数量没有变化。这都证明了市场上的那些单火筒与屠卡无关。你放心，明天一早澄清的新闻就会刊登出来。但不管这个解释有力无力，舆论都不会放过屠卡，不过我已经习惯了，我们也问心无愧，等过段时间这件事就会过去的。

　　这次的事情，多亏了一个小姑娘，有两个年轻人偷了藏在郊外的单火筒要去炸学校，她及时发现并制止了，多亏了她，才让学校免于灾祸。而郊外的那些单火筒，它们被放在一个废弃的工棚里，还没有找到负责人。政府对这件事很重视，等一会儿还要开会商量安保问题，火球赛临近了，他们不想因为这件事让城民感到恐慌，我也希望火球赛能够如期举行（青墨来找我了，我马上还有会议，先写到这儿）。

火绒草
5月16日

12.

谁的阴谋

"卓儿。"

巴卓儿正在刷牙,米典转着轮椅过来了。

"你过来看看这个新闻。"

"屠卡的吗?"

"你昨晚一直在岗亭说屠卡是被诬陷的,现在又多了几张照片。"

巴卓儿用水搓了搓缺觉的脸,她已经听笛拉说了信,不再为屠卡担心了。可来到客厅,新闻里正在播放几张陈旧的照片,照片里都是破碎的残渣,断裂的轨道,一块块砖头模样的东西被圈进了圆里,还被放大了,砖块上印着鹿角状的标志。

"那是金砖,冬城盛产金矿,驯鹿角是冬城的标志。"

"今天凌晨,新闻社收到一封匿名来信,里面是关于屠卡军火前董事长屠亿,11年前事故现场的照片……"

"什么意思?"巴卓儿看到照片上那些被炸飞了手脚的尸体,新闻里还有意分析哪具是屠亿。她觉得头皮发麻,心口也很不舒服。

"当年确实有传言，说屠卡与鄂科族有金钱交易，可现在瞧这金砖，就不是与鄂科族交易那么简单了，屠卡是把军火卖给了冬城，这可就是叛城了！"

巴卓儿搞不懂这里面的事了，昨天明明只是单火筒的问题，而且已经找到了解决的方法，怎么现在又出现了照片，"笛拉，你说句话啊。"

笛拉过了好一会儿才回答，"阿泽说过，冬城从来不打仗，不打仗的城市为什么要军火？"

"米典，叛城会怎么样？"巴卓儿问道。

"这事很难说，不过也是前董事长的事了，应该……"

"屠卡不是有政府入股吗？政府会保护屠卡的对吗？"巴卓儿问。

"入股和吞并，也是一瞬间的事。"

巴卓儿头都大了，"笛拉，你觉得这些照片是真的吗？"

"不清楚，估计火绒草也是第一次看到这些照片，她要是知道她父亲还背负着叛城的罪名，肯定早查了。当时她见了冬城人，提都没提这事。"

"哎，这些照片也太血腥了，我看着都难受！更别提火绒草了！"

巴卓儿拿着报纸边走边看，屠卡是出了澄清报道，但又有媒体提到，屠卡没有像往年一样接下单火筒订单，这里面是不是就有问题。而且读者的注意力都被那几张血腥的照片吸引了，屠卡面临的情况很严峻。

"火绒草现在肯定很难过，报社怎么可以直接把这样的照片登出来？"

"真想帮帮她。"笛拉痛苦地说道。

"卓儿！卓儿！"邻居突然冲了过来，使劲晃着巴卓儿的肩膀，"你帮我照顾一下摊吧，我要去挑些花放在摇椅上，去去就来。"

那张摇椅从昨天到今天，已经晾得干透了。

"那位烫画师傅到底是谁啊？送一把二手椅需要那么费劲吗？"笛拉说着突然记起一件事，"火绒草在信上说，她父亲去迷失森林送军火，看到养鹿人和驯鹿在森林里等他，他们应该是去卸货的。"

"这怎么了？"

"假设现场的照片都是真的，但火绒草的父亲又是被诬陷的，那些金砖是什么时候放进火车的？火绒草的父亲将军火运到迷失森林后，鄂科族让驯鹿去搬运军火，那最后与火绒草父亲接触的人是谁？"

"你认为是养鹿人？难道是他把黄金放上了火车？"

"我只是猜测，不过这个养鹿人肯定就是最后与火绒草父亲接触的人吧。"

"可他哪来的黄金？"

笛拉一时也想不通。

巴卓儿摆好了摊位，坐在小板凳上将西红柿放进盆子里，"邻居今天会去送摇椅吧！"

"我们跟去问问。"

"会说吗？而且我们也不确定对方是不是养鹿人啊！"巴卓儿说着又立刻摇了摇头，"你忘啦，咱们今天下午还有事呢，要帮小柿搬架子。"

"啊！忘了忘了，咱们两个人，只能做一个人的事。"

谈话间，有客人进来了，巴卓儿起身招呼。

"您随便看看，这边还有菜谱，您可以按照菜谱做盘子上画的食物。"

但客人像没听见一样，随便翻了翻，又立刻出去了。

巴卓儿已经习惯了这样的情况，不是每个客人都愿意搭理人的。烫画摊那边也来客人了，巴卓儿又赶紧跑过去招呼，是个看起来挺文艺的女子，盯着画看了好一会儿，巴卓儿给她介绍了一堆烫画的起源，可对方一句话都没回应，目光还总是从巴卓儿身上跳过，最后直接去了巴卓儿的摊位。

"还真是没礼貌呢！"笛拉嘟囔道。

巴卓儿耐着性子陪她逛自己的摊位，她看了一圈盘子，又翻了菜谱。

"您喜欢吗？菜谱就这些了，我可以打折卖给您。"

"这书怎么卖？"女人又直接忽略了巴卓儿，对着摊位前刚坐过的小椅子问道。

"您要几本？"巴卓儿特意说得大声一些，可女人直接拿起菜谱，走去了椅子边。

"她这是要干吗……"笛拉的话还没说完，巴卓儿就感觉左肩被一个硬物按压着，一回头，女人微微挑眉，将菜谱从巴卓儿肩上挪开。

"这书怎么卖？"

巴卓儿一下愣住了，自己刚才明明跟在客人身后，怎么现在又坐到小板凳上了？而且自己还在摆西红柿，这种倒退的感觉与昨天晚上在学校的情形很像！又是想象？可客人就在眼前啊！

"这菜谱怎么卖？"客人已经不耐烦了。

巴卓儿先顾生意，也为自己刚才的莫名其妙道歉，给对方打了折，女人付完钱提醒巴卓儿，以后做生意不能再这样心不在焉了。

"我没有心不在焉。"

"是咱俩的意识出问题了？"

"有这可能。"

"老同学。"

这熟悉的声音像带着电流一样贯穿全身，巴卓儿回过头，一个高个子男生，皮肤晒得黑黑的，一只手拿着一架纸飞机，另一只手里拿着一个水壶，好玩似的扭动着他的手腕。

"吴振羽！"笛拉抬高嗓门，"果然是你！"

"看来是笛拉同学没错了！"吴振羽咧嘴一笑，依旧是那张痞气十足的脸，他上下打量着笛拉的新模样，"不错啊，还是和以前一样，是个假小子。"

"你怎么还是老样子？"笛拉觉得不可思议，他真的是身体和意识一起来了夏城。

"因为我属于四季城啊。"

"什么！"

"我一半一半，我妈是秋城的。"吴振羽一副早该告诉她的表情，"你们不都说我有好多个妈嘛！还说我爸看着日子找女朋友，其实说来说去，也就那一个。"

笛拉听着这匪夷所思的话，不断地晃脑袋，"这怎么可能！四季城和我们交换，交换的不是意识吗？"

"就是意识啊，我妈每年回来教导我三个月，养大于生，所以才把我教得这么勇敢和包容。"

这种不要脸的话确实是吴振羽的风格，可笛拉依旧不敢相信。

"别那么古板嘛，你都进四季城了，还与人交换了意识，还有什么是不可能的，我不在清潭和你说，就是怕吓到你。"

"在这儿说也吓到我了。"

"那你幸亏进的是夏城，这儿与咱们那儿差的就是一个火星雨，现在还不下了。"

笛拉努力让自己平静下来，毕竟现在再去追究吴振羽的"一半一半"有点太晚了，得赶紧问正事，"你是不是换了我的门票？"

吴振羽笑了，"原来你知道啦，四季城与咱们世界的开放时间是按节气定的，春季开放春城，夏季开放夏城，5月5号已经是谷雨的最后一天，过了那天晚上的12点，春城就要关闭了，为了确保你和春城人彼此的安全，你只能在春城待2个半小时，好不容易拿到四季城的门票，不玩满三个月多不划算，对吧！"

"对你个头！"笛拉又像以前一样损他，"既然你换了我的门票，干吗又让哒哒旅行社捆绑我的指纹呢？你还说什么，对夏城有帮助，这是不是你说的？"

"这你都知道了？"

"我告诉你，现在夏城情况很严重！赶紧把你知道的都告诉我！"

吴振羽举起双手，让笛拉放松些，"我也只是听从安排。"

"安排？"

"给我门票那人的安排。"

"谁给你的门票？"

"这个故事有点长，充满爱又很荒诞。"

"这段时间你在夏城都干什么了？讲话这么恶心！"

"旅游不就是体会人生嘛，我每天看着太阳东升西……"

"行行行，麻烦你说那个有点长的故事好吗？"笛拉一屁股坐在小板凳上，她还在努力接受吴振羽的"一半一半"。吴振羽直接在摆盘子的木板上挪了个空位，给大长腿找了个支点。

"我之前见过一头熊……"

笛拉皱起了眉头。

"我早就想告诉你了，春游那天，可你不听啊。"

笛拉的眉头皱得更紧了。

"你看到了一只炸毛的小猴，我看到了一只瞎眼的小熊。我告诉过你那熊瞎着眼还会走钢丝，可你当时就让我闭嘴啊。"

笛拉差点背过气去，如果不是在夏城经历了这么多匪夷所思的事，她还是会让吴振羽闭嘴。

"难道那只熊就是迷失森林的黑熊？"巴卓儿在心里说道。

"很小一只，只有拳头这么大。时间差不多是学校郊游前一个礼拜，我在外面吃炸鸡、啃汉堡，我以后再不吃那些东西了，作为一个专业运动员，我真应该控制好自己的饮食，可我怎么吃都不会胖啊……"

"我以前怎么不知道你这么爱跑题呢！"

"好好好。"吴振羽又重新回到了主题上，"我当时吃着炸鸡，那家店不是有很大的落地窗嘛。玻璃窗外是条商业街，有一个乞丐，说他是杂耍艺人比较合适，因为他在耍熊。那熊不仅会翻跟斗，还会走钢丝。你们不觉得惊讶吗？闭着眼单脚站立都是件难事！更何况它还眼瞎！"

笛拉板着脸看他，让他说重点。

"他俩表演了一阵儿，杂耍艺人就带着小熊进了炸鸡店，我原本以为他是隐形的高收入人群,前一秒装乞丐,后一秒就是真富豪,可没想到他是真可怜。他带着小熊进了店,就拿着别人喝空的可乐杯,将客人们吃剩的炸鸡碎屑,你了解吗?就是鸡肉外面裹的面包屑,炸得酥脆的那种……"

笛拉翻起了白眼。

"他把那些碎屑都掸进了可乐杯里,还有那些已经软塌塌,完全没有薯条口感的薯条,他们就吃那些!后来服务员还把他赶了出去,他又坐在窗外,我真觉得他的可怜是演给我看的,和我就隔了一扇玻璃窗,他和小熊就分享着那一点点食物。我看不下去了,就给他买了个汉堡和一大份薯条。"

"你真心善。"巴卓儿感叹道。

"他是钱多,还说不到重点!"

一张脸一前一后两种状态。

"重点来了,给了东西之后,杂耍艺人就感动坏了,那只小熊更是抱着我不放,我也不知道它瞎着眼怎么还能抱到我的脚踝,非要送我点东西。"

"送了你什么?"

"他从一布袋里抓了一把碎果核给我。"

"一把?"

"也就三块,一到我手里,居然就变成了门票。"

"和泽马说的一样。"

"为什么是三张门票?"

"为了捆绑你的指纹,我一前一后进了两次,算上你的,就是三张。其实我之前见过那样的门票,我妈每次回来,木块里是一滴水的样子。我当时还特兴奋,以为自己能进秋城了。可那杂耍艺人和我说,那是进夏城的门票,如果我能进夏城帮他完成一件事,他就让我去秋城见我妈。唉,我可从没和别人说过我妈是秋城的,而且我是秋城规定之外生下的孩子,我都没去过秋城,更没见过我妈长什么样。"

"他让你进夏城干吗?"

"帮夏城破诅咒。"

"真的？"

"但他说什么……他没法让知道诅咒的人进夏城，因为这是他与小熊的约定，但他会给足线索！"吴振羽看着面前悲喜起伏的面孔，"我在夏城待的这些天，发现夏城人并不清楚夏城有什么诅咒，我不断往诅咒上靠，觉得这天气好像对每个人，冷热有些不一样，有些人热得要命，但像咱们，好像也没多少太热的感觉。"

巴卓儿很沮丧，她已经不需要吴振羽再向她重复一遍了。

"那他给你的是什么线索？"笛拉追问道。

"就是让你进城的同时，再捆绑你的门票啊。"

笛拉和巴卓儿头都大了，"这算什么？"

"他当时让我选一个内心纠结、在生活中存在选择困难的人和我一同进夏城，说实话，我第一个想到的就是你。"

"为什么？"

"你不是在纠结，是该选清潭还是图德吗？"

"我不是已经选了吗。"

"清潭？可你不喜欢那儿不是吗？"

"这事能考虑我喜不喜欢吗？"笛拉一想起这个就头大，明明在谈夏城的诅咒，却又跑到了清潭高中的话题上，一想起就心烦。

"唉，你说他会不会是为了考验你？让你去选择一个——你真正应该交换的人。"

笛拉瞪着吴振羽。

"你看啊，在咱们的世界，你本应该进图德高中，但你偏以借读生的身份进了清潭。而现在，你本应该和火焰门票的主人交换，现在却和面前的姑娘绑在了一起。说不定，他是要考验你，让你去寻找真正的火焰门票的交换者。"

"不用找了，我们已经知道了。"笛拉打断他，"火焰门票的交换者叫屠雪绒，夏城现在闹得沸沸扬扬的屠卡军火的董事长,你明白吗?"

吴振羽有种往后倒的架势,"你要是交换,就该成炮灰了。"

笛拉更用力地瞪了他一眼,"不过,夏城的诅咒和我选谁交换有什么关系?"

"那倒是啊。"

"还有别的线索吗?"巴卓儿焦急地问道。

"别的?"吴振羽不断晃悠着水壶,"对了,水壶!你们刚才有没有发现什么异常?"

"异常?"

"就像你说的话别人听不见,别人完全忽略你。"

"这不是幻觉吗?"

吴振羽得意地笑了,"没有我的水影,那栋玻璃楼就被炸了。"

"水影?"

"你们没听过秋城有水影师?"

笛拉好像听凤灵提过一嘴。

"就像是夏城的唤火师,属于有特殊能力的人。我妈在秋城是水影师,就是可以让思绪生活在水中的影像里。其他人都是影像,自己是思绪。"

笛拉觉得很难理解。

"你忘了,在清潭高中,你不是说我撒谎了嘛,我不可能同时在教室睡觉,还看到化学老师踢那个劫匪。我本人是在教室睡觉,可另一个我、我的思绪,进入了水影的世界,它与外面的世界一模一样,所以我就看到了,而且就算我站在水影中化学老师的面前,他也看不见我,我只是思绪而已。"

"记得了,我还往你水壶里放了一颗泡腾片。"

"以后千万别那么干了!那简直是灾难!"吴振羽想到那一幕就不舒服,就好像身上有几万只蚂蚁在咬一样。

笛拉还在努力理解,"那我刚才其实是静止的,但思绪却在水影里不断地往前。

你还能把别人的思绪带进水影?"

"比较少,除非是一些有共同回忆的人。"

"共同回忆?"

"咱俩就不用说了,昨晚那两个想炸学校的人,我在水影里跟你一同进了那段走廊,原本是要跟着你的,却听到他们要炸学校,我就立刻出了水影,赶了过去。幸好赶上了,他们看到你停在走廊下的电动车,就那一段的功夫,我就抓住了你们的思绪,把你们都放进了水影。他们是真要炸学校,水影发生的事,不是幻想,而且如果他们不停下、不被我绑起来,就真的会发生的事情。"

笛拉好像能明白了,"你把人的思绪带进了水影,而现实中的那个人就停了下来,所以你才能把他们绑起来,对吗?"

"没错。"

"那早市摊那几个混混?"

"我遇到他们好几次了,几个人坏事没少干!不过那天我在吃早饭,服务员一下就碰倒了我的水壶,结果就让他们跑了。"

"梅齐奶奶!"

吴振羽回想着点点头,"是个老太太。"

"为什么水壶一倒,水影就破了?"

"我妈说水壶就像个渔网,被抓住的思绪就像是里面的鱼,渔网都被倒过来了。"吴振羽将水壶做了个倒转,"鱼肯定都跑了。"

"我的天!四季城到底有多少怪事!"笛拉和巴卓儿异口同声道。

说话间,笛拉看到邻居捧着两大束花回来了,"你要不再给我演示一遍?"

"嗯?"

"我还是坐在小板凳上,快点快点。"笛拉说着就将头压在膝盖上。

吴振羽回想着刚才的一些谈话,将水壶立在身旁,现实中的笛拉纹丝不动,但水影中的笛拉已经朝邻居跑过去了。

邻居乐颠颠地回来了,将两大束花放在摇椅上,"小卓儿,你会不会扎花啊?我想给这摇椅装扮装扮。你说红色的扎在两边,白色的扎在顶端好不好?"

笛拉还是坐着纹丝不动。

"卓儿?"邻居见巴卓儿没回应,便过来看看情况,看到摊位边假装看盘子的吴振羽,还招呼了句请随意,"卓儿,不舒服吗?"

一只手快要搭到笛拉肩上了,吴振羽又将水壶倒了过来。

笛拉猛地一抬头,把邻居吓了一跳。

"嘻嘻,就那么扎。"巴卓儿笑嘻嘻地看着邻居。

邻居拍着自己胸脯,"吓我啊,一起来帮我扎吧,给我点参考。"

"今天就要送吗?"

"嗯,已经说好了。"

"要我帮你搬吗?"

"我这体格哪要人帮忙?而且我师傅怪得很,不见陌生人。"

"那好吧,我今天下午不上班,要帮朋友干活去,等我忙完这笔生意就帮你去扎哦。"

"又不上班?"

"老板允许的。"

邻居对巴卓儿的异常开朗有点疑惑,但见她去招呼客人了,便赶紧回去扎花。

巴卓儿来到吴振羽身旁,小声说道,"她果然看不见我,用你这本事,帮我去找一个人吧!"

巴卓儿和小柿推着板车来到拖沓晨的机械作坊。里面空间不大,摆了三台机床,几乎再无空置的地方。

"小柿,你的展架有多大?"巴卓儿闻着浓郁的机油味,看着车床上溅起的白色水渍。作坊里有不少小零件,却看不到架子的身影。

"所以他叫拖沓晨。"

小柿直接走了进去，两个操作工奇怪地盯着他。

"你们老板呢？"

女职员指了指进深里的一个小空间，"老板在打孔。"

拖沓晨正坐在一台钻床前，从他的头顶冒出阵阵白烟，脚边放着已经攻完丝的部件。

"应该快了，就差组装了。"小柿露出一副很无奈的表情。

"哎呀，累死了。"拖沓晨直接拿戴手套的手抓了抓脖子，抹了自己一脖子机油。一扭头，就看到身后已经站了两个"监工"，"嘿呦，你们来啦！"

小柿冲他苦笑了一下。

"帮我搬出去吧，我分分钟就能搞定。"

"希望不是大话。"

巴卓儿和小柿没办法，只好帮忙将零部件都搬到作坊门口，拖沓晨随意地铺开一张草图，坐在地上就开始组装起来。

巴卓儿和小柿也帮忙比对着零件，协助他更快地进行组装。

"小姑娘，我以前可是干军火的，给小柿干这种活，真是大材小用了。"

小柿并没否认这话。

"那你怎么看今天屠卡公布的生产工艺？"笛拉希望多少能有人关注到这点。

"没问题啊，一点毛病都没有。这种费钱又费力的工艺，也只有屠卡能执行。"拖沓晨弹了弹自己的香烟灰，"不过做得再好又有什么用呢？屠卡就是个倒霉蛋，11年前倒霉，11年后接着倒霉。"

"倒霉蛋？"

拖沓晨用力扳紧螺丝，盯着他干活，手脚并不慢，"我以前给一家小军火公司干活，后来公司生产的弹药打飞了，刚好打中了屠卡前董事长的火车，你说这概率得多低，这不就是倒霉嘛。"

"你以前在那家公司工作？"这可是意外收获。

"他老板还在牢里畏罪自杀了呢。"小柿说道。

"呵，任谁自杀我都信，唯独我那老板，他那么热爱生活，不可能自杀。"拖沓晨又找了两块部件。

"热爱生活？"

"吃喝嫖赌样样齐全，这不叫热爱生活吗？"拖沓晨贼兮兮地笑了起来。

小柿立刻板起了脸，"正经一点，不是说他熬不过刑期吗？16 年。"

"他巴不得是 26 年呢。"

巴卓儿感觉拖沓晨是个说话不靠谱的人，但又觉得这里面肯定有情况。

"我们工厂在做军火前，做的都是摩托车上的小配件，量大，利润几乎没有。我们每个月的工资、工厂开销，都是老板借来的，用今天借的钱来还昨天借的，反正就是越借越多，都快经营不下去了。没想到我老板踩了狗屎运，居然在赌桌上得到了做军火的机会。那堆狗屎是一位克罗德的技术员，不仅能搞到图纸，还懂技术，加上我们老板会搞关系，只用了两年时间，我们就拥有了进打靶场的资格。"

"克罗德、李奥，火绒草在信上提过李奥帮忙处理了与这家小公司的官司。"

"你们这样克罗德不会发现吗？"

"不会，那是改过的克罗德军火，外形和一些内部参数都在原来的基础上做了改变，更像是一种新产品。不过我只懂生产零件，调试的工作，还得交给那堆狗屎去做。"

"干吗老是狗屎狗屎的！"小柿都受不了了。

"就是狗屎啊！"拖沓晨用力地将两个部件靠在一起，"狗屎的技术才会出问题，后来不打偏了嘛，那么大一片沙漠，偏偏就打中了一辆火车！这意外长得也太故意了吧！一下死了那么多无辜的人，我到现在心里还愧疚呢。还有我老板，他虽然在生活作风上有问题，但人是很豪气的，他以负责人的身份把责任全担了，公司也解散了。我老板进去前说了，他那两年在外面借了很多钱用于公司发展。原本大家看好他的项目，都愿意借。但一下炸了火车，上面还坐着屠卡的董事长，谁还敢借钱给他，都得问他要钱了，全夏城遍布了他的债主，坐牢对他来说是最好的避债方式。在法庭上他什么都承认了，剽窃图纸、贿赂军队，这种事其实每个军火单位都在干，反正他不是故意杀人，判不了死刑，等他进去个 16 年，出来那些债主也该走了几个了。他心态好得很，我都答应等他出来，供他吃住了，结果判刑没两天，传出自杀了！一定是屠卡那边气不过，在牢里杀个人，不是很简单的事嘛。"

"火绒草才不会杀人。"

"那个克罗德的技术员呢？"巴卓儿问道。

"早跑了，原本在工厂遇到了也看不上我们，都没说过话。大公司的狗屎还是别踩的好，刮掉了还得熏一身。"

"你这形容！"

拖沓晨想拿脏手抹小柿，小柿立刻躲开了。

"拖沓晨的老板死了，克罗德的技术员估计也被解决了，这一切都太可疑了。"

"可已经没有证据了，像拖沓晨这样随口说的，谁会信！"巴卓儿提醒道。

"如果火车是故意被炸的，而火车上的黄金又是故意被放上去的，那这两个'故意'会不会是同一个人指使的？"

"你怀疑就是克罗德的李奥？"

"火绒草也一直怀疑李奥。"

"可证据呢？"

"现在与黄金关系最近的只有养鹿人，如果邻居的烫画师傅真的是养鹿人，那只能希望他多少能透露点有用的信息吧！"

13.

日布拉的秘密

巴卓儿被玻璃窗上的动静吵醒了,天已经蒙蒙亮,客厅也传来了米典做早饭的动静,可巴卓儿完全没睡够,睡眼朦胧地问,"火绒草写信了吗?"

"没有。"

巴卓儿摇晃着去拉窗帘,一颗小石子正好砸在眼前的玻璃窗上,吴振羽站在楼下又蹦又跳,似乎已经等候多时。巴卓儿赶紧开了窗,"你怎么这么早?"

"我带你去见日布拉,你邻居的师傅,这人肯定有问题。"

巴卓儿瞬间就清醒了,换上衣服,跑去卫生间冲了一把脸。

"米典,晨……晨跑。"笛拉撒谎的时候总有点慌张,但在清潭高中,每天早晨真的得跑。

米典疑惑地从厨房出来,只听到"砰"的一声,人已经跑出去了。

吴振羽等在楼下,"我在他家看到了赟的照片,我去看过库鼎队的训练,赟小时候肯定就长那样。"

"原来这些天你都去看火球训练了,有意思吗?"笛拉问道,巴卓儿直接蹦下了最后三级楼梯。

"以前没见过这样的比赛，26号就是总决赛，一起去看呗。"

"你觉得赟厉害，还是斐思厉害？"这是巴卓儿的问题，两人一并跑进了广场。

"斐思太神秘了，到现在都没见过真人呢，没法比较。不过顶级运动员水平应该都差不多，就看谁现场发挥更好了。"

两人小跑着，身体已经微微冒汗。

"你还发现了什么？"

"日布拉总捧着赟和一个女人的照片，一个挺漂亮的女人。"

"那应该是赟的母亲，勤云，她在迷失森林就很受欢迎，邻居的师傅肯定喜欢她。"

吴振羽吹了一声响亮的口哨，有一辆"早起"的摩托车立刻调转车头，"他浑身都是汗，开再大的冷气都没有用。而且他搜集了很多旧报纸，都是关于屠卡的。尤其看到昨天刊登的消息，那汗呐，简直跟下雨似的，我担心不赶紧让你见见，他会热死过去。"

又有一辆摩托车过来了，巴卓儿和吴振羽跑出广场，各自上了一辆摩托车。

"还有一点，日布拉有一张黄金名片。"

巴卓儿感受到了强烈的拉拽力，摩托车启动了，瞬间就快得要起飞了。

"黄金名片！"

"这事情和李奥脱不开关系。"

"怎么一坐上摩托车就是这个味道？"巴卓儿两只手抓着摩托车座位的两边，原本车上的遮阳罩还没撑起来，空气里弥漫的焦糊味让她想到了初来城区的那天，天色也是这般烟雾蒙蒙的。

"着火了。"骑行的中年女人直接在摩托车上站了起来，车子顿时摇晃起来。

巴卓儿扶住女人，"哪里着火了？"

"那栋阁楼!"

"不好,那是日布拉的家!"吴振羽大喊道,他在后座也站了起来。

摩托车飞速抵达了现场,已经有不少人在围观。这是连栋的房子,里面的住户接二连三地往外跑,都还穿着睡衣。巴卓儿和吴振羽跳下车,看着已经透出火舌的阁楼。

"你有看到日布拉出来吗?"

吴振羽焦急地看了一圈,"没有,他家全是木头,还总是'电焊电焊'的!一点防火意识都没有!"

"他要是死了,就一点线索都没有了。"巴卓儿说完就冲进了屋子,吴振羽也马上跟了过去。他们捂住口鼻,不时有人从他们身边挤过,吴振羽还算熟悉房子的构造,直接爬楼梯上了顶楼,和巴卓儿一起撞开了门,门一开,空气一灌入,火焰直接涌了出来。

"卓儿,这火你能唤吗?"

吴振羽看着笛拉在那儿自言自语。

巴卓儿苦笑着弯下了腰,深吸了口气,冲进了屋子。

"要这么疯狂吗!"吴振羽嘴上抱怨,却还是跟着冲了进去。

屋子里浓烟密布,木头烫画真是绝佳的燃料。客厅里有块烧黑的拖线板,看来是从这里引发了火灾。

"在这边。"吴振羽半跪在地上,日布拉倒在工作台上,已经神志不清,他的房间里都是人物烫画,一位眉眼深沉的女人占了绝大部分。

"还好他没烧起来。"吴振羽咳嗽着将日布拉背了起来。

巴卓儿注意到日布拉袒露的皮肤上起了很多水泡,但还是上前托住了他,和吴振羽一起把日布拉救出了阁楼。临走前,他们拿走了桌上的那一幅烫画。

来到楼下,"呜啦啦"的救火车总算是到了,吴振羽将日布拉放倒在地。日布拉没有被明火烧到,但他的情况与被火烧差不多,浑身烫伤,整个人都失去了知觉。

巴卓儿真害怕他就这么去了，赶紧找来些水洒在他脸上，他可不能死，可救护车迟迟不来。巴卓儿正发愁，耳朵里就传来了再熟悉不过的马蹄声，抬头一看，人群后方，坐在马背上的居然是巴伊悔！

巴伊悔远远地看到了这一幕，立刻跳下马，冲进人群。巴卓儿从来没这么期盼见到自己的父亲，踉跄地起身跑过去，挤进人群，一把抓住自己的父亲。

"卓儿，你怎么样？"巴伊悔看着整张脸都黑了的巴卓儿。她眼里闪着光，慌张地给他看那幅烫画，又指着日布拉。

"驯鹿师？"巴伊悔自然熟悉这两张面孔，他们不止一次一起参加过唤火仪式。

"他真的是养鹿人？"巴卓儿咳嗽着问道。

巴伊悔点了点头，"怎么会这样？"

"他，他和屠卡军火被炸有关！屠卡和鄂科族，鄂科族和夏城的诅咒……"

"你知道诅咒！"巴伊悔压低了声音。

巴卓儿一边咳嗽，一边点头，"父亲，他不能死，你得救救他。"

巴伊悔拍了拍巴卓儿的肩膀，立刻解下身上的唤火棍，身边的人群自动往后退，人群里传出细碎的议论声。

"他是谁？"吴振羽走上前问道。

"夏城的唤火师。"巴卓儿突然有些哽咽。

巴伊悔将一米长的木棍挥舞过头顶，高举着，嘴里念念有词。

"夏之火萨

感谢您的赐予

您的子民正身处烈火之中

愿您原谅他的过往

带走他的苦痛。"

话音落，巴卓儿和吴振羽都感觉到身上产生了一股吸力，包裹住了浑身的皮肤，围观人群也感受到了异样，日布拉更是发出了呻吟声。

"火星雨，火焰花

吞噬恶绪，还以骨肉

分离绪焰，还以安宁

飞向我的枝头，盛开引导之花。"

日布拉身上腾起了浓密的火雾，都是以细小的火星组成。周围的部分居民也产生了同样的情况，他们都发出了惊呼声，有股热量正在被慢慢吸出身体。巴卓儿看着从自己身上浮起的火星，一碰就散了。吴振羽也难以置信地打量着自己，观赏着离开皮肤仅一两毫米的少许火星，它们没有温度、没有重量，粘在指尖，还能揉搓出更细密的火星碎。

巴卓儿突然想到了小时候，乌云嘎拉着她的手，走在下着火星雨的草场上，她开心地笑着，乌云嘎也是满脸的微笑，她们心怀感恩地感受着火星雨的环绕，那真是无比快乐的时光。巴卓儿忍不住红了眼眶，看着巴伊悔的嘴形，猜测着具体的咒语，一同念了起来。

"火星雨，火焰花，吞噬……"

巴卓儿的耳边飘来了越来越纷杂的声响，各种各样，但巴卓儿在努力寻找她想要的声音。

"可那些金块有冬城的标志！"

"你放心，这说到底只是桩生意，政府那么看好屠卡，就算从火车上搜出冬城的黄金，也不会拿屠伫怎么样，顶多没收黄金，罚些款，你还担心屠伫会付不起这些罚款吗？"

"真的吗?"

"当然是真的,我不过是想拿回本来就属于我的订单,挫挫屠卡的锐气,年轻人受点教训没什么大不了。而你不过是举手之劳,将黄金挪个位置,却可以帮那个孩子受到撒特队的关注,他以后会和斐思一样光芒四射,成为最顶级的火球员。打火球没有你想的那么简单,全夏城有那么多天赋高的孩子,他们的条件不比斐思差,可他们缺少机会,缺少让人看到他们的机会。可现在你即将得到这个机会了。你只要在卸货时将那箱黄金放上屠卡的火车,剩下的事,就是让你最心爱的女人对你感激不尽了。"

"这会毁了族人。"

"你还需要替那些整日喊你养鹿佬的族人考虑吗?就算那时候事情有所波及,政府也只会让鄂科族换个地方生活。你不也说嘛,你心爱的女人之所以没看上你,是因为来了个城区的臭小子,你与他差的不过是生长环境,如果以后你们都生活在城区,你不见得会比他差。而且记住了,你还帮了她一个大忙,送她的儿子进了撒特队。全夏城没有几个人能做到,也只有我,我可以。"

"我该怎么做?"

"在屠卡送军火时,将那箱黄金放上屠卡的火车,事成后,拿着这张黄金名片来找我,我只认黄金名片。"

"李奥!"

巴卓儿垂下了一直紧绷的肩膀,她看着倒在地上有了些许反应的日布拉,再看向父亲,巴伊悔闭起了眼睛。火星在空中凝聚成了绳索的模样,向着唤火棍的顶端飞了过去,一接触到唤火棍,就像黏住了一般,开始一圈圈地往上绕。快绕成唤火棍两倍粗细时,巴伊悔大喝一声"散!",绕在唤火棍顶端的火星烧了起来,剩余的"绳索"又恢复成了飘散的火星,回到了每个人的身上,他们感受到身体明显松快了很多,日布拉迷迷糊糊地说了声"唤火师",又晕了过去。

救护车终于到了，巴伊悔举着燃烧的唤火棍，火焰在逐渐熄灭，它比之前又重了一些。

巴卓儿走向多日不见的父亲，认真向他问好。吴振羽不忍心打断父女相遇，向笛拉打了个招呼，跟着救护车先去了医院。

"母亲说您要到 7 月底才会来城区。"

巴伊悔查看似地拍了拍巴卓儿的肩膀，似乎松了口气，"你现在在哪儿住？哒哒都出事了。"

巴卓儿抬头看着巴伊悔，看着比以前晒得更黑、眼睛也浮肿了的父亲，一把抱住他，哭了起来。

吴振羽在医院的洗手间冲了把脸，把自己的水壶也放在水龙头下冲洗干净。一出来就遇到匆忙赶来的巴卓儿。

"别急，还在急救室呢。"

巴卓儿将米典做的早餐递给他，"粥。"

"不管在哪儿，你怎么都给我带饭？"

"这回是心甘情愿。"笛拉说道，和吴振羽在急救室外并排坐下，看着紧闭的急救室门，忙了一早上，现在终于可以歇一歇了。

"她真是赟的母亲？"吴振羽喝了口粥，看着笛拉拿在手里的烫画。

"应该是吧。"笛拉吹了吹上面的灰迹，女人披散着浓密的头发，一脸温柔地看着赟，"你之前遇到的杂耍艺人应该就是夏城的火萨，你说他会给足线索，那今天的事是不是也算是线索？"

吴振羽将湿漉漉的下巴抵在肩膀上擦了擦，"希望是吧，不过别指望我这脑子来破诅咒，我搞不清的。"

"我也搞不清楚啊，为什么总是这儿爆炸，那儿着火。为什么公司与公司之间的竞争还要去杀人？你说有必要这样吗？"

吴振羽看着有些疲惫的巴卓儿，这应该也是笛拉的表情，"抱歉。"

"你在为偷换我门票的事抱歉吗？"

吴振羽撇了撇嘴表示认同。

"我不后悔来夏城，只是你说我来夏城一趟，遇到了这么多人，交了这么多朋友，如果最后他们还是出不了夏城，一个个都要死在大火里，你说我得多内疚。"

"我也不希望夏城毁掉。"

"真的吗？那你还跑去看什么训练赛，一下耽搁了那么多天！"

话锋转得太突然，吴振羽给自己猛灌了好几口粥，口齿不清地说道，"还是和以前一样，死认真！"

"总比你不认真好。"

"你看我耽搁事了吗？该救的人，不也救出来了。"

"要是能早一点，他就不会这样了！"

"你俩开始吵架了？"

吴振羽错愕地看着巴卓儿，他又忘了现在身边坐的是两个人。

"我俩是习惯了，没头绪的时候就喜欢互怼两句。"一张脸在那儿自问自答。

"巴卓儿，你父亲呢？"吴振羽问道。

"米典和他商量开唤火聚会呢，她说街区的老人都想接受唤火。"

"唤火师很厉害啊，我现在都觉得平静好多了，要不刚才就和笛拉打起来了。"

"有那么夸张吗？"又是笛拉。

吴振羽直摇头，"我没法和双重人格讲话。"

"还不是你害的……"

争论间，急救室门开了，两人赶紧跟了上去。

医院患者很多，巴卓儿看着一路经过的患者，都将床位摆到了走廊里，几乎都是烧伤、烫伤，吴振羽看着也忍不住皱眉头。护士挑了一个患者较少的过道，给日布拉打上点滴，便匆匆离开了。

"你说现在能问出话吗？"笛拉看着缠满绷带的日布拉，他微睁着眼，但眼神涣散迷离。

吴振羽拿过那幅烫画，举到日布拉面前晃了晃，日布拉眼珠子动了，喉咙发出了磨砂般的声响，"谁？"

巴卓儿凑到他耳边，"我父亲是唤火师，他刚才救过你。"

日布拉将目光移到巴卓儿脸上，"唤火师……厉害的唤火师……你们都厉害，只有我……是个养鹿佬。"日布拉脸上露出很僵硬的弧度，他是在苦笑。

"是不是你将黄金放上了屠卡的火车？李奥让你这么做的对吗？"

日布拉微微闭起了眼睛，"李奥……毒蛇。"

"是李奥给你的黄金吗？冬城的黄金。"

日布拉居然摇了摇头，"黄金……是我的。"

巴卓儿觉得不可思议，"你哪来的黄金，那可是冬城的。"

"可能真是他的。"笛拉突然想到，把想法告诉了巴卓儿，"是冬城的驯鹿师给你的吗？"

日布拉点点头，"我需要黄金，勤云的孩子……要学火球……需要钱，冬城有黄金……他们愿意给……只要我照顾好……好驯鹿。"

"可为什么李奥会找到你？"

"我去地下钱庄……分割黄金……被发现了……他找到我，说可以帮赟进撒、撒特队，赟……有天赋，他需要机会……我能帮他，就像勤云以前帮我一样……她对谁都好，别人说我木讷、胆小……只会和驯鹿说话，但她一直对我很好，我只是想帮她。"

"可赟并没有进撒特队。"吴振羽在一旁提醒道。

"毒蛇，派人来抢黄金……名片，军队……有人……鄂科族赶出迷失森林……"

"你的意思是，在鄂科族被赶出迷失森林的那天，有人混进了军队？"笛拉想到 11 年前森林发生的枪战，"是不是和勤云的死有关？"

日布拉显得无比痛苦，"有两个军人被毒蛇收买，他们要抢黄金名片要杀我灭口……我把他们带进禁地……黑熊咬死了他们。"日布拉有些气喘吁吁地说道，眼角还流下了泪珠，"勤云，勤云来救他们，我只好躲起来……勤云杀了黑熊，没有伪装，她太着急了……"

果然是这样，巴卓儿着急地问道，"那赟为什么晕倒了？他脖子上为什么有熊眼睛？"

日布拉恍惚地盯着走廊上的吸顶灯，"火萨出现了，带走了黑熊的肉体，拿走了一颗熊眼睛……还有一颗，挂在赟的脖子上，那是诅咒。"

"赟的那颗是诅咒？你知道诅咒是什么吗？是火烧夏城吗？夏城人为什么出不了城？"

吴振羽让巴卓儿不要着急。

日布拉痛苦地吞咽着口水，"父亲的诅咒……儿子来解，一颗熊眼睛足、足够了！诅咒吞噬了川冀……川冀才是诅咒。"

巴卓儿三人都没明白，"你能说清楚一点吗？"

"火萨说，勤云的丈夫与众不同……如果勤云活着，就马上知道诅咒是什么了……所以勤云必须死，必须……死，军人看不见火萨……朝勤云开了枪，子弹穿过了火萨的身体……射中了勤云。"

"日布拉？日布拉！"

日布拉晕了过去，吴振羽跑去喊医生，走廊里传来了急促的脚步声，来的人不是医生，而是卖烫画的邻居，有人通知了她，她是日布拉唯一的亲人。

"卓儿，你怎么在这儿？"邻居说着又看了看跑走的吴振羽，觉得他也有点眼熟。

"我，我刚好陪我父亲来这儿。"巴卓儿将那幅烫画偷偷藏在身后。

"你的两个同伴来了。"

同伴？巴卓儿这才想起今天是周末，"傅朵和超认真吗？"

"一早就来了，帮你照顾摊位呢。"

"哦，我这就回去了。"巴卓儿说，"我先走了。"

巴卓儿说完就赶紧溜，"川冀是诅咒，这话是什么意思？"

"如果勤云活着，就马上知道诅咒是什么了。"笛拉重复着，"父亲的诅咒，儿子来解！"

"赟会不会知道？他是晕过去了，可他总是勤云之外最了解川冀的人吧！"

"我们去找赟！"笛拉觉得有吴振羽的水壶在，见个面不是难事。

"但他会和陌生人说吗？这可是关于他父亲母亲的事，要不先去沙尘酒馆找索娜？让她带我们去？"

"行，也只能这样了。"

"哇！夏城的车速好狂野啊！"吴振羽坐在三轮摩托的副驾驶上，头发都被吹成了大背头。

巴卓儿用力抱着索娜，索娜飞起的麻花辫，不时打到她的脸颊，她还在回想刚才在沙尘酒馆发生的事。

"看来到哪儿都一样，关系户总是令人看不上的，我也不想替自己辩解，我理解你们的瞧不起、看不上，一不小心还要被打压一番，我们这些走关系的人在你们眼里是什么？哑炮？不会咬人的狗？不过，是我做错了选择，被议论也是活该。但你们不该说我的父亲，他工作那么忙、那么辛苦，还要放下身段去请求你们的帮忙，可是结果呢？瞧不起关系户？呵！你们刚才说他是什么？没用的唤火师？你们真是骂了整个夏城最有用的人！一群白痴！"

一小时前，吴振羽和巴卓儿匆匆赶到了沙尘酒馆，笛拉没想到让那几名鄂科族服务生通报一声要那么费劲。巴卓儿说自己是唤火师的女儿，他们不信，还说这年头的唤火师都是些变戏法的江湖骗子。巴卓儿还好心解释，说父亲找了黑月初和泽马，让她来城里打工，他们都是鄂科族人，都认识。可越解释被嘲讽的点越多，说什么找份工作还要求人帮忙，唤火师果然没什么面子。吴振羽听着都快动手了，笛拉却制止了他，说了那一番话，还指着其中的一位鄂科族服务员说，"你的头发里，全是火星。"

巴卓儿当时在心里念了咒，她知道自己点不燃任何东西，但能让对方脖子上腾起红色的火雾，就足以震慑他们了。最后被震惊到的服务员总算是喊来了索娜，巴卓儿向她说了日布拉的事情后，现在终于坐上了这辆风驰电掣的三轮摩托车。

"笛拉，谢谢你替我父亲说话。"

"我也是在替我爸说话，'哑炮、不会叫的狗'，是清潭领导送我的话。"

"笛拉，别待在清潭了呗。"

笛拉将脸侧了侧，这麻花辫不知抽了自己多少个巴掌。

"我可以在沙尘酒馆唤出火星，但唤不出火，这等于没有结果，只是虚张声势。"

"你是不是想说，清潭高中是所好学校，说起来很有面子，很震慑人，但我在那里并不会得到我想要的结果。"

"就是这个意思！"

"你现在都会讲大道理了！"

"那你觉得我这样说对吗？"

"对，但现在能别提清潭吗，听着就心烦！"

巴卓儿伸长了脖子，已经能看到库鼎队的火球馆了，赟的巨幅海报就挂在馆外，还有他的队友，都是夏城受人拥戴的火球员。

"这个时间，都在吃午饭，去食堂，你俩也饿了吧！"索娜的个头极高，与吴振羽差不多，女猎人的气势很足，但说话却非常客气，态度比她店里的几个服务员好多了。

一路去食堂，看到索娜的工作人员都与她相熟，礼貌地向她问好。巴卓儿一直瞅着场馆中央的火球场地。

"我说的没错吧！三个同心圆。"

火球赛场简直太巨大了，圆形的红土地外加像泳池一样的外圆，最外侧还立起很多的铁板。

"这么看更不可思议了,这种铁板怎么可能打穿!"吴振羽看了6天的火球训练,还是为夏城火球员的非人体格感到震惊。

"燃起火,铁板会软化一些。"巴卓儿之前只是在电视上看过,第一次看实物,也忍不住惊叹。

"你们会去看比赛吗?"索娜边走边问。

"会,现在可以买票了吗?"

"还没买吗?现在再买怕是已经没票了!"

吴振羽轻咳了一声,朝巴卓儿晃了晃手里的水壶。

"哦哦哦,已经有人买了。"有水影师在也挺棒的。

"我没去现场看过赟的比赛,直播也不看,只看转播。"索娜大步走在前面。

"为什么?"

"紧张。"索娜大笑起来。

吴振羽挪着小碎步靠近巴卓儿,"我跳远比赛的时候,你有没有去看?"

笛拉看了眼吴振羽,"从不。"

"替我紧张?"

"是替我自己紧张,我不得学习!"

巴卓儿差点笑出声,小跑着跟上索娜,以免笛拉又和吴振羽怼起来。

库鼎队的食堂,就像学校食堂一样,宽敞明亮,大白天也开着灯,但每隔几张餐桌就有一台挂高了的电视机,里面正播放着体育新闻,这可是在学校没有的待遇。一片身穿宝蓝色队服的运动员正在排队打菜,而赟一个人坐在靠窗的角落,灰蓝色的卷发看起来湿漉漉的,光看背影就让三个年轻人很紧张了。

"乖儿子。"索娜径直走过去。

赟听到索娜的声音回过头,一双眼睛与勤云的很像。看到是索娜,立刻放下碗筷,"母亲,您怎么来了?"

巴卓儿和吴振羽跟在索娜身后停住了脚，终于见到了海报上的真人，激动得腿肚子都在发抖。索娜拉着赟交谈了一会儿，并将日布拉的那幅烫画给他看，赟听着听着就垂下了头，神情有些复杂。交谈中，赟的目光不时落在吴振羽身上，吴振羽被看得不好意思，拿水壶挠了挠头。

"你们过来坐。"交谈完后，赟的情绪并没有受太大的影响，很礼貌地招呼起两位客人。

"我去给客人打饭。"索娜留下他们自己交流。

索娜一走，巴卓儿三人更紧张了。她不时偷瞄一眼赟，以及他脖子上的那颗光亮的黑珠子。大家都不说话，气氛有些尴尬。

"那是熊眼睛对吗？"笛拉怯生生地开了口。

赟摸了摸脖子上的熊眼睛，英俊的面孔像雕塑一般，"很抱歉，没法拿下来给你们看了。"那条连接熊眼睛的丝线真像嵌在皮肤里一样。

"你觉得难受吗？"

"我已经习惯了，在某种程度上我们已经是一体的了。"

"它会干扰你吗？"笛拉记得火绒草在信上提到赟害怕鸟叫，这或许是黑熊存在的缘故吧。

"就像脑子里存在两个声音吗？"

巴卓儿和吴振羽有些害怕地对看了一眼。

赟却笑了，"我不是想说一颗熊眼睛会开口，但从我14岁那年它出现在我脖子上后，它总会在关键时刻提醒我，就像是我意识深处冒出的一个声音。"

"提醒你什么？"

"走捷径都要付出代价。"

巴卓儿记得，赟好像在采访中就说过这样的话，而笛拉也说过这样的话。

"这有什么特殊意义吗？"笛拉问道。

"走捷径都要付出代价，11年不够就再来11年，今年已经是我离开迷失森林的第 11 年了，我们一步一步终于有机会从撒特队手里夺过总冠军了。"

"可当初日布拉还想帮你进撒特队。"吴振羽提醒道。

"这我知道。"赟伸出手，手上的皮肤都皴裂开了，他轻轻地抚过烫画，"其实这些年我也在找他，不过不是为了向他求证什么，只是为了谢谢他，当年在迷失森林，他给了我与我母亲很多帮助。后来他还说有办法让我进撒特队。可是我记得，我与我母亲当时一直是拒绝的。"

"拒绝？为什么？"

"鄂科族人讲求实力，很瞧不上走关系，而我也不认为我非得进最好的球队，才能成为最好的火球员。"

这话一下击中了笛拉。

"我开始打火球是因为斐思，他年少成名，几乎是所有男孩羡慕的对象。可是如果我进了撒特队，我想与斐思在万众瞩目下打一场比赛就会成为奢望，我没兴趣与我的对手成为队友。"

就算赟是个脾气很好的人，但提到火球还是能感觉出他强烈的好胜心。

"可这么多年，库鼎队一直都是起起伏伏的，你不担心，即使过了 11 年，你甚至都遇不到斐思吗？"

"所以多亏它。"赟指了指熊眼睛，"我训练的时候，一天之内，甚至是一小时之内，都会冒出太累了、想停下来的想法。可我没法与身边的人抱怨，说多了，要是他们劝我放弃反倒更让我心烦，我只是想要听到一些鼓励的话，给自己找个出口发泄一下。而熊眼睛就是我的出口，我总有那个感觉，是它鼓励我坚持到了今天。"

"可这个熊眼睛……"

"在我晕倒前，我与父亲一同挡在了母亲身前，父亲更靠近黑熊，我也不知它后来怎么就到了我的脖子上。"

巴卓儿和吴振羽互看了一眼，有些话是必须要说的。

"赟，日布拉说，黑熊吞噬了你的父亲，你父亲是夏城的诅咒。日布拉当时在现场，那两个死去的军人也是他带进禁地的，而且他参加过唤火仪式，他能见到火萨。你的熊眼睛就是火萨放在你脖子上的。"

"我父亲是夏城的诅咒？"赟对此非常意外。

"是的。"

说完这些，巴卓儿三人就再不敢出声了，赟思考了很长时间，突然扭过头看向了窗外，深凹的眼睛里折射着光亮，那是泪光，"你们有看过夜空吗？"

巴卓儿和吴振羽面面相觑，不明白赟为什么突然提这个。

"每次训练完，我都会躺在射击区。"那个最中心直径为20米的圆内，"我想象着自己还身处迷失森林，有一天，母亲出门商量猎熊的事，父亲与我躺在木屋外的草地上，我看着漆黑的夜空，数着上面一颗接一颗的星星，母亲回来了，从我们身边经过，可她却像没看到我们一样喊我们的名字，还直接进屋子找我们。"

巴卓儿看向吴振羽寻求确认，吴振羽已经不安地握紧了水壶。

"我继续盯着夜空看，直到看到一层若有似无的波纹，我知道，母亲也进了水影。"

"泽马说过川冀提个水壶能在水源河边坐一天，我们怎么早没想到！"

"你父亲，是秋城的水影师？"吴振羽不敢置信地确认道。

"我14岁出了迷失森林，进了库鼎队，一个人的时候就躺在射击区，看着漆黑的夜空，你们知道我看到了什么？"赟不是要卖关子，只是他也要时间去相信自己的判断，"波纹，每年夏天，一层接一层的波纹。"

巴卓儿忍不住往窗外看，其实她在草原也不止一次看到这样的景象，但她从没往这方面考虑过。

"我以为是自己太想念父亲母亲了，所以才会看到这些，可如果说我父亲是夏城的诅咒，就算他本身不具备这么可怕的能力，但加上黑熊，诅咒的力量……迷失森林的一草一木都与夏城的百姓休戚相关，还有水源河的河水……"

"把整个夏城都放进了水影！"吴振羽觉得太夸张了，平时他想多抓几个人的思绪都要费好大的劲。

"所以夏城人出不了城，是出不了水影？"这个比发现吴振羽的"一半一半"还令笛拉难以接受。

"如果真是这样，那真正的夏城很有可能还停留在 11 年前。"

笛拉回想着在交换车站看到的照片，那确实是 16 岁的屠雪绒，如果夏城停在 11 年前，16 岁配 16 岁的照片，根本没配错。

"可如果夏城在水影里，所有东西都是思绪，春冬两城就不提了，夏城都不让他们进来。那秋城商人呢？他们带着坚果进出夏城，不早该意识到夏城有问题吗？"巴卓儿有些不解。

"或许秋城人很难意识到。"赟说道，"对于一些本就能同时生活在水影和现实中的人而言，现在的夏城与 11 年前无异。"

"这怎么解释？"

"我父亲说秋城人多思，为了让思绪不浪费，在秋城思绪也可转化为实物，而现在的夏城应该与秋城没有区别，所以他们根本察觉不到。"

"秋城人都是水影师？"巴卓儿问道。

"并不是，秋城是一座由水组成的城市，水影师是能维护一个个水域的人。"赟的话更让人摸不着头脑了，"但我对秋城的了解并不多，我很小就开始练火球，而且我的身份也很难在两城之间来往。"

吴振羽看着慢慢把目光转向自己的笛拉，赶紧解释，"我的身份也很尴尬啊！我只是听我妈说，水影师就像在钓鱼，其他的我也不知道了。"

"就像很多夏城人也不明白火星雨有什么用一样。"巴卓儿不免失望，刚有一点线索，马上又要断了。

但笛拉却觉得足够了，她回想着屠雪绒信上的内容，沉默片刻，问道，"如果夏城真的在水影里，那思绪在水影里生的孩子？"

赟咬牙说道，"还是思绪，准确的说是水的结合物！"

索娜正端着盘子过来，笛拉迫不及待地接过她手里的午餐，"索娜，屠雪绒给你看的那颗熊眼睛，不是滴了孩子的血吗？"

"你认识屠雪绒？"索娜有些不自在地看了赟一眼，赟还不了解这里面的情况。

"我等会儿再向您解释，那颗熊眼睛上是不是没有味道？"

索娜在赟身旁坐下，"没有。"

"就像滴上了一滴水？"

索娜回忆着，"你这么说还真是。"

"滚烫的熊眼睛能看清真相，即使它本身也在水影中，可那滴血是在水影里进一步的产物！熊眼睛能辨别出来！所以将血变成了水。"笛拉觉得对了，脑子里思绪飞快，"那如果有人死在了水影里呢？"

赟攥紧了拳头，"那只是在水影里的表现，只要水影不破，思绪就离不开水影，现实生活中的他依旧是静止的，他一直还活着。"

笛拉想明白了，阿泽和小梓是跟着秋城的坚果一起进城的，他们进来的本就是思绪。小梓是因为门票受损，捆绑结束，她的思绪在夏城没了接洽人，所以思绪直接离开了夏城。可阿泽却是死在了夏城的水影里，什么情况下肉体死了，意识却还在，只能是水影！阿泽的思绪本质上还与泽马的捆绑在一起，所以他没有离开夏城，也没有真正死亡。

笛拉着急地盯着吴振羽，"你让思绪出水影是通过倒转，可一座城要怎么倒转？你自己在水影里是怎么出来的？"

"这本就是我设的水影，都是我自己的思绪在控制，自然能出去。"

笛拉有些失望地看向赟，"我们应该没法找到你父亲吧！"

赟摇了摇头。

"不过我发现了一个情况。"吴振羽突然想起上次在早市摊，将混混放进水影，"那位老太太将我的水壶撞倒了。"吴振羽将原本竖着的水壶横放，"你们能理解吗？我正常放思绪出水影得倒转水壶，但那一次只是横了过来，当时市场上的人在绑静止的混混，我立刻将水壶扶了起来。"吴振羽又将水壶摆正，"就像渔网松了一下，我又立刻扎紧了。我当时发现有一个混混的思绪跑了，但另外两个还在水影中，可没一会儿，我的水壶可一点没动，但我已经控制不住另两位的思绪了，他们也跟着动了。"

巴卓儿的眼神慢慢亮了，笛拉一把夺过吴振羽的水壶，"我明白了！不是渔网松了，是渔网破了！只要跑掉一条鱼，其他鱼都能跑出去。"

吴振羽拍了拍手，"我就是想说这个。"

"赟，我还真知道脑子里有两个声音的感觉！"巴卓儿向索娜和赟解释了自己现在的情况。

索娜听完直呼不敢相信，"那天屠雪绒来找我的事，你们都知道了？"

"还有找泽马和黑月初，只要屠雪绒写在信上的，我们通通都知道，我们是在共同分享这一段时间的经历。"笛拉边说边想解决方法，"现在要破夏城的诅咒，只要将一个夏城人的思绪带出水影就可以了。"

"毁了你俩的捆绑门票啊！笛拉就能彻底和屠雪绒交换了，屠雪绒的思绪不就出去了。"可吴振羽说完就觉得哪里不对了，"那火萨为什么要我多此一举？直接让你变成屠雪绒不就行了。"

"没有多此一举。"笛拉很肯定地说道，"因为现在的情况不光要毁掉捆绑门票，还要毁火焰门票。"

"什么意思？"

"捆绑门票毁掉后，我与屠雪绒确实能彻底交换，但我的意识作为屠雪绒，其实还在水影里，这并不算破解诅咒，所以还得进一步毁掉屠雪绒手里的火焰门票！"

"你们这样还能交换吗？"索娜担心地说道。

"能！我们现在都在水影里，我要毁的只是水影里的火焰门票，没有一样东西会因为投影毁了，而毁实物。吴振羽，你要是不多此一举，说不定我一到夏城，按着火焰门票就回去了。"

"所以做人别太认真嘛，该玩还是得玩的。"

笛拉这会儿没工夫朝他翻白眼，"并且火焰门票是时间不到，砸不毁、烧不烂的，在水影中也是如此！但燃起的熊眼睛之火，能点燃它！"

"所以日不拉说父亲的诅咒，儿子来解。"吴振羽看着赟脖子上的熊眼睛。

"得想办法把它取下来。"

赟垂下头，"它一直说会陪我到最后，这11年我没有别的目标，我想这最后，指的就是这场火球总决赛吧。"

食堂里突然传出了不小的动静，原来体育新闻里出现了一个戴着鸭舌帽的运动员，他背着一个长条形的背包，被一众记者团团围住。

赟一下从座位上站了起来。

"是斐思吗？"

"斐思，您提前回城，是确定要参加总决赛了吗？"

"斐思，您的伤势恢复得怎么样了？"

"这会是您第一次与库鼎队的赟碰面，您有信心吗？"

斐思根本没有理会，将背包从左肩换到了右肩，继续走他的路。

"斐思，您怎么看待最近夏城的安全问题？屠卡的军火外流会不会影响到火球赛的进行，从而影响火球员的发挥……"斐思居然停了下来，回过身对着刚才提到屠卡军火的记者，鸭舌帽下是一张已经发怒的面孔，"你是蠢吗？"

看来说斐思脾气不好是真的，所有人都被他的话语震住了。

"没有屠卡，夏城的安全早出问题了！你身为记者，和普通人一样只看表面，真是够蠢的！"

每个字都说得咬牙切齿，但这样的斐思在笛拉和巴卓儿看来，真是光芒四射。

"斐思终于出现了。"

"笛拉，赟的目标是总冠军，是不是只有拿了总冠军，那颗熊眼睛才算陪伴结束？才能被摘下来？"

巴卓儿的提醒让笛拉心头一震。

"斐思估计也只能听得进屠雪绒的话吧！咱要毁了捆绑门票，你就是斐思的女朋友了，你有把握，去劝斐思输掉总决赛吗？"

笛拉又想哭又想笑，"我就知道，要破你们夏城的诅咒没有那么简单！"

14.
唤火聚会

巴卓儿带着傅朵、超认真和吴振羽往米典家走,远远的就听到了炉灶的"隆隆"声,果然是大厨号召的聚会,第一件事就是安排吃的。笛拉觉得这阵仗有点像在爷爷奶奶家参加的村宴,家家户户都出来帮忙,还搬出自家的桌子和椅子,摆在空地上,几个人正用粉笔在桌椅背面写上名字,以免遇到相似的而分不清是谁家的。刚来夏城时给米典送花的司机也来了,他又运了一车的鲜花过来,正在卸货。

巴卓儿与好几位熟面孔打了招呼,鱼贩站在他的运鱼车上,伸了网兜进去一条一条地捞,每捞一条,就要夸一遍自己的鱼新鲜,等在下面举着篓子的妇女已经开始嚷嚷,有厉害的直接爬了上去,夺过了鱼贩的网兜,自己捞了起来。一股浓郁的酸味钻进了鼻子,醋贩总算不再躲躲闪闪,送了一大坛醋过来,元元的儿子直接舀了一勺加进了凉拌菜里,他是今天的大厨,闻到香味向醋贩竖起了大拇指。巴卓儿一群人走在上二楼的楼梯上,看着一些半成品的菜肴,油炸过的排骨、准备清蒸的鲜鱼、做好的鱼丸肉丸……白切鸡已经放上案板,在厨娘利落的挥斩下,变成了刚好入口的小块。

"那是在洒酒吗?"

巴卓儿在醋味里闻到了一股带着花香的淡淡酒味,两个看起来块头很大的男女,正站在哒哒旅行社的废墟前,将一瓶白酒洒在地上。

吴振羽凑到巴卓儿耳边说道,"感觉像泽马和黑月初。"

"真的!"

"估计是索娜叫来的,你等会儿去问问。"

巴卓儿一想到自己的捆绑门票,立刻加快了上楼的步伐,"我们先去和米典打个招呼。"

巴卓儿在前面带路,房门开着,屋里传来阵阵欢笑声,一进门,就看到餐桌前围了一大圈人,以梅齐奶奶为首的一桌妇人正在包馄饨。

"卓儿回来啦,今晚的主食是馄饨哦,一定要尝尝我拌的馅,等会儿先煮两个给你尝尝。"

巴卓儿笑着向她问好,看到米典和巴伊悔在厨房,她便先带伙伴们过去。梅齐有些疑惑地盯着从她身边走过的吴振羽,一瞧见对方手里的水壶,马上就想了起来,没想到他居然是卓儿的朋友。

米典和巴伊悔正在讨论今天晚上客人的情况,看到一下来了这么多年轻人,都有些意外。

巴卓儿将今天的销售额递给米典,很厚的一沓,"这是傅朵和超认真,他们是我在火车上交到的好朋友,今天又帮我卖了好多盘子。"

"了解了,你的贵人嘛。"米典向巴卓儿挤了挤眼睛。

"这一位是我父亲。"巴卓儿向伙伴们介绍巴伊悔。

"您真的是唤火师?"超认真再次确认,他总觉得唤火是上个世纪的事,"我爸妈说唤火师可比心灵师厉害多了,只是这年头很难遇见。您能和我说句实话吗?表演的时候您会用什么特殊道具吗?不可能有人真的会凭空变出火吧!"

所有人都用一种嫌弃的眼神看着超认真。

巴伊悔发出了爽朗的笑声,"唤火师的秘密说出来就不灵了,等表演的时候,你一定要认真看。"

"我会认真找茬!"

傅朵翻着白眼叹了口气。

"父亲,这是吴振羽,今天就是他救出的日布拉。"巴卓儿向巴伊悔介绍道。

吴振羽酷酷地打了声招呼,巴伊悔诚挚地向他点了点头。

"对了,卓儿。"米典想到了一件事,"刚才有电话打来,是个叫索娜的人。"

"她怎么说?"巴卓儿瞬间紧张起来。

"说什么……都会来。"

"真的吗?那太好了!"

"你一共邀请了几位朋友?"米典朝巴卓儿挥了挥手里的名单,"给你的朋友留一大桌,够吗?"

"够了够了,谢谢米典。"

巴伊悔在一旁很惊讶,自己的女儿什么时候变得这么能交朋友了?

打完招呼,巴卓儿就得忙正事了,"父亲,您忙完了吗?我们能先出去一下吗?"找黑月初和泽马拿捆绑门票,还是得拉上一个与他们相熟的人,鄂科族的怪脾气她算是见识过了。

米典说,小伙伴由她来招待,可以去画室待一会儿,书房也行,她还准备了很多甜汤,晚饭前可以喝一些垫垫肚子。

巴卓儿与巴伊悔来到门口的走道上,站在二楼,向父亲解释夏城的真正诅咒——水影。对本就知道诅咒一事的人解释这件事,并不困难。还说到迷失森林那棵有12只怪手的唤火树,它既是在给夏城的诅咒计时,也是在给赟的11年计时。

"您这些年辛苦了。"笛拉在巴卓儿毫无防备下说道,"迷失森林的黑熊是从果核里长出来的,而果核是由您的唤火棍碎屑组合而成。黑熊的眼睛具有轮回性,即使在水影之中,它都保持着滚烫的真实性。它一直挂在赟的脖子上让他坚持,可又是谁让一颗孤独敏感的熊眼睛保有信念的呢？我想是您，是您每一年坚持不懈地往树上挂唤火棍，是您在告诉熊眼睛，夏城还在尊重传统，夏城还想破掉这个诅咒。所以，这11年，辛苦您了。"

巴伊悔意外地看着同样惊讶的巴卓儿，两人都在默默消化这段话。

巴卓儿鼓足勇气说道，"父亲，我与您说了诅咒，但要破掉水影这个诅咒，还得说刚才这番话的笛拉帮忙。"

巴伊悔满脸困惑。

巴卓儿向父亲说了火焰门票与捆绑门票，以及涉及其中的人的情况。巴伊悔从最初的难以置信，到慢慢明白、慢慢接受，"我该怎么谢谢你？笛拉。"巴伊悔很诚挚地说道，"你让卓儿对夏城有了自己的判断，还有了那么多朋友，我该怎么谢谢你？"

笛拉嘴角浮出了微笑，仰起头，认真地看向巴伊悔，"那就请您教卓儿唤火吧！"

"笛拉！"

巴伊悔看着自己的女儿，"你想学唤火？"

巴卓儿支吾起来，"我，我在草原就想学，但这个想法一直是偷偷的，因为天不下火星雨，我也看不见火，我不敢向您说这件事，可没想来了城区，我居然就看到了！"

巴伊悔点点头，"你能看到火，是因为你的经历变多了。你在草原生活了16年，遇到的人，遇到的事都太少，甚至抵不过出来的这一小段时间，你、笛拉，还有屠雪绒，你一下经历了三个人的人生，体会自然也多了。火星与情绪融合在一起，你只有先去了解那份情绪，才有可能看到火星。而你经历得越多，理解得也会越多，看得也会越清楚。不过最重要的一点，是你终于开始相信了。"

"相信？"

"你对火星雨的印象太模糊，这11年天空不再下火星雨，作为唤火师，我没法对不接受火星、不相信唤火的人进行唤火，所以近些年的唤火也显得困难重重。

你就算想当唤火师，潜意识里却对这件事抱着怀疑态度，自然也是看不到火的。"

"那我都看到火了，为什么点不燃唤火棍呢？"

"唤火棍的材质很重要，我想城区是找不到的。并且能挂上唤火树的唤火棍，不论唤火师有多少位，每年只能挂上一根，这里面涉及了选材、汇集火星，各种各样的事情。"

"我可以学吗？"巴卓儿一脸期待地问道。

"只要你想学，都可以。"巴伊悔扬起了眉毛，"笛拉，你看这样行不行？"

笛拉咧嘴笑了，"卓儿说行就行"。

巴伊悔拍了拍巴卓儿的肩膀，"那我们现在去找泽马和黑月初吧，要回你俩的捆绑门票！"

夜幕降临，巴卓儿站在二楼的走廊上，不知道索娜他们什么时候会来，又会从哪个方向过来，她手里紧紧拽着那张捆绑门票，掌心都开始冒汗了。勤劳的妇人们将凉菜都端上了桌，洁白的桌布在微风里飘动着，巴卓儿弓起身子，将下巴抵在木栏杆上。

"在想什么呢？"点着轻快脚步过来的是傅朵，她微笑着，洁白的连衣裙像一朵绽放的水仙花。

"没什么，你会不会饿啊？"

"刚才吃了不少点心了。"傅朵站到巴卓儿身边，也靠在木栏杆上。

笛拉看着傅朵，等水影解除，她们都只有5岁，5岁的人却有16岁的记忆，"如果我不来城区，我们是不是就不会遇见了？"

"可我还是会去草原啊，就算学校不安排去写生，我和超认真也商量好了，我们要去住你家的帐篷。"傅朵故意皱了皱鼻子。

"那你们一定要早点来，到时请你吃最新鲜的牛羊肉！"

"我可喜欢吃没嚼劲的。"

两人都笑出了声。

"为什么我有一种要和你分别的感觉？"傅朵显得有些伤感，"你会和你父亲回草原吗？"

巴卓儿思考了一下，点了点头，"等看完火球赛就回去，我想当唤火师，所以必须像你们一样系统地学习，非常认真地学习。"

"原来是这样啊，那我就放心了。"

"嗯？"

"不光我们会去草原，你也会来城区，以后就像这样，每年办一次唤火聚会，到时就是看你唤火了。"

"这还得看米典答不答应呢！"

"老太太很喜欢热闹呀。"

"可她自称是个喜欢孤独的人。"

两人开心地说着以后，超认真激动的声音从楼下传来，"傅朵，卓儿，你们下来看呐，五彩的西红柿！"

小柿搬了好几箩筐的西红柿过来，他总算把这压箱底的宝贝拿出来了，一下围上了很多人。傅朵开心地跑下了楼，巴卓儿还是紧张地站在围栏前，等着期盼已久的客人出现。

"出了水影，恐怕她们不会记得你。"吴振羽突然从走廊转角走了出来。

看着他手里的水壶，笛拉知道他又偷听了，"你这个习惯可不好，老是偷听。"

"不这么干，怎么知道你会瞎抱希望。"

"什么意思？"笛拉看着走近的吴振羽，他另一只手端着一个冒热气的小碗。

"吃吧，那位撞倒我水壶的奶奶给的，我已经试过毒了，很美味！"

是梅齐煮的几只馄饨，可笛拉现在没心思吃，"你说清楚。"

"你忘了，那两个被绑起来的混混，还有那两个要炸学校的年轻人，他们有记住什么吗？他们只是觉得被绑了很奇怪。"

"可赟连小时候的水影都记得，还有我和跑掉的那个混混，他当时一直说'倒了！倒了！'"笛拉这回明确了"倒"这个字的发音。

"你和赟，都是水影制造者——也就是我和赟的父亲，希望你们能记住这一切，所以才记得。而那个混混，是因为在我不注意的情况下跑掉了，在我这个水影制造者的意料之外，所以他不会有这一段记忆。"

"意料之外？你的意思是……整个水影的 11 年，只有破解诅咒的人——屠雪绒能记得？"

"那倒不见得，知道自己身处水影的人，也会保留这段记忆。"

笛拉理清楚了，"我没和更多的人说过水影的事，傅朵和超认真不会记得，元元和小柿也不记得，连米典也不会记得！"笛拉越说越沮丧了。

"没那么可惜吧？你觉得夏城这 11 年的记忆值得保留吗？天空不下火星雨，政府又推行什么继承制，唤火也没人理会，很多人都受情绪火焰的煎熬，这样的记忆值得被保留吗？"

确实，这 11 年里，有人生了病，有人与最亲的人闹得不可开交，还有人甚至已经过世，要是回到 11 年前，这些记忆都还保留着，反倒让重新开始变得困难重重。

"可一下就好寂寞了。"巴卓儿失望地说道。

"提起点精神嘛，还是有很多人能记得的，而且还都是大人物哦。"吴振羽朝不远处抬了抬下巴，一辆加长的黑色吉普车正缓缓地开过来。

忙碌的居民都盯着这辆从未见过的车子，它停在了米典家楼下，车门像羽翼般打开，率先跨下车的是面对面的四条大长腿，等这两位笔直地站到车前，居民从议论纷纷到欢呼雀跃，只用了一两秒，是赟和依旧戴着鸭舌帽的斐思。

两人都没想到会遇见面前的这阵仗，向他们涌来的都是拿着锅碗瓢盆的中年人，也有一些长辈撒腿就往家跑，他们要回去把自己的孩子喊过来。巴卓儿听到了人群里超认真的叫喊声，他嘴里塞满了五彩西红柿，喊声像溺水了一般。傅朵退到了楼梯边，与火速跑下楼、还端着馄饨的巴卓儿站在最后一级台阶上，并排看着。

"感觉快晕了。"

"我也是。"

巴卓儿看着努力在稳定情绪的傅朵，"你喜欢哪位？"

"别问这么贪心的问题。"傅朵突然捂着嘴哭了起来，"我两个都喜欢，不过斐思还是多一点点。"

巴卓儿努力控制着自己的情绪，如果不是脑子里还有一位对火球并不熟悉的笛拉，自己怕是和超认真没有两样。巴卓儿回头找吴振羽，他正把头压在扶手上，水壶就立在栏杆上，整个人一动不动的，在水影里他也没法更快地挤到两位火球员的身边，却可以更好地维护他爱耍酷的形象。

笛拉注意到吉普车的另一侧门开了，巴卓儿将小碗交给傅朵，从人群间的缝隙里挤了过去。车头处走出两个正在交谈的身影，是索娜，和一位穿着简单白衬衫配水蓝色牛仔裤的短发女生，巴卓儿率先看到了她的鞋，白鞋，上面还有渗进鞋边纹路的红色血渍。对方也看到了巴卓儿的鞋，两人一抬头，目光就撞上了。

那是一张清爽透亮的面孔，眼角眉梢都微微扬起，带着一种不怒自威，又恰到好处的神圣感，屠雪绒上前两步，向巴卓儿伸出手，微笑的样子又多了层亲切，"终于见面了，你们好，我叫屠雪绒，你们也可以叫我火绒草。"

笛拉想到了在交换车站看到的照片，黑色的连衣裙，头发快长到腰际，其实与现在的长相差不了多少，"我以为你是长发。"

"进公司那年剪掉的。"屠雪绒松开巴卓儿汗津津的手，"我们刚从医院过来，情况都已经了解了。不介意的话，我们可以回车里聊一聊吗？"

车外已经成了最热闹的球迷见面会，得扯着嗓子讲话。

索娜向巴卓儿点了点头，"你们去吧，我去找黑月初。"索娜一眼就看破了卖酒商贩的蹩脚伪装。

笛拉有种交卷时的紧张感，局促地跟着屠雪绒上了车。

吉普车的内部空间很大，巴卓儿与屠雪绒面对面坐着，驾驶座上的女子回过头，乌黑笔直的长发，一身职业套裙，巴卓儿对她太有印象了。

"屠总，我先下车。"

"她叫青墨，我的秘书。"

"我有见过！在邮局！因为指纹重叠，差点没寄出去的那次！"

青墨迟疑了一下，不知道有没有想起来，下车前她的表情还是和之前一样严肃。

"别介意，她只是习惯性臭着脸。所以，你真的可以看到我给斐思写的信？"

如果不是屠雪绒笑着问，笛拉真是难为情极了，"抱歉，到现在我的意识还是这样，不过昨天你没有写信，我们都很担心，你之前是不是不知道有那些照片？"

"我确实不知道。"屠雪绒的表情有些复杂，"当年火车被炸，政府有意压下黄金一事，保全屠卡的名声，是为了方便将屠卡收为自己的爪牙。当时夏城立刻就与冬城断交了，又把鄂科族赶出了迷失森林，那屠卡到底有没有叛城，对他们来说根本就不重要了。"

"那照片的事？"

"那些照片是李奥公布的，他藏了太多年，原本觉得政府让我管理屠卡，会变成小孩过家家，翻不出什么大浪，但他现在狗急跳墙了，知道单火筒事发，急于让舆论把关注点都放在屠卡身上。"

"李奥与单火筒有关吗？"

"贮藏那些单火筒的人被举报了，对方供出了一切，还交出了黄金名片，克罗德这些年的订单被屠卡抢了很多，李奥拿屠卡越来越没办法，刚好我们这次的单火筒出了问题，他便想拿单火筒造势，他原本是想煽动抗议的人群，在火球赛时制造大恐慌，没想被两位学生偷了单火筒。炸学校时，还被人发现了。这一下就提前引起了政府的防备，我们也有时间去细细分析产品的差异性。"说起这点，屠雪绒撑起下巴，好奇地打量着巴卓儿，"你们一位叫笛拉，另一位，叫巴卓儿对吗？"

巴卓儿很高兴火绒草能记住自己的名字。

"我有看过笔录上的名字，巴卓儿，学校的那枚单火筒是你们阻止的？"

"其实真正做这件事的是我们的朋友，他也在这儿。"巴卓儿指了指人头攒动的车外，那个还趴在扶手上不动的身影。

"等会儿一定带我去见见他，我想当面谢谢他，虽然不是屠卡的单火筒，但还是希望不要对无辜的人造成伤害。"

"其实炸了，也不会真的有人死亡。"

"但这个痛苦会留在他们的记忆里，赟说会保留在水影中的记忆。"

笛拉把关于水影的事更细致地分析给屠雪绒听。

"你觉得我们分析得对吗？夏城人出不了城，是在水影里没错吧？"笛拉还是想听听火绒草的看法，毕竟像熊眼睛这样的线索，都是她冒险得来的。

"我想已经有人替我们确认了。"屠雪绒从座位上的一个文件袋里拿出一封信，"这是被赶出夏城的坚果商寄来的，今天上午才收到，你可以看一下。"

巴卓儿接过信，看着上面有些潦草的字迹。

尊敬的屠总：

您好，我是福奴，您的坚果合作供应商。我已经平安回到秋城，十分感谢您在最后一刻还为我付清了所有的尾款。这些年能与屠卡合作，是我的荣幸，很抱歉最后还给您添了麻烦。

我原本没想写信来打扰您，但我一回秋城就发现了一件很奇怪的事。与我的货物一同进夏城的两位冬城人，他们还留在秋城。我以为他们结束夏城之旅后就该直接回冬城。没想一回来就看到了那位叫小梓的女士，她哭哭啼啼地来找我，我是个有家室的人，虽然喜欢上赌桌玩两把，但在男女关系上还是拎得清的。她那么梨花带雨地来找我，还真令人尴尬。小梓女士哭着说，她的同伴被定住了，希望我查一查这里面的原因。

我记得您当时问过我这两位冬城游客的情况，您应该对他们还有印象吧？我托了很多人，找到了秋城的水影师，他看了阿泽的状态，又问了小梓女士的情况。我记得小梓女士说，她感觉进夏城像是做了一场梦，她确实在夏城经历了很多事，最后还是从夏城的沙漠离开的，可奇怪的是，她出了夏城，回到了我们最初离开时的那个仓库，衣服背包上甚至没有一点沙尘。而阿泽站在她身边，至今都保持着静止的状态。水影师让她耐心等待，说是阿泽很有可能还没从夏城出来。并偷偷告诉我，夏城出了大问题，不知是哪位水影师开了个玩笑，把整座夏城都放进了水影。这对普通的秋城人没有影响，甚至连水影师也会忽略这点。老实说，这话我一点都没听明白，不过水影师看起来快着急死了，说他会立刻上报，再与夏城政府联系。我对你们那个政府没什么好印象，所以提前给您写了这封信，不知有用没用，但如果条件允许，为了安全起见，还是请先离开夏城一段时间吧。

真心地希望您不会受此事的影响，平平安安的。再次向您表示感谢，谢谢。

坚果商人——福奴

5月15日

"看来秋城人是真的不知道，还以为我们能出去。"巴卓儿将信还给屠雪绒。

"这事多可笑，夏城政府知道自己出不了城，却一直以为另三座城的人都能进来。可这11年，夏城与春冬两城都断交了，只放秋城的少数商人进来，政府根本分辨不出秋城人在进出时有异样。马倌爷爷说得对，人确实不能待在一个地方不动。"屠雪绒收起了信，"我也得重新考虑一下向元首报告的内容了。身处高位的人，比任何人都需要保留这份记忆，这是难得的远见，夏城这11年的情况，足以让元首重新考虑他施行的政策了。"

"你是说继承制吗？"

"元首认为给那些守护他的公职人员最好的待遇，他们就会更加拥护他的权力，所以就想到了一劳永逸的继承制。有时候竞争太过，会产生我父亲这样的悲剧，但毫无竞争，也会让活水变死水，公职人员的素质一年比一年糟糕，而看不惯他们的人也越来越多。李奥是起了煽风点火的作用，但如果夏城人过得好，没人会愿意看到叛乱出现。大家长也不好当，屠卡最初也是在政府助力下成长起来的公司，但发生了火车被炸事件，现场又散落了冬城的黄金。元首是个很敏感的人，他强烈地感受到了不安全不信任，所以才推行了继承制。"

"回到11年前，如果诅咒是从黑熊被杀那刻开始的，你的父亲……"巴卓儿一脸的为难。

"我明白,始终差了近一周的时间。"屠雪绒努力控制着自己的失落,"我父亲真的是彻底离开我了,不过我现在已经知道了凶手,也不用再苦恼没有证据,我会向元首如实禀报,在真实的夏城将他绳之以法,对我,对整座夏城,李奥才是这一切的罪魁祸首。"

这个结果还是会留有遗憾,但对整座夏城而言,已经算是最好的局面了。

"那么,"屠雪绒换了一种轻松的表情,"和我一起去笛拉学校的思绪,是巴卓儿,并且还是夏城真实生活中的……"

"5岁。"巴卓儿张开手掌,她16岁的思绪,穿过那道没有破解的水影诅咒,回到了5岁,难怪她怎么都记不住梦里发生的事,还经常画一些奇怪的图画,"她是不是惹了很多麻烦?"

屠雪绒笑着看调侃,"我想我还能应付。不过,我倒是给你惹了一些麻烦。"

笛拉才不信。

"我见到了你父亲。"

笛拉马上就信了,"平时都是我奶奶来看我,我父亲只会在我惹麻烦的时候出现,你做了什么?"

"我打了你同学。"

"48号?"笛拉毫不犹豫地问道。

屠雪绒点了点头。

笛拉一脸尴尬,"这个不用道歉,肯定是她又说了什么。"

屠雪绒回忆起前两天发生的事,"她就住在你上铺。"

"嗯,我们学号挨着,床铺又是按学号排的,她就住我上铺。"

"她晚上爱吃零食。"

"所以她胖。"

"她把一整袋薯片压碎了,扔到了你床上。"

巴卓儿垮下了脸，"这是故意的吧！"

"是故意的，她还说我考试作弊，我长这么大可还没人说过我会考试作弊，她就一直在教室和宿舍宣扬，我忍她很久了，如果不是那袋薯片，我还抓不到理由揍她呢！"

"你揍她了？"

"我把她放在我床前的热水壶踢破了，她很生气，趴在床边散着头发冲我嚷嚷，我就顺手拽了一把，把她拽到了下铺。"

笛拉倒吸了口气，"是该请我爸了，以暴制暴可不好，不过幸亏不在夏城，你还有枪对吗？"

屠雪绒理了理额前的碎发，"能炸的我都有。"

笛拉有些为 48 号感到庆幸，"我不怪你，换我，我也生气，你是不是被我爸训了？"

"是被训了，但你父亲替你说话了。"

"他说了什么？"

"他说，你犯错，他愿意替你去道歉，去承担一个家长该承担的责任，但是他坚决相信你的品行，当初也是将一个好孩子送进了清潭，可在清潭却一再出现问题，他觉得那就不一定是你单方面的问题了，而是那所学校本身也存在问题。"

"他真这么说？"

"你父亲问我愿不愿意转学，去图德高中。"

笛拉一下红了眼眶。

"我没法替你决定，所以还是得看你的想法。"

巴卓儿一张脸又哭又笑的，屠雪绒张开双臂，轻轻地拥抱她，并在笛拉耳边说道，"火球赛前，你愿不愿意替我工作几天？让我彻底地在清潭当几天学生。"

笛拉意外地看着屠雪绒，"我可以吗？"

"我知道你心里会有很多担忧，但我下午已经和青墨商量过了，她是个很尽责的秘书，我每天的工作她已经非常熟悉，而且她也了解夏城的所有情况，她对你很感激，只要你愿意，等我见完元首，我们就可以交换。"

"愿意愿意！"巴卓儿替笛拉下了决定，拿出那张捆绑门票，塞到了屠雪绒手里，"你忙完了就折断它吧，请带笛拉出去见识见识吧，她已经帮我卖了两周的盘子，在我这里已经体验够了。"

"可是火绒草，你不想看斐思的比赛吗？"同一张脸又立刻说了另一个观点。

屠雪绒笑着收起那张捆绑门票，"他可是最支持我交换的人。"

"啊，对了！"笛拉差点忘了，"熊眼睛要取下来，是不是斐思就得输？"

屠雪绒也听了赟与熊眼睛的相处，扭头看向了窗外，人群总算不像一开始那样疯狂了，但围在斐思和赟身边的小孩还是很多，"赟一路走来不容易，可换成是你，你会想要你的对手故意输给你吗？"

"这个……"笛拉矛盾起来，"除非像你们这样实力超强的人，其实很多人还是会有侥幸心理吧。"

屠雪绒并没有瞧不上这个观点，只是提醒道，"赟脖子上的那颗熊眼睛，可是能看清一切真相的，它会愿意看到谁故意输给谁吗？"

笛拉和巴卓儿都忽略了这点。

"其实我们不用太在意比赛结果，让斐思和赟拿出彼此该有的水平，谁输谁赢，他们到最后都能接受，相信熊眼睛也能接受。而且我们现在能走到这一步，找到每一条线索，我想火萨，还有本就守护着夏城的黑熊，他们在乎的不是一场比赛的输赢，而是希望我们能真的得到一些教训。成长道路那么漫长，谁都需要接受教训，但教训不是为了堵死我们的路，而是为了让我们更好地往下走。"

晚饭过后，真正的重头戏来了，所有人都来到哒哒旅行社和米典家之间，围成了一个大圈，巴伊悔站在最中间，开始进行唤火。所有人脸上都是信服的表情，他们相信唤火，唤火师也愿意帮助他们。

巴卓儿与傅朵、超认真还有吴振羽站在一起，她嘴里跟着巴伊悔默念，她已将咒语铭记于心，看着逐渐从人身上腾起的火星，一点一点，还带着细微的声响。

"为什么不喜欢斐思呢？"

"因为他脾气很坏！打不中火球还摔火枪，他把自己的情绪转加到一个物件上，父亲，我觉得他成不了一位好的火球员。"

"你真的这么想吗？那你为什么还每天都给他写信？"

"你怎么知道我给他写信？"

"因为斐思回信啦。"

"真的吗？真的吗？"

"那位，声称自己叫火绒草的女士或男士，

我是斐思，在过去的一年里，我整整收到了你365封来信，不知你是待业在家无事可做，还是真的一点都看不惯我打火球，你整整给我写了365封批评信。我觉得再不给你回一封，骂骂你，实在显得我脾气太好！

说句实话，你要是看不惯我打火球，你完全可以去看别的火球员，为什么要那么孜孜不倦地盯着我呢？你不是火球员，也没有经历我的生活，我每天的训练量已经够大了，还得看着教练永远不满意的脸色，他一会儿说我手臂抬得不对，一会儿说我手脚不协调，因为一直被骂，我跳起来的时候掉进了水池，队里的前辈都在笑我，可教练还是在训我，说我像一棵树一样僵硬，还是棵病歪歪的、瘦骨嶙峋的树，还威胁我下一场比赛时要把我砍掉。

我每天遭受着重压、威胁还有辱骂，结果一到中午，快递员就准时给我送你的信！你从看不惯我的上场态度，到教导我不该摔火枪，比赛时不该骂脏话，不应该与对手争执，更不该跟裁判争执！（真是该死！我这么写了一遍，发现听起来还真是我的问题。）可是你该想想，我在场上的时候，每分钟的心跳达到180下，我浑身上下都是伤，我的左脚掌，因为从太小的时候运动量就超负荷，有块叫什么跗骨的没有长好，稍微运动过量一点，就肿得不行，疼得不行。这时我再想象一下我的教练，在遥远的地方默念着要砍掉我这棵没用的树！你说我的脾气能好吗？换你能好吗？你是站着说话不腰疼，还一天到晚给我写这样的信！

我告诉你！别再写了！要是我再收到！我会按照这个地址找到你，到时别怪我不客气，我一定把你扔进火球场的水池里。

快被你逼疯的斐思"

"听起来有些没风度。"

"那是因为他没见过我，我可是真心实意地给他提意见，他还让我别再给他写信了，他会后悔的。"

"你去哪儿？"

"我去给他写信啊，今天的还没写。过几天我要去现场找他，好好教育他一顿。"

"你为什么这么帮着斐思？"

"不知道，就是一种很熟悉的感觉吧，他虽然很有天赋，但心底还是棵瘦不拉几的树，不够自信、不够稳重，但总有一天他会长成最粗壮的大树的，我得保护好他，不能让别人随便给砍了。"

笛拉和巴卓儿有些意外地听到这些内容，斐思与屠雪绒并肩站着，他们都是万人羡慕的对象，但所经历的生活压力到底有多大，也只有他们自己清楚。他们的脾气都很奇妙，不过重压下的生活也因为彼此而有了依靠。

赟与索娜他们站在一起，索娜合拢了双手，虔诚地感受着唤火。

"从今以后，我就是你的母亲了。别太想过去，这只会让你变得软弱。"

"好。"

"有一支新球队，叫库鼎队，在招人，我们去见一见好吗？"

"好。"

"换这件衣服怎么样？"

"好。"

"赟，你是怕我吗？"

"我只是想我的父亲母亲。父亲会回来吗?他会回来看我吧?"

"我想会的,只要他平安回到秋城,他就会想方设法来看你。不过,赟,答应我一件事,不要与任何人提起你父亲的身份,我不知道秋城人与我们有什么不同,但你母亲能选择嫁给秋城人,一定有特别吸引她的原因,可旁人不一定能理解。包括这颗熊眼睛,你就当它是一颗普通的珠子,与生俱来的,不用与别人多说,你要学着保护自己。相信我,总有一天你会成为最棒的火球员。"

"像斐思一样吗?"

"如果那小子能改改他的脾气,我倒是希望你能以他为榜样。"

"我明白了。"

"记住了,你要是去打火球,千万别砸火枪,控制情绪是任何一项职业的必修课。"

赟的成长多亏了有索娜这样的一位母亲,索娜也确实把他教育得很好,相信他带上这 11 年的记忆回到夏城,一定会成长为一位更杰出的火球员。

巴卓儿看到了人群里的崇延,他与他的儿子、儿媳一起来了,还有两个小孩,一个扶着爷爷,一个扶着爸爸,很是融洽。人群中升起的火星越来越多,巴卓儿看到了坐在轮椅上的米典,元元正站在她的轮椅后面。

"要饭要到餐馆来了,老哥们,饿了几天了?"

"赏口饭吃呗。"

"等着,我那儿还剩了半壶酒。"

"女大厨,很不简单呐。"

"一分男女我就不爱听了,干吗偏得分男的该干什么,女的该干什么?"

"女娃不是更适合写写画画嘛,你不是从小就想当个画家?"

"怎么,你是街口心灵师的亲戚?跑来给我算命了,我可不信这一套。"

"我是火萨,当然能看清你的未来。"

"哈哈，我见过吹牛的，但没见过直接说自己是火萨的，我这酒度数不高吧！"

"信不信由你，但你给了我这么好的酒，我就该向你透露点风声。"

"什么风声？"

"夏城会遇到不下火星雨的时候。"

"你在开玩笑？不下火星雨还是夏城吗？"

"可到时，你们就无所谓了。等真的不下了，你也就信我的话了。等到那个时候你就把自家的房屋建高，离乌七八糟的人远一点，做你想做的事，帮你愿意帮的人，千万不要勉强。"

"为什么这么说？"

"因为不是每个乞丐都是火萨，也不是每个孩子都是好孩子，不用有意为之，顺其自然就好。"

"干吗又说起孩子，我最不喜欢孩子了，吵个不停。"

"可如果她能给你带一份大礼呢？"

"大礼？"

"让你年轻十一岁的大礼。"

所有火星都飞上了天空，拧成了一股浑圆的火绳，巴卓儿感受着体内热量的蒸发，所有困扰都在慢慢解开……

15.

火球赛

"我觉得可以下班了,今天有火球赛,我肯定得去现场给斐思加油。"

"可是屠总,接下来还有两个会。"

"会?你以为我还会上当吗?我现在算是明白为什么卖烫画的邻居不想在制药公司干了,屠卡也太变态了,要开会先考试,上来就发试卷,老板还得跟着做!"

"屠总,这是为了保证领导层的专业素质不落后,很多人管理工作做多了,专业问题就答不上来了,这对带领团队前进不是好事。"

"青墨,你别叫我屠总了,我叫笛拉,你们那些卷子,再多看一眼,就要我的命了!我也不想给屠雪绒丢人,真做不了了!"

笛拉说着就大步跑了起来,她穿着运动鞋跑起来飞快,青墨穿着高跟鞋也不甘示弱,最后还是她给笛拉开的车门。

"你比我老师还可怕!"笛拉喘着气说道。

"屠总,现在要去找巴卓儿小姐吗?"青墨已经非常专业地切换了接下来的路线。

"当然,米典今天要给我们做蘑菇炖排骨,我已经饿得不行了!"

傍晚时分,天空刮起了大风,卷起的沙尘让一路奔跑的巴卓儿很是担心。

"不能下,不能下……"巴卓儿一边碎碎念,一边躲开迎面过来的摩托车、汽车,还有各式各样的自行车,所有人都在朝一个方向驶去。

巴卓儿看到停在楼下的那辆黑色加长吉普。

"晚了晚了!"巴卓儿手脚并用地爬上楼。

一进屋,屠雪绒,不对,应该是笛拉,她正在帮米典端晚饭。

"好久不见!"巴卓儿激动地冲了过去,想要拥抱端着一口滚烫砂锅的笛拉。

"悠着点,我可是快饿死了,要是洒了我直接吃你。"

巴卓儿瞅了眼砂锅,"这就是你心心念念的汤吗,怎么黑乎乎的?"

"口蘑汤就是这样。"米典略带不满地从厨房过来,放了把大勺子在砂锅里。

透明的清油,底汤是青黑色,上面撒上了一层碧绿的葱花,味道闻起来还不错,"笛拉,当屠雪绒的感觉怎么样?"

"太赞了!"可笛拉的表情却是哭丧着脸,"我特别怀念跟你一起卖盘子的日子,人果然是要脚踏实地,选择适合自己的工作,屠雪绒的生活我已经体会到了,以后再也不做当科学家的梦了,那简直是噩梦。"

巴卓儿听了大笑起来。

"嗓门太大了。"米典从厨房出来,"你俩以前一体的时候,说话也这么大声吗?脑子不会炸吗?"

巴卓儿和笛拉互看了一眼,又大笑起来。

米典催促两人赶紧吃,等会儿她还有老伙伴要来,她们不去现场,要在家里看直播。

没多久,果然有人上楼了,巴卓儿听到了鱼贩的声音,"日落西山一点红,不是风来就是雨,现在已经起风了,晚上肯定要下雨。"

巴卓儿放了筷子去堵门,"您能别预言天气吗!"

鱼贩看到巴卓儿，他今天又换上了适合度假穿的花衬衫，"小卓儿，你怎么还在家！就算有军车接送也得抓紧啊，要不等会儿被堵在路上，看不到开场，错过了中场，还没赶上……"

"别别别，您别说了。"

巴卓儿认输，捂住耳朵跑回桌前，更加迅速地扒拉起饭来。

夏城政府为了确保火球赛的正常进行，采取了最强的安保措施，年轻的军人里三层外三层地将现场包围了。进场馆要验指纹，但这回笛拉和巴卓儿都很顺利地进了场馆。

"您有两位同伴已经到了，还差一位，需要我去接吗？"青墨在前面带路。

"不用，空个位置就行。"笛拉知道吴振羽按照正常的安检根本进不来。但她已经告诉了他具体的座位号，在水影里，他是有位置的。

走进现场，巨大的圆形场馆，已经有一大半人入场了。

"没有座位吗？"笛拉注意到现场的观众都是站着的，而等在VIP包间的傅朵和超认真也是站着冲他们挥手打招呼。

"一场火球赛会控制在一个半小时之内，时间不长，观众会陪着火球员一起加油呐喊，所以火球赛从最开始就不安排座位。"

笛拉见识到了，就算是VIP座，也只不过是四周有围栏，身前有个可以放饮料和零食的架子，所有人都得站着。

"看这个。"巴卓儿指着围栏上的装饰，是涂上玻璃釉彩后的泥块。

笛拉蹲下来观察它们，还伸手摸了摸，没想到在最后，还能看到"老朋友"，这都是她在夏城的美好回忆。

青墨给每个人上了一杯西瓜汁，还送上了望远镜，随后便礼貌地退下了，不再打扰他们聊天。傅朵和超认真并不知道笛拉的存在，只以为面前的屠雪绒是屠卡军火的董事长，屠卡最近的名声又回来了，但老牌军火克罗德的董事长却因为威胁夏城安全罪被抓了起来，商场如战场，傅朵和超认真可不敢在这样的风云人物面前太亢奋、兴奋的状态都有所收敛。现场逐渐坐满了观众，灯光也被慢慢调暗，广播里传来一个洪亮的声音。

"欢迎各位来到火球总决赛的比赛现场，我是胡度，各位的老老老老朋友了，每次作自我介绍我都担心会有人要向我砸火球，毕竟我与大家风雨同舟这么多年，作为火球赛的参与者我比斐思的工作时间还要长。"场馆里传出了笑声，气氛起来了，胡度继续着洪亮的声响，"话不多说，我们用最热烈的掌声欢迎选手入场，首先，欢迎库鼎队！"

全场发出热烈的掌声、口哨声，这是一个巨型的赛场，场馆正中央挂着多面向的屏幕，但大多数观众还是举起了望远镜。

"隆重地向大家介绍总决赛上的新朋友——年轻的库鼎队，库鼎队成立至今不过11个年头，能够一举打进总决赛，实属火球场上的奇迹。现在，胡度就带领大家来认识一下新朋友，首先是库鼎队男子双打选手，哈桃、哈乌，他们是一对双胞胎兄弟，有着最好的默契，希望他们能在总决赛里取得优异的成绩。"

哈桃、哈乌的头像出现在大屏幕上，两人笑起来像是在照镜子，一个咧左边嘴角，一个咧右边嘴角，金黄的头发打着小卷。

"欢迎女子双打选手，张毅环、子宛儿。"两位身高差距很大的女选手向观众席挥舞起了手臂。

在介绍的过程中，比赛会场慢慢露出了全貌，场地分为三大板块，中心是直径为20米的水泥地，往外延伸70米都为红土地，紧紧包围红土赛场的是20米宽的水池，三块组合在一起，是一个直径为两百米的巨型赛场，赛场的外圆环绕着用防弹玻璃围起来的铁板，比赛开始后，铁板会移动到水池上方。比赛中，只要通过赛场上冒出的火焰颜色就能判断出哪个队伍更胜一筹，撒特队是红色，库鼎队是蓝色。

"向大家隆重地介绍库鼎队的男单选手，布仁甘迪·赟，赟拥有最古老的狩猎民族血统，这让他在赛场上展现出无与伦比的射击技艺，这是赟第一次杀进总决赛，也是他与火球场上的王者——斐思，首次碰面……"

现场的观众已经彻底沸腾，观众都在喊着赟的名字。包厢里的年轻人也都在鼓掌，为赟呐喊。

"下面，大家用最最热烈的掌声，欢迎这片赛场上最强的王者队伍，撒特队入场。"

库鼎队的宝蓝色被撒特队的鲜红取代，穿着红色队服的撒特队员，每一位都是单项领域的佼佼者，他们已经太多次进入总决赛，对于这铺天盖地的呐喊声，已经能够无比沉着地应对了。斐思还戴着帽子，鲜红的头发被藏了起来。摄像师将镜头不断地拉近——斐思的鼻尖已经滴下了汗水。

"斐思也太酷了！"傅朵和巴卓儿尖叫起来，笛拉是在替屠雪绒压抑着自己的激动，毕竟这包厢四周一直有人过来打招呼。

摄像机的镜头扫过现场的总决赛奖杯，水晶在聚光灯的照耀下，显得光彩夺目，不过更夺目的是奖杯旁的巨大支票，不管夏城的天气变得多热，火球赛的门票都不愁卖，比赛奖金也因此一年高过一年。现场的配乐也变得隆重起来，笛拉看了眼时间，7点59分，离比赛开始还有1分钟。

胡度用无比夸张的声音，宣布比赛开始。

第一场比赛是男子双打，库鼎队的哈桃、哈乌，撒特队的周奇、泉夫亮来到了赛场中央，那里是一个直径为20米的射击区。火球赛首先考验的是选手的眼力，他必须站在90米外，射中水池外圆挂起的无数个金色、蓝色和红色的铁球，金色球外径最小，仅12公分，蓝球16公分、红球20公分。球越大越容易被射中，但产生的火焰会越小。射中铁球后水池边会出现半圆形的红土平台，射中金色球，平台半径为12米，选手需要从大的红土平台跳跃到水池平台上，水池为20米宽，如果两个平台之间的距离为8米，那对跳跃来说难度不大，但如果是击中蓝球后的10米平台和红球的8米平台，那对选手的跳跃要求就会越来越高，而且红土赛场地质松软、容易打滑，掉入水池的选手不计其数。但掉入水池并不代表没成绩，能爬上对面的平台就行，直接游过去也不犯规，只是在总决赛这样的高规格比赛中，看起来有失水准。

笛拉记得身为国家一级运动员的吴振羽,也不过能跳出 7 米 6,夏城的火球员果然很可怕。

泉夫亮将枪托抵住肩膀,周奇已经在一旁做好冲刺的准备了,子弹射出,带着火光的子弹划过蓝球表面,瞬间的摩擦让球面泛起了烟雾,周奇时刻准备出发。另一边的哈桃也打出了第一枪,射中了红球,因为接触面积大,瞬间就泛起了火焰,水面上展开一个半圆平台,哈乌飞奔出去,卓越的跳跃能力加上沛的体力,让 12 米的距离显得轻而易举。另一边,蓝球也被点燃了,周齐跳了出去,落地的时候激起了平台上干燥的红土,红土扬起,在大屏幕上看起来尤为清晰。

泉夫亮稍稍偏转角度,对准另一个蓝球射出,这一回蓝球很快就着火了。两个射中的蓝球之间竖起了 8 块烧红的、带着炙热火焰的铁板,每一块铁板有近 5 公分厚,彼此之间还隔着 1 米的距离。着火的蓝球飘在半空中,周奇双手握住火球棍,这是 1 米长的合金棒,棒尾铸有双手紧握的弧形,棒头处的外径有 30 公分,切了 20 公分长、10 公分深的半圈槽子,击球棒必须将燃烧的铁球卡进这个槽子,通过在槽子里剧烈的摩擦产生更大的火焰,才有可能击穿铁板。周齐深吸一口气,用力将蓝球挥了出去,赛场瞬间发出清脆的击破声,红色火焰在赛场外圆燃起——他一下将 8 块铁板都击穿了。如果射中的是颜色相同的两种铁球,作用在一边球上的力量会同时出现在另一边的球上,这样击打的时候可以更有力地击穿铁板。观众席发出热烈的欢呼声。另一边的哈桃和哈乌也顺利击破了 5 块,赛场冒出了蓝色火焰。三种颜色的铁球根据火焰大小的不同、材质的不同,能击破铁板的数量也有限,理论上红色铁球最多能击破 6 块,蓝色铁球是 10 块,金色铁球是 15 块,不过这也要看击球手的臂力如何,且射中的必须是同种颜色的球,如果射中的是不同颜色的球,加上力量不足,就会出现球卡在铁板中过不去的窘境。他们在一次又一次地跳回大场地再跳向水池平台间,消耗了大量体力,所以就算是双打,选手也会互换着进行比赛。

笛拉坐的包厢，能看到还未上场的撒特队队员在做热身，有人挥舞着健硕的手臂，有人压着腿，还有人做着一些冲刺动作。但与其他运动员不同的是斐思在燥热的赛场，他穿着厚重的大衣，一个人坐在角落里，低着头。

笛拉看着从斐思鼻尖滴落的汗珠，他在以自己的方式做着热身。而另一面的库鼎队，教练似乎还在与他们交代着什么，赟站在队伍中间，远远的，也能看到他锐利的眼神。

撒特队顺利拿下了男子双打冠军，以超过8块铁板的优势取得开场比赛的胜利。每场火球赛的时间不超过15分钟，因为运动员的体能消耗巨大，所以比赛节奏很快，观众们也能在这种短暂但充满力量的比赛中得到强烈的满足感。

男双结束后便是女双比赛，赛场被调成了女子模式，水池平台的面积大了一些，对跳跃要求各缩短了两米，但就是这样，对普通男子而言，也是很难达到的水平。

库鼎队的子宛儿率先射响了火枪，顺利点燃了金色铁球，全场一下沸腾起来，张毅环跳跃出去，稳稳地落在平台上。子宛儿再次射向火枪，又一次射中了金色铁球，全场一阵惊呼，但两球之间的距离太近了，只有3块铁板被击穿，张毅环击打金色铁球，也是三块铁板被击穿。子宛儿和张毅环似乎很擅长这样的配合，并且在好几次的配合之后都没有互换的意思。

"看样子子宛儿只擅长射击，而张毅环只擅长跳跃，她俩这样配合，很省力。"

"但这样击破的板数也太少了吧，没意思。"超认真略带失望地说道。

"比起赏心悦目，赢比赛才是最重要的。"傅朵已经成了一个"精明"的看客。

很快，库鼎队两位女子选手就取得了胜利，女子选手的体力本就不如男子选手，如果在射击时不能提高命中率的话，又是跳又是跑的，互换着进行比赛，看似厉害的全能型选手，反而输给了专长选手。

接下来的女单比赛，撒特队的元老武婕，居然也输了，这场比赛让笛拉没想到是如此局面，一般的火球赛两队选手基本都是各打各的，因为在两百米直径的场地内，有太多的铁球可供选择，射中自己的球、击穿自己的铁板，火球赛自成立以来一直都是这样进行的。

现场的观众有些愤怒，因为库鼎队的选手在自己迅速击穿8块铁板后，就一直在给武婕设置困难，每次在武婕射击完一个铁球之后，她就在3至4块的位置，随意射中一个铁球，对手这么突然地捣乱，彻底让武婕乱了阵脚，子弹射空了，跳跃时还落了水。这场比赛对武婕而言简直是羞耻。虽然现场的观众对结果感到很气愤，但裁判也没判定库鼎队是犯规。

"库鼎队之前也是这样打比赛的？"笛拉问道。

巴卓儿用力扒着包厢边，"要这样早被骂死了，这多丢人。"

"但这也没有破坏比赛规则。"

"但她破坏了道德规则。"超认真对火球是有研究的，"火球赛发源自森林的狩猎，猎人在狩猎的时候要尊重其他猎手，别人先你一步到达，你都不能大声讲话去干扰别人，可库鼎队这是明目张胆的阻挠！"

库鼎队的女单选手显然只想着自己能够获胜，就算下场时满场给的都是"嘘"声，她也无所谓，毕竟她为库鼎队拿下了这场比赛。

武婕狼狈地走下了场，队友们都上前安慰她，她久久地靠着队友的肩膀。而对面的库鼎队，他们更多的是震惊，混双选手上场时，满场的"嘘"声已经严重影响到了比赛进行。

第四场比赛正式开始，笛拉看到赟小跑到了撒特队的热身区，他直接找了斐思，观众的注意力一下被他俩吸引了。不知道他们在低语着什么，斐思带赟去见自己的教练，教练喊来了武婕，赟是去道歉和安慰的，武婕很快平复了情绪，她大度地向现场观众示意，让他们安静下来。赛场外的一幕，安抚了观众的情绪，比赛终于得以正常进行，混双选手也能够专注进行比赛了。

火球赛是五局三胜制，但就算比赛结果在前三局就定下了，比赛也必须赛满五场，这是赛制对每位辛苦训练选手的尊重，让他们都有机会在观众面前展现一番。但撒特队要的可不是被一个新兴球队打败的结果，两位混双选手狠狠地给年轻人上了一课,以赢过10块铁板的优势,将总比分拉到了2比2,把这场总决赛的胜负,压在了最受关注的男单比赛上,这或许是所有人都期盼看到的局面,撒特队不再以压倒性的优势获胜,比赛有了更多的悬念。而且,起风了,在混双比赛的时候,场地上的红土就有了腾起的趋势,现在站在高处的观众,能看到整个赛场上都笼罩着一层红色的粉雾。

"鱼贩的乌鸦嘴!"巴卓儿狠狠地说道。

"这对射击影响太大了!"

"但野外狩猎就得考虑情况的特殊性,这样比赛才好看。"超认真越看越激动了。

赟脱了外套,队友拍打他的肩膀给他鼓劲,他甩动着四肢上了场。现场响起了掌声,斐思也脱下了厚厚的衣服,重新换了一件比赛服,这是他的习惯,上场前已经出了一身汗,这会让他的热身无比充分。斐思看了眼观众席,所有人都更加沸腾了。他紧握着自己的火球棍,上面刻有他的名字,击球棒前面的凹槽由20公分长,缩短至15公分,这是斐思特制的,因为他只打金色铁球。

"这种情况对斐思的影响更大。"傅朵忧心忡忡地说道,"射歪一个就很难打了。"

斐思和赟在欢呼声中走上台,两人来到赛场最中央,火枪以及弹药将射击区的圆一分为二。

比赛开始的火源被点亮,水池外圆的铁球都上浮到半空,斐思微皱起眉头,原本无所谓的眼神变了,如鹰一般锐利。他的第一枪射出,立刻微转角度射出第二枪,两发都命中金色铁球,斐思飞速地奔跑出去,他的射击能力和奔跑能力都无比卓越,8米的距离对斐思而言太轻而易举了,轻巧落地,拿出火球棍,两个金色铁球间隔了15块铁板,铁板上扬起了火焰,观众席疯狂了,站立的人群挥舞着手里的红色丝带,观众台成了一片红色火海。另一边的赟也毫不逊色,也击中两个金色铁球,他的射击能力确实不错,但他只要了13块铁板。

斐思迅速地进击、跳回,现场的风更大了,斐思再次举起火枪,一阵大风席卷了红土地，一下模糊了他的视线，他不得不停下，闭起了眼睛。赟与斐思处于不同风向，他抓住了这个短暂的机会，比斐思先完成了第二次射击，又是命中两个金色火球，并且这次要了 15 块板。而斐思因为沙尘太大，大屏幕上能看到他眼睛里进了沙子，第二轮的第二次射击，他居然击中的是蓝色铁球，虽然金球和蓝球之间也隔了 15 块板，但这意味着斐思在击打时面临着更高的挑战，蓝球的材质限定了它的撞击能力，它会在穿越铁板时不断熔化。要是蓝色铁球卡在了铁板里，这会很影响成绩。

赟在完成第二次击打、顺利击破 15 块铁板后，斐思才跳过平台，他的眼神变得更为专注，用力握紧火球棍，挥舞了出去，现场闪现出红色的火光。斐思又立刻跳回了红土地，现场的裁判报出"击穿 15 块"的成绩。笛拉知道为什么火球场不设置座位了，每一秒都那么兴奋，根本就坐不住。

两人的比分一直互相紧咬，赟与斐思的射击水平不分高低，但赟的击打力量明显弱一点，他从最开始能击破 15 块板，在经过 10 分钟的比赛后，他击穿的板数越来越少，有时候只有 10 块，这往往是射中蓝球后能击破的板数，但用金球去击破的话，会更省力一些。大屏幕上的赟努力调整着呼吸，笛拉一直注视着他脖子上的熊眼睛，这么剧烈的运动，那条红色丝线依旧像是嵌进了皮肉，纹丝不动，这可不好！而斐思的力量储备相当充分，但他的脚……

斐思在还剩 3 分钟的时候，在跳回红土平台时，半跪在了原地。花了好几秒才站起来，但站起来的情况也不妙，笛拉握紧了拳头，屏幕上也将镜头拉近到他的左脚，他穿着特质的运动鞋，但这样反复的奔跑跳跃，让他的左脚不堪重负，斐思奔跑起来有些别扭，速度也降了下来。他原本的领先优势，被赟一点点追上。而且观众发现，斐思直接就留在了射击区，他在射完两次金色火球后，又一次往火枪里放了一管火药。

"斐思要干吗？"

"他不会是要积累起来一起打吧？"超认真的声音都哆嗦了，"这可是从来没有过的!"

离比赛结束还有一分半钟,所有人都看着记分牌,赟使出了全力,在多了两次15块板的折返后,分数完全超过了斐思,斐思在射中了4颗金色火球后还站在原地,赟的优势在不断上升。

笛拉担心,要是斐思这样输了比赛,在黑熊眼里,算故意输吗?笛拉紧张得不行。

还剩1分钟,所有人的心都快跳到嗓子眼了。斐思终于放下了他的火枪,开始奔跑,他一开始跑得踉踉跄跄,甚至能看到他多点了两次右脚。赟已经有了40块的成绩,而他最后一次射中的金色铁球,又击破了15块板,赟的体力也到了极限,拿起火球棍的手,已经有些颤抖。

斐思越跑越快,他一共打中了5个金色的铁球,也就是有60块铁板没有打。

巴卓儿和笛拉紧握着手,斐思稳稳地落在了红土平台上。

现场燃起了蓝色的火焰,赟击穿了14块板,有些体力不支地用火球棍撑着在地,还有10秒钟,他没有时间再跑回去了。

全场观众都在等着斐思的最后一击,现场都快没有声音了。

屏幕上斐思的手臂充血般地鼓起,他摆正姿势,挥起了火球棍,将金色铁球稳稳地嵌在火球棍的凹槽里,金色铁球上燃起了无比耀眼的红光,其余的4颗也一同燃烧了起来,斐思用力将铁球打出,双侧的火球飞,现场亮起了前所未有的红光,像是一条火舌,贯穿了整个赛

大屏幕上的时间到了,15分钟,所有人都 出现了赟的镜头,赟直起了身子,灰蓝色的头发已经湿 顶上有种被轻轻拂过的感觉,低头一看,熊眼睛掉了,那根一直连接着 失在了红土地里。

"击穿60块铁板!胜6块,斐思赢了!"

"恭喜斐思!恭喜撒特队!再次卫冕!"

现场响起了雷鸣般的掌声,斐思闭上眼睛,躺倒在红土平台上。赟捡起熊眼睛,嘴角浮出一丝笑意,"看来,11年还是不够的。"

观众散去的火球场显得格外安静,空气中的炙热也在大风里逐渐冷却下来,有两个身影正往火球场中央走去。

"你的朋友都回去了?"斐思的脚做了简单的治疗,但对走路还是有些影响。

"嗯,巴卓儿要回去陪米典,等出了水影,她的年纪就太小了,就算有11年的记忆,她父母一时半会儿也不会让她出门。超认真和傅朵不知道诅咒的事,对他们来说不知道应该是最好的。不过卓儿说,她一定会再去认识他们的。"笛拉有些紧张地向斐思一一交代,至于吴振羽,他是一个自由的灵魂,笛拉只能猜测他是和大家一起看完了火球赛,现在又不知去哪儿晃悠了——他也不需要来向笛拉报告。

"赟这家伙要回去看孩子,还让我们不用太着急点燃熊眼睛。"

笛拉紧紧握着手里的试管,里面是赟的血,"斐思,火绒草不来看比赛没关系吗?"

斐思好像是笑了,"我记得我们刚认识那会儿,雪绒第一次来现场看我比赛,我紧张得连枪都拿不稳,被教练训惨了。"低沉的声音完全不像面对记者时那么严肃。

笛拉听他这么说,不由放松了些,"你为什么赞成我和火绒草交换呢?她的工作我一点都不会。"

"别放心上,她的工作我也做不来。有时候写给我的信像是一篇论文,我就会在回信里提醒她,我只是个运动员。"

笛拉听着忍不住笑出了声。

"你能进夏城,选择和雪绒交换,就算不为诅咒这事,我也很感谢你的出现。这些年,我一直觉得她过得太累了,不是工作量的问题,而是她自己的内心。雪绒的母亲很早就不在了,她能依赖的人只有她父亲,后来又出了那样的事,她把屠卡当成了她的责任,可这个责任越来越像她的负担了,她与我说过,她并不擅长经营公司。"

"可屠卡发展得很好。"

"她的脑子很好,把不擅长的事做好也不难,可我与她认识这么久了,也没见过她真正快乐的样子。我想她与你交换的这几天,刚好能让她静下来好好想一想,她最想做些什么。"

"火绒草会不经营屠卡吗?"

"我支持她的所有选择。"

"那等出了水影,斐思你不会也不打火球了吧?"笛拉突然觉得好可惜。

斐思沉默地踩在红土地上,赛场的风依旧很大,"我没想过这个问题,如果回到 11 年前,如果我的脚能比现在好一些……"

"那就继续吧!我希望你能继续!"

斐思看向笛拉,"还真是像雪绒,难怪你俩会交换。"

"我可比不上你们,你们都有自己擅长的事情,可我连自己喜欢什么都不知道。"

斐思认真思考着笛拉的话,"与其说是擅长,不如去找找有什么东西能让你觉得舒服吧。"

"舒服?"

"当你做那件事的时候,不抵触、不烦躁,花了很多时间在上面也觉得无所谓,这就是舒服,就是所谓的擅长吧。"

"你打火球就是这种感觉吗?可训练那么辛苦,没有人会觉得舒服吧。"

"我没进职业赛的时候觉得自己很擅长打火球,但上升到了职业高度,我再说擅长,就有点不够了,而且想法也多了,我当然也想非常纯粹地去打火球、享受火球,但说实话,到了我和赟这个程度,包括队伍里的其他选手他们那样的水平,你问我们有多享受火球这项运动,十有八九都会说痛苦远远超过享受。它消耗的不光是我们的体能,还有精神,这是一种非常折磨人的过程。"

"这样还要坚持下去吗?"

"很奇怪啊,很多人都想坚持,最初是想努力去证明自己,达到一定水平后又会希望有匹配的回报,等一切都得到了,又好像回到了最初。"

"最初?"

"如果不是最初的那种不抵触、不讨厌，好像也不会开始打火球。但撇开火球，我想这种感觉，任何一个人，在生活中多多少少都会遇到吧，我想你也不是没有擅长的事，只是还没遇到，或是遇到了自己也没留意。"

　　笛拉在心里牢牢记下了斐思的话。

　　不知不觉中，两人已经来到了射击场中央。

　　"斐思，你知道就算回到11年前，火绒草的父亲也回不来吗？"

　　"你放心，我会照顾好她的。"

　　两人站在火球场中央，斐思掏出熊眼睛，笛拉打开试管，将赟的血滴了上去。熊眼睛从斐思的手掌飘了起来，燃起了红色的火焰，笛拉将火焰门票靠近它，两者的火一融合，整张门票就被火焰吞噬了。天空划过一道闪电，硕大的雨滴开始往下落，笛拉抬起头，晶莹的雨滴里逐渐出现斑驳的红光，她看到了巨大的唤火树，树上的唤火棍都燃烧了起来，一根接一根，周围的光线变得越来越明亮，笛拉的视野里逐渐出现了一些字迹……

16.

屠仑的书房

火绒草,

  已有一周没有收到你的来信,我看到了新闻,关于你父亲的事,真的很遗憾。我没法劝你不要难过,你经历的事我没有经历过,所以很多安慰的话,我说出来也不一定对你有用。

  我写信给你,只是为了向你表示感激,谢谢你这三年来不断地给我写信,不管你是训斥我(有时候真的训得很没道理,我会被你气得想要撕信),还是鼓励我(有时候实在太夸张),又或是赞扬我(那简直太肉麻了,我真的看不下去),真的非常感谢你的来信,它们给了我很大的力量。就算你以后不会再给我写信,我也会记住你告诉我的那些话,控制好自己的情绪,珍惜自己拥有的一切。火绒草,你在我最低谷的时候帮过我,我不知道我是否有能力帮你,但请你相信我,一切还是会和以前一样,我还是会每天努力训练,好好参加比赛,我会拿很多很多的总冠军,而你的生活,也会一样,你要像以前一样努力学习,以后努力工作。不用害怕,接下来的时间,我会不断给你写信,我会像你以前那样,看你做好了就鼓励你,看你搞砸了也会训你。你只要记住,任何时候你都不是一个人,我会一直陪着你。

斐思

笛拉从信件上移开目光，自己的右手握着一支钢笔，左手压在信纸上，掌心有股热量在慢慢渗入，抬起手，是那张火焰门票，它又是完好如初的样子了，但这回不再是水影，这里是真正的夏城。笛拉看着放满书籍的台面，有个玻璃小碗正压着一堆稿纸，碗里还放着标有"秋城特供"的坚果。这是间书房，明亮的光照，舒适的温度，还有这星星点点的，火星雨。

红色的火星穿过屋顶落入房间，又落到袒露的肌肤上，笛拉转动胳膊，火星很自然地融了进去。一股细微的热量开始在体内流动，从躯干蔓延到心口，烦躁感越来越多了，笛拉用力吐了口气，整个人才稍微舒服了些。

窗外传来噼啪的雨点声，笛拉扭动脖子，努力让自己起身，纤瘦的身体有些无力，她撑着扶手从椅子上站起来，迈了一步，就看到了脚上的白鞋，左右两只，此刻还一尘不染。笛拉面向窗口，窗户上印出她模糊的身影，黑色的连衣裙，长到腰间的头发。

"这回真的变成你了。"笛拉默念着。

窗户旁的时钟指向 10 点整，上午 10 点，但阴沉的天气让一切都灰蒙蒙的。

笛拉打量起了整间房，房里有扇书柜，里面依旧放满了书籍和稿纸，称不上整齐，却能让人感受到房间主人前一刻还在这里忙碌的气息，想必还有很多未完成的工作等着处理。

笛拉走近书柜，隔着玻璃窗，窥视里面的物件。有很多书名就足够复杂的大部头书籍，旁边放着一些枪支模型，还有几张照片，是火绒草与她父亲的合影。笛拉学着照片中的火绒草，两手拽着自己的长发，想要露出与她一样夸张的鬼脸笑容，但自己的脸绷得很紧，凝干后的泪水，摸起来满是涩感。

书柜里有把猎枪，火绒草在信里有描述过。笛拉走上前推开玻璃，小心地将它取了出来，暗红色的枪托光泽柔和，笛拉将它翻转过来，上面果然有一些像绳索般的字迹。笛拉轻轻抚摸着这把猎枪，感受着火绒草当下的心情，窗外传来了一阵吵闹声。

"李总，您现在不能进。"

笛拉拿着猎枪来到窗前，视线里满是火星和雨滴，站在斜对面走廊下的男人，与自己想象中的一模一样，笔挺的西服，神情无比傲慢，一双眼睛透着狠毒的光芒。毒蛇，他杀了火绒草的父亲，害了整座夏城。仆人没有拉住李奥，他进了楼，吵闹声从户外传到了室内、从楼下传到了楼上，笛拉握着手里沉甸甸的猎枪，猎人的枪时刻灌满了火药，她突然有了主意，她学着火球员的姿势，将枪托抵在自己的肩膀上，手指勾住扳机，对准即将打开的书房门。

"猎人的猎枪时刻都灌满了火药，但我没法替你做这个决定。"

笛拉将左手拇指压在门票上，"我该回去了。"

门票中的火焰燃烧得更厉害了，连着咖啡色木块一并燃烧了起来……

17.

暑假

"今天立秋喽。"奶奶翻完日历,拎着她的编织袋往门口去。

爷爷已经发动了摩托车,头戴安全帽,急吼吼地在门口等着。

"笛拉,想吃点什么?"这是奶奶每天上街前必问的问题。

"都行。"笛拉端着一碗粥,睡眼朦胧地从厨房出来。

爷爷奶奶出发了,笛拉在门口找了块荫凉坐下。现在正值暑假,8月的天气酷热难耐,但立秋这个节气一到,名义上的夏天也就过去了,大热天会逐渐褪去。

笛拉若有所思地喝着粥,"夏天过了。"

"秋城就开啦!"

笛拉吓得差点摔碗,回头一看,吴振羽正端着碗,得意洋洋地站在门槛上。

"你什么时候回来的?"

"昨晚啊,不玩满三个月肯定不划算啊。"吴振羽咧嘴一笑,不知是人更黑了,还是牙齿更白了,整张脸的黑白对比更明显了,吴振羽用脚勾了张小板凳,坐到笛拉身边,"这是我妈做的,尝尝。"

"你妈！"

"别骂人呐！"吴振羽抓了一块葱油饼往自己嘴里塞。

"夏城怎么样了！"

吴振羽皱起眉头，嚼得特别用力，"不好。"

"怎么不好？"笛拉顿时就急了。

"那火星雨看得我眼花，虽然只下到6月初，可我到现在还有阴影，影响视线你明白吗？"

笛拉看着故意炫耀的吴振羽，摆正了身子，"既然你回来了，就请认真回答我的问题吧！"

"什么问题？你别又是一副好学生的样子！放假了好吗！"吴振羽又往嘴里塞了一块饼，不知道这到底是拿给谁吃的。

"秋城人到底是怎么把思绪变成实物的？"

吴振羽鼓着腮帮子笑了，"是钓鱼啊。"

"肯定不是普通的钓鱼，对吗？"

"要不等我去了秋城，给你申请一张进秋城的门票吧？"

"你要去秋城了？"

"当然，火萨肯定是说话算数的，过段时间我会和我妈一起走。"

"那你不念书了？"

"没说不念呐，四季城不也有学校嘛，反正我习惯转学了，不用舍不得我，说不定将来我们又在某所重点大学遇上了呢。"吴振羽很轻松的样子，"怎么样，我给你申请去秋城的票？"

笛拉摇了摇头，"算了，你去还行，我就安分一些准备考大学吧，出去一趟，我把高一学的都忘得差不多了。"

"不是现在，等你有空的时......"

这时电话铃声响了，笛拉将碗塞到吴振羽手里，跑去接电话，电话那头是爸爸的声音。

"笛拉,我现在在图德高中办转学手续呢,这里有点新情况,我先换陈校长接电话。"

电话那头传来了一个低沉温和的声音,"笛拉同学,你的转学资料我们已经收到了,欢迎回家。"

笛拉有些紧张地拽起了电话线。

"我今天打这个电话是想问问你,你有兴趣学美术吗?图德的美术班很有实力,现在他们都还在学校上课,有兴趣的话你可以过来看一看,了解一下情况,现在高二的美术班也才开始学,你可以跟着从基础学起……"

笛拉不知与陈校长聊了多久,等挂了电话,吴振羽已经离开了。他将仅剩的一块饼放在笛拉的粥里,碗下还压着一张小纸片和一个信封。笛拉一看纸片的内容,忍不住笑了,是她被撕走的日记。

4月21日　　　　　　阴　　　　　　下午1点

哎,我为什么会在清潭?这该死的学校真的快把我逼疯了!

老师每天讲的都是些什么东西,我还没听懂呢,他就觉得完事了,关键好像除了我之外,别人确实已经懂了。我每天上课都很认真,老师出的题听得一清二楚,可就是不会答。晓晓每天都在看小说,喊她起来答题她连题目都没有听到,可化学老师居然笑嘻嘻地问她,你是不是没有听到题目。我天!要是我站起来跟个愣头青一样,化学老师肯定直接骂我。但他就是偏向晓晓,她是凭实力考进的清潭高中,学号就能看出来,她是5号,我是49号。

我后面还有个50号的吴振羽,我怎么就跟他挨着了!想想都可怕!他就是个白痴体育生,每天除了睡觉就是拎着水壶喝水,文化课对他来说一点都不重要。

哎,还是说回晓晓吧,她是班里我唯一喜欢的优等生,化学老师重新读了一遍题目,她就直接把答案报出来了,她的脑子比我聪明太多了,羡慕都羡慕不来。

我真不该借读来清潭吧!虽然我从小就想来这儿,可真进来了也太痛苦了!今天又忍不住向奶奶抱怨，我知道那没什么用，可我这一天天的，比以前努力百倍，就是一点用都没有。我也不知道我朝奶奶抱怨的目的是什么，回图德高中吗？这只是说说而已，真要回去了，那简直丢脸丢到家了。从重点降到普通，而且我还花了家里那么多钱！

想想我小时候，还梦想当个科学家，发明炸弹，把学校炸了……嗯，这应该不是我的梦想，不过以前是不是有人提过这个梦想？

啊！废话说太多也没用，好想抽自己一个巴掌，赶紧做题吧，考试再考不及格，我就要被清潭请回家了！

这样的一封"申请信"，居然就换来了巴卓儿的捆绑门票，泽马的心也是够大的。日记下面还张牙舞爪地多添了一行——

你的春城门票还在我那儿呢，来取吧，顺道来我家吃饭，我妈下厨，嘻嘻。

"妈妈回来了就是得瑟。"笛拉收起纸片，摸到下面的信封上有凹凸物，翻过来一看，信封上有个金色印章，上面是朵花的形状，"火绒草！"

笛拉，

你好，我是屠雪绒。上次在唤火聚会上遇到吴振羽，我便与他约定好，要让他给你带封信。

我交换回夏城的姿势真是太酷了！李奥推门进来，我就举着猎枪对准他的心脏。我问他日布拉的黄金名片有没有拿回来？他凭什么认为他派去的人，能在迷失森林里杀掉一个几乎将森林路线都刻进指纹的养鹿人。李奥不明白为什么我会知道这一切，但他开始害怕了，看到他那副样子，我压在心里11年的恐惧、那些挥散不去的阴影，一下就消失了。

我杀了李奥，看着漫上我鞋面的他的鲜血，总算是为我父亲做了一次祭奠。

我还是同意了政府的收购，但我不再担任屠卡的董事长，以后夏城也没有屠卡军火，或是克罗德军火了。政府全全收购了它们，军火公司的规模将进行缩小，以后只生产一些必要的防御性武器。我会在这个被政府收购的新公司里担任技术顾问，同时在高级学校担任讲师。你知道的，我最喜欢的就是答题，给学生出题也是我的一大爱好。

目前我已经开始工作了，这两份工作让我的生活变得平稳，我有了很规律的作息、很固定的节假日。休息的时候，我会去找斐思，我们都变年轻了（尤其是斐思的脚，他又可以打很多年的火球），但心态却成熟了很多，这让我们能够很心平气和地面对各种问题。之前我俩的脾气都很糟糕，所以给对方写信，成了最具缓冲力的一种沟通方式。但现在，我们比较喜欢见面了，沟通起来也不再像以前那样具有批判性，我们都很珍惜现在拥有的一切，想要好好生活。

　　上周，我去了草原，见到了你的好朋友巴卓儿，一个少年老成的婴幼儿，还蛮滑稽的。她坐在自家的草垛上，呵斥着牧羊犬，管理着羊群，不时留意一下天空，她说天空已经不再出现波纹了，但她会时刻替夏城人关注着。她保留了 11 年的记忆，对自己还年幼的身体感到很无奈，她的父母始终将她当小孩子看，还决定要再晚几年才教她如何唤火，所以她现在的一张小脸总是气鼓鼓的。她也想给你写信，告诉你她的苦恼，只是她现在还写不了多少字，好像是手部的肌肉没有足够的力量将文字写好，所以就在信上画了一些她擅长的画。哦，对了，她让我问问你，你有没有离开清潭，有没有学画画，她说别离开了夏城就忘了她与你说的话。我现在一想到她 5 岁的面孔说着这些，就忍不住想笑。

　　鄂科族最终还是留在了迷失森林，元首也没有推行继承制，希望夏城的未来，能够下着火星雨，平平静静的。

　　我去迷失森林参加了唤火仪式，唤火树恢复了原样，只有一条手臂了。赟的父母，川冀和勤云都活着（关于赟的身份，元首说只要赟不去学秋城的水影，他依旧可以按他的成长路线发展，成为一名优秀的火球员。经历了 11 年，元首似乎也变得包容了）。时间回到了黑熊吞噬川冀的那一刻，黑熊死了，它的两颗熊眼睛，一颗在赟的脖子上，已经没了温度。还有一颗，直到唤火开始的那一刻，火萨和阿泽才带着依旧滚烫的它进入迷失森林。

　　阿泽带来的驯鹿之魂顺利地转移走了火焰果子的热量，融化的驯鹿触角滴在被烧伤的树皮上，草木很快就恢复了生机，相信夏城受情绪火焰困扰的人也能很快恢复正常。从黑色果核里蹦出的小黑熊可爱极了，一点都不像是会将夏城放进诅咒的坏家伙。不过接下来的一年，迷失森林的禁地又属于它了，所有人都识趣地退了出去。

日布拉在结束了那场唤火后,将驯鹿队伍交给了索娜,他得在牢里待上些年月,好好地忏悔!

夏城终于恢复正常了。

笛拉,谢谢你能来夏城,也谢谢你为夏城做的一切。如果将来还有机会,你能够进夏城,或者我可以出夏城,我一定会去找你,也请你一定要来找我,我们其实是同龄人,相信会有很多话题可以聊。

火绒草

8月5日

笛拉读完信,心里暖洋洋的,人生能有这样的经历真是太奇妙了。考大学自然重要,但也不能放弃去四季城的机会,不管如何,在去图德高中学美术前,得先去取回那张春城门票。

去吴振羽家的路上,笛拉提醒自己要表现得镇定一些,思绪交换这种事,自己才经历过,别见到吴振羽的妈妈就一副没见过世面的样子。

哐当!

笛拉注意到10米外,院墙围起的吴振羽家,从大门处飞出来一张长凳。凳子飞起的力量足、速度快,直接在门口的水泥地上摔了个四脚朝天。笛拉扒着大门往院子里瞧,情况很不妙,屋里又飞出一个白色的塑料盘子,盘里一片焦黑,飞过身前时笛拉还闻到一股焦煳味。"扑哧"一声,盘子也落地了,水泥地上滚出几根焦黑的腊肠。

"跟你说加热时间短一点!上回烧了一个煤气灶,这回又是微波炉!"这是吴振羽爸爸的声音,他正站在院里的水龙头前洗手,脸涨得通红,看起来很生气。

"干吗那么小气!"站在他身旁的是个身材有些发福的女人,烫着齐肩卷发,衣着很普通,脚上穿着一双再普通不过的黑色软底皮鞋,这和大多数40多岁妈妈的样子差不多。笛拉见了不免有些失望。

"你什么都别干了！我来做！"

吴振羽的爸爸说完先进了屋，而他妈妈小跑着跟了进去，不断嚷嚷着，"别生气嘛，我早上做的饼成功了，等会儿我要做槐花饼，已经让振羽上树摘花了，你可别插手！"

"什么时节了，你看他还能摘下槐花！"

笛拉的目光移向院中那棵古槐，立秋时节的槐树早结果了。吴振羽正在气定神闲地踩在槐树树干上，好像完全不在意他爸妈的争吵。笛拉喊了他一声，吴振羽微微弯下腰，掏了掏口袋，

"接着！"

槐树间突然飞出一张小薄片，打着旋儿地向笛拉飞来，是门票！笛拉"哎呀"着冲进了院子，摊开手掌，向前扑腾。还好，门票安全地落到了掌心，笛拉却仍注视着掌心，依然保持着弓腰姿势，似乎忘记站直了。

"这回我可是真还你情了。"吴振羽从槐树上跳下，手里抓着好几串绿色的荚果，来到笛拉跟前。

只见她手中的咖啡色薄片长出了一根晶亮的羽毛！

笛拉猛然记起当初带她进夏城的凤灵，他俩在升到空中的公交车上，凤灵手里的门票也是长出了这样一根羽毛，它代表门票被启动，可以进春城。笛拉双手颤抖着直起身，那张门票竟在她手掌上轻微漂浮。笛拉心跳加速，看向吴振羽的目光又是疑惑又是担忧，她问道，"不是……立秋了吗？我还能进春城？"

"不是我干的！"吴振羽倒退着往屋里跑，他得找自己的"百变妈妈"咨询一下，"你稳住啊！给你的时候明明一切正常啊……"